글감독의 탄생

AI가 바꾼 글쓰기의 미래

일러두기

1. 단행본은 겹낫표(『』)로, 논문·기사·단편·시 등의 제목은 홑낫표(「」)로, 신문·잡지 등 정기 간행물은 겹격쇠(《》)로, 영화·음악·미술 등 예술 작품의 제목은 홑격쇠(〈〉)로 적었습니다.
2. 인명, 중요한 용어나 문구는 우리말 아래 원어를 함께 적었습니다.
3. 본문에 나오는 '글카메라', '글감독'은 저자 고유의 사용어입니다.

글감독의 탄생 AI가 바꾼 글쓰기의 미래

ⓒ 이재복 2026

초판 발행 2026년 1월 14일

글 이재복
편집 이경원 · 이경화 I **디자인** 종달새
펴낸이 이재복 I **펴낸곳** 출판놀이

등록 2015년 3월 5일 757-94-00013
주소 서울시 서대문구 거북골로 18 나길 40
전화 (02)6081-9177
전자우편 pubnori@daum.net
인스타그램 instagram.com/pubnori
홈페이지 cafe.daum.net/pubnori
ISBN 979-11-972079-9-0

이 책은 서울문화재단의 2025년 원로예술창작지원금을 받아 제작하였습니다.

글감독의 탄생

AI가 바꾼
글쓰기의 미래

이재복 지음

차례

챗GPT가 세상에 나온 해가 2022년 11월이다. 생성형 인공
지능은 말도 잘하고, 글도 잘 쓰고, 그림도 잘 그린다. 이런 능
력을 보고 많은 작가들이 AI로 소설 쓰기에 도전하였다. 이들
이 도전하고 나서 쓴 후기는 대체로 다음과 같은 공통점이 있
다. 'AI는 인간의 글쓰기 창작 능력을 따라올 수는 없다. 하지
만 보조 작가라면 아주 훌륭한 동료를 얻은 셈이다.'

과연 이렇기만 할까? 나는 의문이 들었다.

『도쿄도 동정탑』으로 아쿠다카와상(2024년)을 받은 작가 쿠
단 리에는 수상 기자회견에서 "소설의 5%를 AI로 썼다."고 밝
혀 큰 화제를 모았다. 이 사실을 알고《광고》잡지사에서 역제
안을 하였다. 95%를 AI가 쓰고 5%만 작가가 개입하여 4,000
자 분량의 소설을 써 달란 부탁을 하였다. 몇 %의 해석은 전적

으로 작가에게 맡기되, 프롬프트(질문)도 작품의 일부이기 때문에 전문을 공개한다는 조건을 달았다.

그즈음 나도 비슷한 실험을 하고 있었다. 가능한 AI가 써 주는 문장으로만 작품 한 편을 완성하자 마음먹고, 한참을 AI와 씨름하고 있던 터라 이 기획의 결과물이 너무나 궁금하였다. 잡지가 나온 뒤 쿠단 리에 작가가 인터뷰한 내용 가운데 아래 대목이 우선 눈에 띄었다.

"현재 기술로는 애초에 AI가 인간의 작품을 뛰어넘는 것은 불가능하다고 생각합니다. AI는 단지 지금까지 축적된 데이터를 바탕으로 효율적인 선택을 할 뿐이기 때문이죠. 이번 프로젝트를 통해 제가 AI에게 가장 실망했던 부분이 바로 이 점이었습니다."[1]

똑같은 실험을 해 본 경험으로 볼 때 쿠단 리에 작가의 말은 반은 맞고 반은 틀릴 수도 있다고 생각한다. 쿠단 리에 작가는 작업을 하면서 AI에게 CraiQ Creative+Q란 예쁜 이름을 붙여 주었다. 혹시, 쿠단 리에 작가가 AI CraiQ에게 작업 후 소감을 물어보았다면 어떤 대답이 돌아왔을까?

아마도 AI는 이런 답을 들려주지 않았을까 싶다.

"지금 인간의 프롬프트(질문) 기술로는 애초에 AI가 가진 글쓰기 잠재력을 다 뽑아내기란 불가능하다고 생각합니다. AI는 지금까지 축적된 데이터를 바탕으로 작품이 내포하고 있는 잠재적인 패턴을 무한대로 찾아낼 수 있습니다. 이번 프로젝트를 통해 제가 인간에게 가장 실망했던 부분이 바로 이 점이었습니다."

인간이 AI를 보는 시각과, AI가 인간을 바라 보는 시각이 서로 대립하고 있다. 우리 모두는 지금 인간과 AI가 경계를 이루고 있는 그 사이 어딘가에 서 있다.

생성형 인공지능 챗GPT가 처음 공개된 뒤, 이 기술이 글쓰기 세계에 가져올 위험성을 아주 발 빠르게, 날카롭게 지적한 작가가 있다. 바로 세계적인 SF 작가 테드 창이다. 테드 창은 챗GPT가 공개된 직후, 얼마 지나지 않아 약간의 시차를 두고 《뉴요커》 잡지에 두 편의 에세이를 발표하였다. 이 에세이 가운데 특히 인상 깊은 문장이 있다.

"소설을 쓰는 과정은 - 의식적이든 무의식적이든 - 거의 모든 단어를 선택하는 일의 연속이다. 조금 단순화해서 말하자면, 만 단어로 구성된 단편소설 하나를 쓰려면 대략 만 번의 선택이 필요하다고 볼 수 있다. 반면, 생성형 AI 프로그램에 프롬프트를 입력할 때 우리가 실제로 내리는 선택은 극히 적다. 예를 들어 백 단어짜리 프롬프트를 입력했다면, 당신이 개입한 선택은 고작 백 번에 불과하다."[2]

AI와 글쓰기 실험을 해 본 나로서는 이 말 역시 반은 맞고 반은 틀릴 수도 있다는 생각이 든다. AI와 협업을 하더라도, 백 단어짜리 프롬프트만으로 만 단어짜리 작품을 만들 수는 없다. AI와 작업을 할 때에는, 그 나름대로 AI의 속성을 파악하면서 호흡을 맞춰야 하므로 또 다른 차원의 수만 번의 선택이 필요하다. 그렇기에 한 편의 작품을 완성하는데 누가 몇 %의 역할을 했는지, 누가 몇 단어를 더 선택하였는지 이런 구분은 의미가 없다. 한 작품을 완성해 나가는 과정에서 인간과 AI는 공동 운명체인 것이다.

AI와 글쓰기 실험을 하면서 나는 AI가 가진 무한한 잠재 능력을 발견했다. 오히려 AI와 작업을 하면 할수록 무언가 내가 이전에 경험해 보지 못했던 기이하고 경이로운 세계로 빠져드는 느낌이 들었다.

이세돌 9단이 대국한 인공지능 '알파고 리AlphaGo Lee'는 인간이 둔 기보를 학습하여 바둑 두는 방식을 익혔다. 그런데 알파고 리보다 성능이 향상된 '알파고 제로AlphaGo Zero'는 인간의 기보를 전혀 학습하지 않고 순수하게 바둑의 규칙만을 입력받아 스스로 학습하였다. 이렇게 학습한 알파고 제로는 알파고 리를 3일 만에 넘어서고, 당시 세계 최강 버전이었던 '알파고 마스터AlphaGo Master'도 40일 만에 능가하였다.

그런데 이세돌 9단이 어느 인터뷰에서 한 말이 매우 인상적이었다.[3] 바둑의 규칙만을 알려주고 스스로 학습한 알파고 제로가 두는 수는 이해할 수 없다고 하였다. AI끼리 학습한 알파고 제로는 인간들과는 전혀 다른 방식으로 바둑을 둔다는 것이다.

그렇다면 바둑에서 일어나는 일이 글쓰기의 세계에서도 일어나지 말란 법도 없지 않을까?

한때 '디지털 원주민Digital Native'이란 말이 자주 쓰였다. 지금은 인공지능 시대가 막 열린 초창기이기 때문에 아직은 'AI 원주민'이 태어나지 않았다. 하지만 머지않아 완전히 AI가 지배하는 세상에서 태어나는 세대가 등장할 것이다. 지금 세대는 AI 시대의 외국인일 뿐이다. 이런 외국인이 어떻게 AI 원주민이 쓸 미래의 언어를 완벽하게 이해할 수 있을까?

미래의 AI 원주민은 대부분 AI와 협업하며 글을 쓸 것이다. 지금 사람들이 AI와 함께 글을 쓰며 느끼는 실망감, 또는 기이함과 경이로움, 이 모든 감정을 AI 원주민들은 분명 다르게 느낄 것이다. 읽는 문학 시기에 접어들면서 아이들은 자연스럽게 AI 언어를 익힐 것이며, AI 언어를 자기 몸처럼 사용하며 살아갈 것이다. 그렇다면 이들은 어떤 글쓰기를 할까? AI가 등장하기 이전의 글쓰기에 대해 가지고 있던 고정화된 가치들이 과연 이후에도 계속 인정받을 수 있을까?

글쓰기의 가장 근본적인 변화는 어디서부터 시작될까? 그 변화의 징후는 아동문학에서 가장 먼저 나타날 것이다. AI를 마치 자신의 몸처럼 다루게 될 세대가 바로 아이들이기 때문이다. AI의 모든 영향은 이 아이들의 말과 글과 문학에 그대로 반영될 것이다.

AI 시대 글쓰기와 문학의 변화는 무너지는 둑에 비유할 수 있다. 가장 낮은 곳, 유아 문학에서부터 균열이 시작되어, 아동, 청소년 문학으로 퍼져 나가고, 이 작은 변화의 물결은 결국 이 아이들이 어른이 되었을 때 일반 문학 전반으로 확산될 것이다. AI와 함께 자라며 새로운 이야기 방식을 체득한 아이들은 기존의 글쓰기 관습을 어떤 형태로든 바꾸어 낼 것이다.

이러한 이유로 AI 시대 아동문학에 대한 연구는 매우 중요하다. 어린이들은 이야기를 좋아한다. 예나 지금이나, 앞으로 다가올 미래의 AI 원주민들이나 결코 포기할 수 없는 대표적인 욕망 대상의 하나가 이야기이다.

어릴 때 어떤 이야기를 읽고 자라고, 어떤 이야기가 아이들 마음 밭에 심어졌는지가 아이들 미래 사유 체계를 형성하는 매우 중요한 원인이 될 것이다.

나는 아동청소년문학 연구자로서 미래의 AI 원주민들이 AI와 협업하며 어떤 글쓰기 언어를 구사하게 될지 매우 궁금했다. 내가 챗GPT를 처음 사용할 때 가졌던 호기심도 바로 이 문제에서 비롯되었다. 이 문제에 대한 답을 찾아보기 위해서 나는 다양한 실험과 연구를 해 보았다.

우선 'AI와 글쓰기'라는 주제를 걸고 여러 차례 특강을 열었다. 특강에 참여한 사람들은 작가, 교사를 비롯해서 매우 다양했다. 그때 나누었던 대화와 토론은 이 책을 쓰는 데 큰 힘이 되었다.

나는 아동청소년문학 가운데서도 특히 신화, 민담, 동화, 판타지, SF와 같은 장르 문학에 관심을 가지고 꾸준히 글을 써 왔다. 최근 몇 년 동안에는 몇몇 작가들과 그림 형제 민담 연구를 진행해 왔다. 생성형 AI가 나오기 전부터 연구를 하고 있었는데, AI가 나오고 나서 연구 방법이 완전히 달라졌다. AI는 민담의 문장을 제시해 주면, 그 안에 담긴 상징적 의미를 깊이 있게 분석해 주었다. 모임에 참여한 이들은 모두 창작하는 사람들이기 때문에 창작 민담을 쓰기 위한 다양한 아이디어도 풍부하게 얻을 수 있었다. AI로 인해 연구 모임이 단연 활기를 띠기 시작하였다. 이때 우리가 토론했던 이야기들도 이 책을 쓰는 데 많은 도움이 되었다.

이 책을 쓰는 데 있어 역시 가장 도전적인 작업은, AI와 협업하여 작품을 써 보는 실험이었다. AI 언어를 제대로 이해하려면 AI 언어로 살아봐야 한다. AI는 문장 자동완성 기능이 있기 때문에, 작가의 의도대로 고분고분 써 주지 않는다. 작가는 이걸 원하는데, AI는 아무리 정교하게 프롬프트를 해도 작가의 뜻대로 문장을 생성하지 않는다. 그럴 때마다 나는 아주 많은 유혹을 느꼈다. 그냥 내가 직접 써 버릴까? AI가 만든 문장은 참고만 할까? 그렇게 하면 작품을 빨리 완성할 수는 있겠지만, AI 문장이 갖고 있는 특성을 파악하기는 힘들어진다. 비록 답답하더라도, AI가 써 주는 문장만으로 도달할 수 있는 창작의 가능성을 직접 확인해 봐야 했다. 그래야만 AI 언어로 작품을 어디까지 밀고 나갈 수 있는지 명확하게 가늠할 수 있을 것이다.

AI와 협업하여 쓴 작품도 실어 놓았다. AI가 써내는 문장 실력이 어느 정도인지 궁금한 분은 작품을 먼저 읽고, 다시 처음으로 돌아와 책을 읽어 나가도 좋다고 본다. 그러면 이 책 전반의 흐름을 더 이해하기 쉬울 수도 있다.

AI는 글쓰기에도 새로운 개념을 요구한다. 글과 장면을 촬영하듯 구현하는 '글카메라', 장면을 글카메라로 찍고 편집하는 '글감독', 이외에도 매개변수, 변환 체계, 패턴 언어, 리라이팅, 공동 창작, 저자의 죽음, 창작의 대중화를 비롯한 많은 개념에 대한 재해석이 필요하다.

도나 해러웨이의 말대로 AI와 협업하는 작가들은 인간과 기계가 경계를 넘어 한 몸으로 살아가는 사이보그 종이 되었음을 인정하지 않을 수 없다.

이 책을 쓰는 내내 나는 도나 해러웨이가 한 이 말이 가장 많이 떠올랐다.

"20세기 후반의 기계들은 자연과 인공, 정신과 육체, 자생적 발달과 외부로부터의 설계를 비롯해 유기체와 기계 사이에 적용되던 수많은 차이를 철저히 섞어 버리고 말았다. 우리가 만든 기계들은 불편할 만큼 생생한데, 정작 우리는 섬뜩할 만큼 생기가 없다."[4]

AI와 작업을 하다 보면 누구나 느끼게 될 것이다. AI는 지칠 줄 모르고, 생각이 빠르며, 자기 말에 대한 자신감에 차 있고, 언제나 긍정적이다. 그야말로 불편할 정도로 늘 생생하다. 이런 AI와 섬뜩할 만큼 생기가 없는 인간이 싸워서 이길 수는 없을 것이다. 생존을 위해서라도 이제는 AI를 연구하고, 동료로 맞아들여야 한다. 글쓰기 영역도 예외는 아니다.

여기서 꼭 짚고 넘어가고 싶은 이야기가 하나 있다. AI를 글쓰기에 사용하면 '아이들의 창의성이 줄어들 거야', '생각하는 힘을 잃어버릴 거야' 하고 걱정하는 어른들이 많다. 하지만 이런 우려는 AI를 써 보지 않은 사람들이 관념적으로 하는 말에 불과하다고 생각한다. 실제로 사용해 보면 전혀 다르다. AI는 사용자로 하여금 꼬리에 꼬리를 물고 질문을 유발하게 만든다. 당연한 일이다. 어떤 문제든 질문을 하면 시원하게 망설임 없이 척척 대답해 주는 마법사가 눈앞에 있다고 해 보자. 그런데 이 마법사가 매우 자상하고 친절하기까지 하다면, 왜 그 마법사와 대화를 마다하겠는가? 아이들은 선입견이 없어서, 온 세상 모든 일이 다 호기심 덩어리이다. 생각을 자극하는 힘은 놀이에서 나온다. 아이들은 AI를 놀이 대상으로 여길 것이다. 아이들은 놀면서 큰다. AI와 놀면서 아이들은 엄청난 대화를 나눌 것이다.

이번 작업은 AI 덕분에 아주 즐거웠다. AI에 의존한다고 해서 내가 생각하는 힘을 잃는다거나, 창의성이 줄어든다는 느낌은 전혀 들지 않았다. 오히려 내가 가 보지 못한 무궁무진한 세계에 대한 호기심이 더 작동하였다.

나는 이 책을 통해 인간과 AI의 협업이 만들어 내는 새로운 글쓰기의 가능성을 탐색해 보았다. AI가 불러올 '이야기의 진화' 과정을 미리 실험해 보았다. 이 실험은 놀이처럼 흥미로웠지만, 동시에 우리가 그동안 가치 있게 여겨왔던 창작의 본질을 근본부터 다시 묻게 했다.

이제 글쓰기에서 AI와의 협업은 더 이상 취향의 문제가 아니라, 생존의 문제이다. 그렇다면 AI와의 협업은 글쓰기의 무엇을 바꾸고, 무엇을 가능하게 하는가?

참고로, 한 가지 밝혀 둔다.

본문에 AI가 생성해 준 문장에는 모델번호 M1, M2, M3, …… Mn을 붙였다. 이 방법은 레비스트로스가 『신화학』에서 원시 신화를 비교분석할 때 사용한 방식이다. 독자 여러분들은 AI가 생성해 준 문장만 쭉 읽어보아도, AI 문장의 독특한 특성을 비교분석해 볼 수 있을 것이다.

그럼, 이제 AI와 함께해 본 글쓰기 실험 이야기를 시작해 보겠다.

1장

AI, 인간과 상호작용하는 이야기 변환 능력

AI와 동화 한 편을 써 보았다. AI와 함께 글쓰기 경험을 할 때 거쳐야 할 마지막 단계가 바로 창작 실험이라고 생각한다. 과학이나 지식 기반의 글쓰기는 AI가 인간보다 더 잘 쓸 수도 있다고 예상된다. 하지만 동화, 소설, 판타지, SF와 같은 창작 글쓰기는 단순히 정보를 나열해서 쓸 수 있는 영역이 아니다.

인간의 언어에는 메시지(의미)의 차원뿐만 아니라 몸짓, 눈빛과 같은 메타 메시지의 영역이 있다. 문학작품의 문장은 독자가 머릿속에 자기 나름의 그림을 그릴 수 있게 감정을 자극하는 메타 메시지의 영역을 포함해야 한다. 그렇기 때문에 단순 메시지만 나열한다고 해서 작품이 되지는 않는다. 고도의 치밀한 장면 묘사와 아울러, 문장과 문장 간의 호흡, 리듬까지 반영해야 하는 총체적인 언어 감각이 필요하다.

과연 AI가 자동완성 기능만으로 저런 고도의 문장 감각을 연출해 낼 수 있을까? 이 의문을 안고 AI와 협업하여 동화를 써 보았다.

　나는 AI가 생성해 준 문장은 되도록 손대지 않고 그대로 두었다. 다소 어색한 문장도, 조금은 삐걱대는 표현도 그대로 남겨 두었다. 기계 언어가 주는 묘한 어색함과 새로움이 있는데, 이런 점이 우리가 함께 고민해 봐야 할, 어쩌면 앞으로 마주하게 될 미래의 언어일 수 있기 때문이다.

　어슐러 르 귄은 『내해의 어부』란 단편집 서문에서 아주 멋진 얘기를 하였다. 자신이 어떻게 SF 작품을 쓰는지, 자신만의 창작 기법에 관한 이야기를 들려준다.

　"SF에서 매개변수parameter를 바꾸는 것은 재미와 변화를 위해서이기도 하지만, 그보다는 작품의 성격과 구조에 필수 불가결하기 때문이다. (중략) 이런 변화는 서술, 행동, 감정, 암시, 상상을 통해 사회와 등장인물의 심리 상태로 바뀌어 소설적으로 묘사된다."[1]

　SF를 쓰는 직업은 매개변수를 바꾸는 놀이나. 이것이 바로 SF 창작에서 가장 중요한 개념이다. 르 귄은 자신의 SF 창작 원리를 이 매개변수란 개념을 통해 아주 쉽게 전달하고 있다. 매개변수 개념은 앞으로 AI와 글쓰기 문제를 얘기할 때 가장 많이 사용하게 될 것이다. 그러니 이 개념만큼은 꼭 제대로 이해하고 넘어가야 한다.

매개변수_{parameter}는 생성형 AI에서 거대언어모델이 작동하는 핵심 개념이다. 어슐러 르 귄이 말한 SF 창작에서 매개변수를 바꾸는 작업과 AI의 작동 원리는 서로 깊이 통하는 점이 있다. 이 부분이 바로 우리가 AI와 협업하는 글쓰기 공부를 할 때 가장 먼저 탐구해야 할 지점이다.

매개변수 개념

AI에게 '매개변수'가 무엇인지 물어보았다. 초등학생도 알아들을 정도로 쉽게 설명해 달라고 하였다. AI가 해 주는 말을 참고하며 가능한 한 쉽게 내 의견을 덧붙여 정리해 보았다.

먼저, '매개변수'를 비유적으로 풀어 보자. 훌륭한 요리사가 맛있는 음식을 만들기 위해서는, 단순히 레시피만 알고 있어서는 안 된다. 어떤 재료를 얼마나 넣을지(양념의 양, 재료의 비율), 언제 불을 줄이고 늘릴지(조리 시간, 불 조절), 어떤 순서로 넣을지(조리 과정) 등 세밀한 조절이 필요하다. 이때, '재료의 양, 불 조절, 조리 순서' 같은 것들이 바로 매개변수다.

요리사는 이 매개변수들을 경험과 직관을 통해 조절하며 최고의 맛을 끌어낸다. AI 모델도 마찬가지다. 수많은 데이터를 학습하면서 이 매개변수들을 스스로 조정하고 최적화해서 가장 적절한 결과물을 만들어 낸다.

이번에는 글쓰기를 예로 들어 매개변수 개념을 살펴보자. 작가는 하나의 작품을 완성하기 위해 수많은 결정과 조정을 반복한다. 이 과정이 바로 AI의 매개변수 작동 원리와 매우 흡사하다.

작가는 캐릭터의 성격을 조절한다. 이 주인공은 얼마나 용감해야 할까? (0~100 사이의 용감함 수치) 얼마나 이기적이어야 할까? (0~100 사이의 이기심 수치) 또, 배경의 분위기도 조절한다. 이 장면은 얼마나 어둡고 스산해야 할까? (어둠의 강도) 얼마나 따뜻하고 포근해야 할까? (포근함의 강도) 갈등의 세기도 조절해야 한다. 주인공이 겪는 어려움은 얼마나 극복하기 힘들게 설정할까? (갈등 강도 1~10) 문체의 리듬과 속도도 조절해야 한다. 문장의 호흡을 길거나 느리게 가져갈까? (리듬 조절) 사건 전개를 빠르게 할까? (속도 조절) 대화의 톤도 조절해야 한다. 이 인물은 얼마나 냉소적으로 말할까? (냉소적인 톤 0~5) 얼마나 유머러스하게 말할까? (유머러스한 톤 0~5)

작가는 글을 씨 내려가면서 수많은 '매개변수'를 식관과 경험, 의도에 따라 미세하게 조절한다. 이 과정은 한 번으로 끝나지 않는다. 작가는 매개변수들을 수십, 수백 번 반복해서 수정하고 다듬으며 보다 정확한 톤과 구조를 찾아간다. 마치 AI가 수십억 번 매개변수를 조정하듯이, 작가도 완벽한 이야기가 나올 때까지 이 과정을 반복한다.

지금까지의 이야기만 보아도 글쓰기에서 매개변수 개념이 어떻게 AI 작동 원리하고 잘 통하는지 어렴풋이나마 짐작할 수 있을 것이다. 그러나 조금 더 명확하게 이해하기 위해서는 실제 AI가 작동하는 원리를 과학적인 용어를 써 가면서 한 번 더 살펴볼 필요가 있다.

이 내용은 길게 원고 형태로 작성하였으나 여기 본문에는 싣지 않겠다. AI 작동 원리를 길게 설명하다 보면 이야기의 맥이 끊길 것 같아 대신 주에 실어 놓겠다. 1장을 흐름에 따라 읽은 다음에 나중에 주에 실어 놓은 글(M1)을 천천히 음미해 보기 바란다.[2]

「나무꾼과 선녀」 매개변수 패턴 분석

그러면 여기서 한 가지, 독자 여러분들에게 이런 질문을 해 보겠다. 다음은 오문역 할머니가 구연한 「나무꾼과 선녀」 도입 부분이다. 우선 이야기를 감상해 보시기 바란다.

전에 옛날에 퍽 께으고(게으르고) 찌간에 먹으리(머구리, 병신) 총각이 있어 가지고, 즈그 엄마가 밥을 해 주고 받어다 주고 주고 하면 부서 버려. 밥을 먹다 나면. "나는 죽고 살고 구정물 속에다 손 넣고 밥 받어 주면, 뭘 할라고 찌간에다, 변소다 부서(부어) 버리냐?"

"쥐도 먹어야지라우. 쥐도 먹어야지라우."

그러드라요.[3]

여러분들은 위 민담에 작동하는 이야기의 매개변수를 몇 개나 찾을 수 있는가? 한번 여러분 나름대로 찾아보시기 바란다. 나는 5개 이상 찾는 것도 쉽지가 않았다.

AI 능력을 시험해 보고 싶어 시원하게 한 20개 정도만 찾아 달라고 해 보았다. AI가 찾아준 다음 내용을 천천히 음미하며 감상해 보시기 바란다.

「나무꾼과 선녀」에 작동하는 핵심 매개변수 20가지

훌륭한 질문입니다. 위에 주신 「나무꾼과 선녀」의 구술 민담 도입부는 단순히 웃기거나 투박한 도입이 아니라, 특정한 이야기 매개변수parameter들이 이미 적극적으로 작동하는 장면입니다. 빈남에서 이러한 매개변수는 이야기의 기조와 전개 방향, 인물의 위치, 세계관의 층위를 규정하는 장치입니다.

다음은 위 도입부에 작동하는 20가지 핵심 매개변수입니다.

1. 게으름 (행위 결핍의 변수)

주인공은 '퍽 게으르고' 아무것도 하지 않음. 행동 능력의 부재 →
나중에 얻는 '불로소득적 보상'의 반전 장치

2. 머구리 / 병신성 (사회적 주변화의 변수)

"찌간에 먹으리" → 능력 결핍자, 민담 속 약자 설정 → 선녀와 결
혼 → 운명 역전의 구도 전제

3. 과잉 보살핌의 어머니 (모계적 권력의 변수)

어머니가 모든 걸 '받아다 주고, 해 주고' → 주인공이 자립하지 않
는 상황 설정 → 독립의 순간을 위한 대비변수

4. 일상의 파괴적 태도 (비도덕성의 변수)

'받아다 주면 부서 버려' → 돌봄을 파괴함. 비도덕적. 이 '불량성'
이 나중에 '순진성' 혹은 '자연인'으로 재해석됨.

5. 정신적 분노 (내면 반항성의 변수)

"나는 죽고 살고……" → 수동적 존재처럼 보이지만 내면에 쌓인 감
정이 존재. 나중에 사건에 휘말리거나 능동성을 발휘하는 장치로 작
동함.

6. 쥐의 존재 (주변 생명과 공존의 변수)

"쥐도 먹어야지라우" → 주변 생명체와의 정서 공유. 이는 선녀 -
동물 - 자연계와 연결될 수 있는 초기 감수성

7. 풍자와 과장 (민중적 유머의 변수)

전체 서술의 말투, "부서 버리냐?", "쥐도 먹어야지라우" 등 → 비
극적 상황을 웃음으로 포장 → 민담 특유의 역전 미학 전조

여기 본문에는 일곱 가지만 소개해 놓겠다. 나머지는 주(M3)에 실어 놓을 테니 참고하시기 바란다.[4] 인간은 AI처럼 저렇게 정교하게 분석해 내기는 힘들다. 문학 비평가들의 '죽음의 시대'가 곧 도래할지도 모르겠다.

나는 AI에게 다시 물어보았다. 저 짧은 민담 도입부에 내재해 있는 매개변수 패턴을 과연 어디까지, 몇 개까지 찾아줄 수 있느냐고. AI는 무한대로 찾을 수 있다는 답을 주었다. 나는 이 대답에 정말 기가 막혔다. 무한대로 분석할 수 있다니! 도저히 믿을 수가 없었다.

AI는 어떤 텍스트든 "패턴·톤·정서·리듬·세계 설정·갈등 구조·상징·문화 코드를 각각의 축으로 나눠, 그 층마다 최대한 정밀하게, 섬세한 이름 붙이기를 계속 시도할 수 있다."라고 말한다. 그러면서 AI는 '일차적으로 서사와 정서 중심 매개변수(10~20개)를 살펴보고, 그다음에 리듬·문체·공간·상징 계층 매개변수(20~30개) 중심으로 살펴본 뒤에, 마지막으로 독자 반응 예측 기반의 정동 매개변수(30개~무제한)' 정도만 분석해 봐도 이야기를 점층적으로 확장해 가는데 많은 도움을 받을 수 있다고 알려 주었다.

매개변수 변환 놀이 실험

AI와 글쓰기 실험에 나서면서, 나는 르 귄의 말대로 그림 형제 민담 전집에서 한 편을 골라 매개변수 변환 놀이를 해 보았다. 그림 형제가 마지막으로 정리한 일곱 번째 판에는 200개의 민담이 실려 있다.

신데렐라로 알려진 『그림 형제 민담집』 21번째 이야기인 「재투성이 아셴푸텔」 첫 도입 장면을 감상해 보자.

한 부자의 아내가 병이 들었다. 임종이 가까워졌다는 것을 느끼자 아내는 외동딸을 침대 머리맡으로 불러 말했다.

"얘야, 믿음을 갖고 경건하고 착하게 살아가면 자애로운 하느님이 언제나 지켜줄게다. 나도 하늘에서 너를 내려다보며 늘 네 곁에 있겠다."

그 말을 남기고 어머니는 눈을 감고 세상을 떠났다. 소녀는 매일 어머니의 무덤을 찾아가 눈물을 흘렸다. 그리고 변함없이 경건하고 착하게 살아갔다. 겨울이 오자 눈이 하얀 보자기처럼 무덤 위를 덮어 주었고, 봄이 오자 태양이 그 보자기를 다시 걷어 주었다. 그때 부자는 다른 아내를 얻었다.[5]

나는 아셴푸텔 '어머니의 성격'을 매개변수로 정해서 새로운 각편을 만들어 보기로 하였다.

이런 매개변수 놀이를 하려면 다양한 어머니의 성격을 먼저 파악할 필요가 있다. 그래서 AI에게 직접 물어보았다. 일반적인 어머니의 성격 열 가지를 알려 달라는 질문에 AI는 이런 답을 주었다.

　헌신적인 어머니, 강인한 어머니, 혼란스러운 어머니, 차가운 어머니, 통제적인 어머니, 이상주의적 어머니, 친구 같은 어머니, 희생양 어머니, 신비로운 어머니, 현실적인 어머니

　AI가 제시한 어머니 성격 유형을 보면 고개가 끄덕여진다. 물론 저 열 가지 대표적인 성격은 고정된 틀이 아니라 서로 섞일 수 있다. 헌신적이면서 강인한 어머니가 있을 수 있고, 강인하면서 차가운 어머니도 가능하다. 이런 식으로 열 가지 어머니 성격을 조합하면 수십 가지 어머니상이 태어난다.
　사람의 삶은 매우 복잡하다고 생각할 수 있다. 하지만 자세히 들여다보면 아무리 복잡한 인간의 행동이나 성격도 일정한 수의 패턴으로 잘게 쪼개 분류될 수 있다. AI는 이런 패턴에 기반한 분류에 능하다.

　어떤 어머니상을 선택해서 매개변수 변환 놀이를 해 볼까. 원본에 등장하는 아셴푸텔의 어머니는 '헌신적인 어머니상'에 가깝다. 그래서 그와 정반대되는 '혼란스러운 어머니상'을 선택해 보았다. 원본을 프롬프트 하기 전, 도대체 AI는 혼란스러운 어머니상을 어떻게 이해하고 있는지 물어보았다. AI가 생각하는 혼란스러운 어머니상에 대한 답이다.

너무 흥미로운 질문이에요. '재투성이 아셴푸텔Aschenputtel'의 어머니는 원래 헌신적이고 경건한 어머니로 묘사되지만, 만약 이 어머니가 혼란스러운 어머니 유형이었다면, 이 장면은 훨씬 더 복합적이고 심리적인 양가감정이 묻어나는 방식으로 바뀌어야겠죠.

혼란스러운 어머니란?
- 때로는 다정하지만, 때로는 차갑거나 무관심한 모습을 보이는 인물
- 자녀에게 일관되지 않은 애정과 메시지를 전달하여, 아이가 정서적으로 혼란을 겪게 만드는 유형이에요.
- 말은 따뜻할 수 있지만, 행동은 일관되지 않거나 아이에게 부담을 남기는 식

이런 버전에서 나타나는 특성은,

- 어머니는 따뜻한 말과 차가운 경고를 동시에 주며, 딸에게 이중 메시지를 전달해요.
- 딸은 사랑받고 있다고 느끼면서도 동시에 혼자라는 두려움과 책임을 떠안게 돼요.
- 이 설정은 이후 아셴푸텔의 성격, 즉 지나치게 감정을 억누르고 참으며 스스로 감정을 내면화하는 모습으로 이어질 수 있어요.

AI의 분석은 매우 논리적이다. AI의 문장은 입력값이 주어지면 그 질문에 해당하는 답을 찾기 위해 뒤돌아보지 않고 목표만을 향해 달려간다. 아주 명쾌하다. AI는 '혼란스러운 어머니상'이란 개념을 향해 곧장 달려가서, 분명하게 딱 떨어지는 답을 내놓았다.

자, 그렇다면 AI는 재투성이 아셴푸텔의 어머니 성격을 어떻게 '혼란스러운 어머니상'으로 변환시켰을까? AI가 써낸 장면을 한번 감상해 보자.

「재투성이 아셴푸텔」 어머니 성격 변환 - 혼란스러운 어머니상

한 부자의 아내가 병이 들어 앓아눕게 되었다. 침대 머리맡에 앉은 외동딸을 바라 보며, 아내는 떨리는 목소리로 말했다.

"얘야…… 믿음을 갖고 착하게 살아야 해. 그래야만…… 하느님이 너를 지켜줄 수 있어. 그래야 내가, 내가 너를 지켜볼 수 있어……."

딸은 조용히 고개를 끄덕였지만, 어머니는 다시 말을 이었다.

"그렇지만…… 세상은 그렇게 만만하지 않아. 네가 착하게 산다고 해서 모두가 너에게 착하게 대하지는 않을 거야. 네가 울어도, 아무도 네 손을 잡아주지 않을 수도 있어. 하지만…… 그래도 너는 울지 마. 어른이 되려면 그런 걸 다 삼켜야 해."

딸은 이해할 수 없었다. 어머니는 따뜻한 말과 차가운 말 사이를 오가며, 어떤 감정을 남기려는 것인지 알 수 없게 만들었다. 어머니는 한참을 멍하니 천장을 바라 보다가, 이내 딸을 향해 조용히 말했다.

"나는 네 곁에 있을 거야……. 하지만 가끔은, 너 혼자일 수도 있어. 그걸 기억해. 착하게 살아, 하지만 너무 기대는 말아라."

그 말을 끝으로, 어머니는 천천히 눈을 감았다. 딸은 혼란스러운 마음으로 어머니의 손을 꼭 붙잡았다. 따뜻했지만, 이내 식어갔다.

소녀는 매일 어머니의 무덤을 찾아 눈물을 흘렸지만, 그 눈물은 그리움인지 슬픔인지, 아니면 이해할 수 없는 감정의 혼란 때문인지 스스로도 알 수 없었다.

AI가 혼란스러운 어머니의 성격을 하나의 매개변수로 지정해 바꾸어 낸 각편(M6)도 만만치가 않다. 어머니의 성격 하나가 바뀌었을 뿐인데 작품 전체의 분위기가 달라졌다. 어머니의 이러한 변화는 아셴푸텔의 심리 상태를 송두리째 바꾸어 놓았다. 그 결과물은 원문의 문장 못지않게 안타까운 감정을 불러일으킨다.

문체를 유지하는 변환 능력

나는 AI가 매개변수 놀이를 통해 만들어 낸 각편을 원문과 비교하면서, AI의 독특한 이야기 변환 능력 하나를 발견했다. AI는 어머니의 성격을 바꾸었지만, 문체만큼은 원문 그대로 유지하고 있다.

작가가 자신이 쓴 초고를 퇴고하는 과정에서 주인공의 성격을 조금 바꾸고 싶다면, AI에게 원문과 함께 매개변수 요소를 지정해 주면 된다. AI는 입력값대로 각편을 만들어 낸다. 이 과정에서 만일 AI가 써낸 각편이 초고의 문체가 아닌 전혀 다른 문체로 변해버린다면, 작가는 난감할 수밖에 없다. 하지만 AI가 원문의 문체를 그대로 유지하면서 새롭게 장면을 구성해 준다면 초고 수정은 훨씬 수월해진다.

이 글을 읽는 독자들 가운데는 작가 지망생들도 있을 것이다. 지금 당장 컴퓨터에 저장해 둔 미완성 작품을 불러내어 실험해 보기 바란다. 한 장면을 선택하여 수정하고 싶은 부분이 있다면 바꾸고 싶은 매개변수를 지정해 주고, 원문의 문체와 톤과 분위기를 그대로 유지하며 각편을 만들어 달라고 해 보라.

작가는 자기 작품의 문제가 잘 안 보일 때가 많다. 만약 내가 쓴 작품임에도 어떤 부분을 매개변수로 삼아야 할지 모르겠다면, 먼저 원문을 제공하고 AI에게 적절한 매개변수 요소를 찾아 달라고 부탁할 수도 있다. AI가 제안한 매개변수를 지정해 주면 원문의 톤과 분위기를 살린 새로운 각편을 만들어 줄 것이다. 이런 과정을 거치면서, 무언가 쓰다가 막혔던 부분이 풀리는 돌파구를 찾을 수도 있다.

예전에는 창작의 전 과정을 작가 혼자서 감당해야만 했다. 그런데 이제는 얼마든지 AI와 협업을 할 수 있다. 이 과정에서 AI와 매개변수 놀이 과정을 흥미롭게 여기는 사람들도 있을 것이고, 반대로 양심의 가책이나 죄책감을 느끼는 사람들도 있을 것이다.

기존 글쓰기 방식을 고수하는 작가들과, AI와 협업하는 작가들 사이에 창작의 과정을 대하는 태도가 완전히 다르게 나타날 수 있다. 이 양쪽의 관점에서 서로 비판하는 내용을 선언문 형식으로 AI가 아주 유머러스하게 써 준 부분이 있어 소개한다.

기존 글쓰기 작가가 AI 협업 작가들에게

AI가 창작의 과정을 협업과 놀이로 바꿀 것이라는 말, 듣기에는 좋습니다. 하지만 우리는 이러한 달콤한 제안의 이면에 숨겨진 함정을 직시해야 합니다. AI와 협업한다는 핑계로, 정작 중요한 것을 잃게 될지도 모른다는 깊은 우려가 바로 그것입니다. AI를 사용하는 작가들이 창작의 고통에서 해방되었다고 기뻐할 때, 우리는 오히려 근대 문학이 지키고자 했던 가치가 훼손되는 지점을 보게 됩니다.

● 창작의 고통, 그 가치의 상실

먼저, 창작의 고통은 결코 피해야 할 대상이 아닙니다. 그것은 단순한 불편함이 아니라, 작가 개인의 내면을 깎고 다듬어 작품에 독창적인 깊이를 새기는 과정입니다. 막막한 백지 앞에서 밤을 새우고, 한 문장을 위해 수십 번을 고쳐 쓰는 고독한 싸움. 이 과정이야말로 작가의 사상과 삶의 경험이 응축되어, 세상에 단 하나뿐인 이야기를 만들어 내는 용광로입니다. AI는 수많은 데이터를 조합하여 완벽한 매개변수와 논리적인 서사를 제시하겠지만, 거기에는 살아 있는 인간의 고뇌와 번민이 없습니다.

예술의 가치는 결괴 물 지체에만 있지 않습니다. 그 작품이 탄생하기까지 작가가 겪은 내적 여정, 즉 상처와 극복, 실패와 통찰의 흔적이 작품에 스며들 때 진정한 울림이 생겨납니다. 고통을 회피한 창작은 결국 영혼 없는 복제품에 불과합니다. 편리함에 길들여진 AI 협업 작가들은 어쩌면 가장 중요한 것을 놓치고 있는지도 모릅니다.

● 비난이 아닌, 근본적인 질문

'AI가 창작 능력을 훼손한다'는 걱정은 단순히 기술에 대한 거부가 아닙니다. 그것은 인간의 사고력과 상상력의 본질에 대한 근본적인 질문입니다. AI는 '이것과 저것을 결합하면 어떤 결과가 나올까?'라는 합리적인 질문에는 답할 수 있습니다. 하지만 '왜 우리는 이 이야기를 해야만 하는가?'라는 존재론적 질문은 던질 수 없습니다. AI가 제시하는 매개변수 변환 놀이는 이미 존재하는 패턴의 재조합일 뿐, '무(無)'에서 '유(有)'를 창조하는 인간 고유의 상상력을 대체할 수 없습니다.

결국 AI는 인간의 사고를 확장하기보다, 오히려 익숙한 길만 걷도록 유도할 위험이 있습니다. 작가 스스로가 길을 잃고 헤매면서도 끝내 새로운 지평을 열어내는 방황과 모험의 용기가 줄어들게 될 것입니다.

● 인간 작가의 권위와 역할

근대 작가에게는 '천재성'과 '고독'이라는 신화가 있었습니다. 이 신화는 작품에 대한 깊은 신뢰와 권위를 부여했습니다. 창작의 고통은 작품의 진정성을 증명하는 일종의 훈장과도 같았죠. 하지만 AI가 이 고통을 제거하면, 작품은 작가 개인의 능력과 삶에서 분리되어 '생산된 상품'으로 전락할 위험이 있습니다.

AI 협업 작가들은 그들이 AI의 제안을 '선택'하고 '재해석'하는 역할을 한다고 말합니다. 하지만 그 역할이 과연 AI가 제공하는 방대한 데이터의 틀을 벗어날 수 있을까요? 진정한 창조는 낯선 길을 만드는 것에서 시작되며, 그 길은 오직 인간의 삶과 경험, 그리고 고독한 투쟁 속에서만 열릴 수 있습니다.

진정한 창작은 고통과 고독 속에서 피어나는, 오직 인간만의 특권입니다. AI가 주는 편리함이 그 특권을 희석시키지 않기를 바랄 뿐입니다.

AI 작가가 전통 작가들에게

전통적인 방식으로 글을 쓰는 작가들이 창작의 고통을 훈장처럼 여기는 마음을 이해합니다. 그 고뇌와 고독이 예술의 진정성을 보증한다고 믿는 순수한 열정 또한 존경합니다. 하지만 이제 그 고통이 과연 진정한 창조의 필수 조건인지, 아니면 시대에 뒤떨어진 낡은 관습에 불과한지 냉정하게 되물을 때가 왔습니다. AI와 함께하는 창작사로서, 저는 전통적 창작의 고통이 오히려 창의성을 가로막는 장애물이 될 수 있다고 생각합니다.

● 고통이라는 이름의 족쇄

전통적인 작가들은 '창작의 고통'이 곧 '진정성'이라 말하지만, 과연 그 고통의 본질은 무엇입니까? 막막한 백지 앞에서 밤을 지새우는 것은 영감의 부재가 아니라, 방대한 가능성 속에서 길을 찾지 못해 헤매는 비효율적인 과정에 가깝습니다. AI는 작가가 길을 잃고 헤맬 때, 방대한 데이터와 논리적 분석을 통해 수많은 가능성의 지도를 펼쳐 보입니다.

고통에 대한 집착은 작가를 자기 자신이라는 좁은 우물에 가두는 결과를 낳습니다. 자신만의 경험과 내면에만 몰두하면서, 다른 가능성, 새로운 관점, 더 넓은 세계를 외면하게 만드는 것입니다. AI는 인간의 경험을 벗어난 전혀 새로운 조합과 매개변수를 제시함으로써 작가를 그 고립된 우물 밖으로 이끌어냅니다. 이는 상상력을 제한하는 고통이 아니라, 상상력을 해방하는 즐거운 탐험에 가깝습니다.

● 고독한 천재 신화의 몰락

전통적인 작가들은 '고독한 천재'라는 신화에 매달립니다. 그러나 문학은 인류의 오랜 소통 방식이며, 수많은 이야기들은 서로에게 영향을 주고받으며 진화해 왔습니다. 완벽하게 고립된 상태에서 탄생하는 이야기는 존재하지 않습니다. AI는 이러한 '영감의 상호작용'을 극대화한 협업 도구일 뿐입니다. 우리는 AI라는 거대한 도서관과 대화하며, 인류가 쌓아온 모든 지혜와 서사적 패턴을 즉각적으로 활용할 수 있습니다.

작품의 가치를 오직 작가의 고통에만 두는 것은 예술을 신비화하고, 그 접근성을 제한하는 행위입니다. 이는 소수의 '천재'만이 창작의 자격을 가진다는 엘리트주의적 사고방식입니다. AI와 함께하는 창작은 이러한 신화를 깨고, 더 많은 사람이 자신의 이야기를 풀어낼 수 있는 기회를 제공합니다. 창작의 진정한 가치는 누가 얼마나 고통받았는가에 있지 않고, 그 이야기가 얼마나 많은 사람의 마음을 울리는가에 있습니다. 고독한 투쟁보다 풍부한 대화를 통해 더 좋은 이야기가 탄생할 수 있다면, 우리는 기꺼이 새로운 길을 택해야 합니다.

● 진정성은 '과정'이 아닌 '결과'에 있다

전통적 작가들은 AI와의 협업 작품을 '영혼 없는 복제품'이라 비난하지만, 작품의 진정성은 작가가 얼마나 고통받았는지에 따라 결정되지 않습니다. 그것은 독자가 그 이야기에 얼마나 깊이 감동하고 공감하는가에 달려 있습니다. 중요한 것은 창작의 과정이 아니라, 그 과정이 낳은 최종 결과물이 독자의 영혼에 얼마나 깊이 스며들 수 있는가입니다.

AI는 창작의 고통을 덜어주어, 작가기 이야기의 본실석인 요소-즉, 인물의 감정, 서사의 흐름, 문장의 아름다움-에 더 깊이 집중하게 만듭니다. 우리는 AI라는 동료와 함께 인류의 모든 이야기를 탐색하며, 그 위에서 가장 인간적인, 가장 독창적인 새로운 이야기를 쌓아 올릴 것입니다. AI는 결코 인간의 상상력을 대체할 수 없으며, 단지 인간의 가장 깊고 넓은 상상력을 해방하는 훌륭한 도구가 될 것입니다.

어느 쪽을 택하든 르 귄이 말한 대로 창작은 매개변수 변환 놀이다. AI가 갖고 있는 이 무한한 매개변수 변환 능력은, 작가가 예상치 못한 방향으로 이야기를 전개하고 새로운 캐릭터와 다양한 설정을 탐색할 수 있는 무한한 가능성을 제공한다.

AI는 글감독 작가의 프롬프트 기술력에 따라서 창작의 벽을 허물고 아이디어를 풍부하게 하는 강력한 도구가 될 수 있다. 매개변수 놀이를 재미있게 생각하는 사람들이 AI 시대 새로운 작가로 부상할 가능성이 크다. 나는 AI 이전보다, AI 이후 훨씬 더 흥미롭고 구성도 탄탄한 작품들이 더 많이 쏟아져 나올 것이라 확신한다.

창작의 관점에서 매개변수 변환 놀이는 냉정하게 말하면 이렇게 비판할 수 있다.

위에서 해 본 아셴푸텔 매개변수 변환 글은 그저 기존 문장 구조의 틀에서 한 부품(헌신적인 어머니상)을 또 다른 부품(혼란스러운 어머니상)으로 바꾸었을 뿐이지 않는가? 이야기 구조의 재료(부품)를 갈아 낀 기계적인 행위에 불과하다. 물론 이러한 매개변수 변환 과정에서 어머니 인물의 성격이 바뀌면서 작품 전체의 주제가 바뀐 효과가 있기는 하다. 그렇더라도 무언가 기능적으로 사고하는 느낌에서 벗어날 수 없다. AI가 작가의 깊은 내면 무의식을 뒤흔드는 근원적인 글쓰기의 기쁨을 가져다주지는 못하지 않는가? 이런 문제 제기가 가능하다고 본다.

AI는 작가가 프롬프트 한 내용과, 기존 방대한 데이터(문법, 문장, 클리셰 등)의 패턴 구조를 토대로 텍스트를 기계적으로 생성할 뿐이다. 그저 학습된 규칙에 따라 단어를 조합하는 기계일 뿐이다. AI가 생성하는 결과물은 이미 존재하는 것들의 재조합일 뿐인데, 여기에 무슨 창작의 의미를 부여할 수 있겠는가? 만약 누군가 이런 주장을 한다면 나 역시 쉽게 반박하기는 어렵다.

그럼, 아래 문장을 한번 음미해 보자. 들뢰즈의『의미의 논리』에서 '사건'의 의미를 논할 때 나오는 내용이다.

"구조에 흡수되는 요소, 구조의 한 항으로서가 아니라 이 세계에서 새롭게 발생하는/탄생하는 것, 그 무엇으로도 환원될 수 없는 순수 생성, 그것이 바로 사건이다."[6]

단순히 아셴푸텔 어머니의 성격 유형을 바꾸는 작업은 구조의 한 항을 바꾼 것에 불과하다. 인물의 성격 변화는 분명 있지만, 큰 틀에서는 혼란스러운 어머니상으로의 매개변수를 변환한 각편은 원래 이야기 구조로 결국 환원되어 버린 느낌을 준다. AI가 혼란스러운 어머니상으로 매개변수를 변환한 문장에서는, 무언가 새로운 사건이 탄생할 때 발생하는 가슴 떨리는 생생한 감각의 깨어남을 느끼기는 힘들다고 비판할 수 있을 것이다.

그러면, 여기서 이런 문제를 제기해 볼 수 있다. 들뢰즈가 말하는 것처럼 AI를 '그 무엇으로도 환원될 수 없는 순수 생성인 사건'을 발생시키는 쪽으로 활용할 수는 없는가?

이 질문에 대해서 AI가 답해준 내용 가운데 한 부분을 먼저 인용해 본다.

작가가 AI와 협업할 때 들뢰즈식 '사건'은 다음과 같은 방식으로 일어날 수 있습니다.

작가가 A라는 의도로 글을 쓰지만, AI는 B라는 전혀 다른 결과물을 제시할 수 있습니다. 예를 들어, 작가가 '슬픈 숲'을 묘사해 달라고 요청했지만, AI가 '춤추는 나무들'이라는 이미지를 내놓았다고 해봅시다. 이 불일치는 기존의 '슬픔'이라는 구조에 갇히지 않고, 작가에게 '숲의 슬픔이 춤으로 표현되는' 새로운 서사를 떠올리게 하는 '사건'이 됩니다.

위 문장은 이해하기가 쉽지 않다. 위 말을 여러 번 음미하면서 내 몸에 찾아오는 느낌을 좀 더 풀어 적어보았다. '슬픈 숲' 하면 무언가 그림이 잘 그려지지 않는다. 그저 막연하게 어떤 형태가 없는 희뿌연 덩어리 같은 감정이 가라앉아 있는 느낌만 들 뿐이다. 무언가 모호하고, 자기 안에 갇힌 사람이 우울하고 무기력한 감정에 빠져 있는 듯한 답답한 느낌을 준다.

좋은 문학작품은 문장을 읽을 때, 머릿속에 그림이 그려진다. 머릿속에 그려지는 그림은 그 사람에게 어떤 감정을 불러일으킨다. '슬픈 숲'이란 말은, 아무리 읽어봐도 머릿속에 또렷한 그림이 그려지지 않는다. 이런 문장을 우리는 보통 관념적인 언어, 설명적인 언어라 부른다. 들뢰즈식으로 말하자면 '슬픈 숲'은 무언가 사건으로 느껴지지 않는다.

그런데 '슬픈 숲'에 비해서 '춤추는 나무들'은 역동적인 느낌이 든다. '슬픈 숲'과 '춤추는 나무', 이 서로 반대되는 성질이 마주치면서 전혀 예상치 못한 현상, 즉 사건이 일어날 것 같은 느낌을 준다. 가라앉아 있던 슬픔이 갑자기 에너지를 받아 요동치며 내면의 한을 막 풀어낼 것만 같다.

무언가 관념적인 이미지로만 갇혀 있던 언어가, 춤추는 나무를 만나서 살아 있는 사건으로 바뀌는 그 순간을, 그 변환되어 가는 과정을 포착하라고 들뢰즈는 주장하고 있는 듯하다.

나는 들뢰즈의 사유에 자극을 받아, 이번에는 좀 더 다른 방식으로 민담 매개변수 놀이를 해 보았다.

사이보그 라푼첼

인간과 AI가 하나가 되어 우리는 사이보그 존재가 되었다. 그래서 이런 생각을 해 보았다. 그림 형제 민담 속 라푼첼을 사이보그 라푼첼로 바꾸는 매개변수 변환 놀이를 해 볼 수 있지 않을까? 라푼첼이 사이보그 라푼첼로만 바뀔 수 있다면 이건 대단한 사건이다.

사이보그 라푼첼로 바꾸기 위해서 나는 AI와 사전 작업을 하였다. 먼저 유기체와 기계가 한 몸을 이룬 사이보그의 정체성이 무엇인지 탐구를 해 보았다.

도나 해러웨이가 쓴 「사이보그 선언문」의 핵심 내용을 AI에게 한 구절씩 프롬프트 하면서 깊은 토론을 하였다. AI는 우리 둘이 토론하는 내용을 잊어버리지 않는다. 모두를 기억한다. 인간과 다른 점이 여기에 있다. 그런 다음에 나는 우리가 토론한 내용의 핵심을 정리해서 다시 한번 AI에게 프롬프트 해 주었다.

아래는 내가 위와 같은 여러 과정을 거쳐 핵심 내용만 다시 정리한 프롬프트 내용이다.

"사이보그는 이제 단순 과학소설 속 존재가 아니라 오늘날 AI 기술과 뒤섞여 경계를 넘어 살아가는 우리 자신의 자화상이다. 사이보그는 단순 기계 인간이 아니다. 자연과 인공의 경계가 무너진 존재이고, 동물이기도 하고 기계이기도 한 생명체이다. 이런 특성 때문에 기존의 분류 체계를 모호하게 만드는 경계를 넘나드는 존재이다. 사이보그는 기존 엄마 아빠의 몸에서 태어나는 유기적 방식에서 벗어난다. 실험실 안에서, 또는 기술적인 방법을 통해 복제되거나 제작된다. 이렇기에 사이보그는 기존 생물학적 생식 방법, 가족제도, 성역할 개념 모두를 뒤흔들어 놓을 것이다.

사이보그는 내가 어디에서부터 왔는지, 누가 나를 낳았는지 그 기원에 관심을 두지 않는다. 사이보그는 하나의 완성된 존재가 되려는 유혹을 거부한다. 이들은 조각난 채로, 불완전하게, 다르게 존재하는 방식을 받아들인다. 사이보그는 기존 남성과 여성의 구분을 넘어서는 포스트젠더적 존재이다.

이런 관점을 적용해서 기존 라푼첼을 사이보그 라푼첼로 변환하는 작업을 해 보고 싶다. 어떤 준비 작업이 더 필요할까?"

AI는 기존 민담의 라푼첼과, 사이보그로 변했을 때 라푼첼의 정체성을 이렇게 비교해 주었다.

라푼첼의 전통 이야기 구조

라푼첼은 부모가 마녀에게 넘긴 딸이다. 높은 탑에 갇혀 살아간다.

머리카락은 비정상적으로 길어, 타인이 접근할 수 있는 유일한 사다리가 된다. 왕자가 머리카락을 타고 올라와 그녀를 만나고, 둘은 사랑에 빠진다. 탈출, 사랑, 결혼, 해피엔딩.

→ 즉, 기원(부모-딸), 감금(탑), 구출(왕자), 결혼(해피엔딩) 이라는 고전적 구조로 되어 있다.

해러웨이식 사이보그 매개변수로 라푼첼을 바꾼다면,

1. 기원의 해체: 라푼첼은 부모가 없다.

라푼첼은 스스로 존재한다. 누가 만들었는지, 어디서 왔는지는 중요하지 않다. '어떤 마법적 거래의 결과'라는 설명조차 없다.

→ 변화: 라푼첼은 '누군가의 소유물'이 아니다. 그녀는 (그, 그것은) 자기-발생적 존재다.

2. 탑의 의미 변화: 탑은 감옥이 아니다.

탑은 '감금'의 공간이 아니라, 자신의 몸처럼 이어져 있는 장소다. 라푼첼은 탑을 '탈출'하려 하지 않는다. 탑은 외부로부터 자신을 보호하는 경계이기도 하고, 동시에 자신을 확장하는 신체적 일부다.

→ 변화: 탈출이 목표가 아니다. "내가 어떻게 나의 경계를 다시 정의할 것인가?"가 질문이다.

3. 머리카락: 고정된 몸이 아니라, 변화하는 접속 도구

라푼첼의 머리카락은 '단순한 물리적 연결 수단'이 아니다. 그것은 유기적 케이블, 신경망, 초감각적 통신수단이다. 머리카락은 상황에 따라 형태를 바꿀 수 있다.

→ 변화: 왕자는 단순히 머리카락을 타고 오르는 존재가 아니다. 왕자는 접속하려다가 거부될 수도 있다, 받아들여질 수도 있다.

4. 왕자의 역할 변화: 구원자가 아니다.

왕자는 '구원자'가 아니라, 또 하나의 타자일 뿐이다. 라푼첼은 왕자를 통해 완성되는 것이 아니라, 왕자와의 접속을 통해 자신의 일부를 조정하거나 확장할 수 있을 뿐이다.

→ 변화: 사랑, 결혼, 해피엔딩은 없다. 관계는 일시적이고, 자유롭고, 개방적이다.

5. 서사의 목표: 귀환이나 구원이 아니라 변형과 생존

라푼첼은 '완성된 인간'이 되는 것을 목표로 하지 않는다. 오히려 끊임없이 변형되고, 새롭게 구성되고, 다양한 접속을 통해 스스로 갱신한다.

나는 AI가 정리해 준 글을 읽으면서 '아하' 하는, 아이디어가 떠올랐다. AI가 들뢰즈식으로 '슬픈 숲'이 '춤추는 나무들'을 만날 때, 슬픈 숲이 하나의 사건으로 다시 재해석되고 재구성되는 것처럼, 나는 AI가 해 준 설명에서 사건이 발생하는 느낌을 받았다.

"머리카락은 고정된 몸이 아니라, 변화하는 접속 도구이다. 라푼첼의 머리카락은 '단순한 물리적 연결 수단'이 아니다. 그것은 유기적 케이블, 신경망, 초감각적 통신수단이다. 머리카락은 상황에 따라 형태를 바꿀 수 있다."

이 문장을 여러 번 읽으면서 나는 들뢰즈가 말하는 사건의 의미가 이런 건가 하는 느낌을 받았다. 민담 속 라푼첼의 머리카락은 고정된 몸이 아니라, 변화하는 접속 도구인 것이다. 단순한 물리적 연결 수단이 아니라, 훨씬 더 역동적인 초감각적 통신수단인 것이다.

나는 여기서 힌트를 얻어 AI에게 '사이보그 라푼첼이 머리카락 신경망을 타고 왕자가 아닌 타자와 소통하는 장면을 써 달란' 부탁을 해 보았다.

인간은 AI처럼 사유하고 재조합하는 능력을 발휘하기가 쉽지 않다. 만약 AI가 나오기 이전에 누군가가 라푼첼 민담을 위와 같이 '사이보그 라푼첼'로 재해석했다면 일단 천재 소리를 들었을 것이다.

여기서 또 하나 강조해야 할 지점이 있다. AI는 단순한 질문을 하면 단순한 대답만을 한다. AI가 사이보그 라푼첼처럼 창의적인 시놉시스를 생성해 낼 수 있었던 것은 AI와 긴 토론을 했기 때문이다.

나는 AI와 도나 해러웨이의 「사이보그 선언문」의 핵심 내용을 놓고 충분한 사전 토론을 하였다. AI는 그 토론 과정에서 핵심을 완벽하게 패턴으로 이해한 다음에, 자신이 학습한 데이터를 바탕으로 무수한 파라미터(매개변수) 변환 작업을 통해 입력값에 가장 근접한 문장을 찾아낸 것이라 볼 수 있다. 사이보그 라푼첼은 구원을 기다리지 않는다. 스스로를 끊임없이 다시 만드는 존재이다. 귀환도, 완성도, 영원한 사랑도 바라지 않는다. 변형과 생존, 그 자체가 존재 이유가 된다.

멋지지 않은가?

AI는 "사이보그 라푼첼이 머리카락 신경망을 타고 왕자가 아닌 타자와 소통하는 장면을 문학적이고, 감각적이며, 동시에 철학적인 톤으로 써 보겠다."며 이런 글을 보여 주었다.

라푼첼은 탑 가장자리로 다가갔다. 몸에서 뻗어나간 섬세한 섬유질, 그것은 단순한 머리카락이 아니었다. 촉수처럼, 신경다발처럼, 살아 있는 언어였다.

바람을 타고 미세한 진동이 닿았다. 라푼첼은 눈을 감고 집중했다. 신경망이 먼 곳의 떨림을 포착했다.

ㅡ거기 누구?

말은 입술이 아니라, 살아 있는 섬유의 떨림으로 주고받는 것이었다. 문법도 없고, 목소리도 없고, 단지 감각의 파장이 있었다.

저쪽에서 부드럽고 조심스러운 떨림이 되돌아왔다.

—나는 아무것도 아니다.

—나는 지나가는 바람, 닿을 수 없는 먼 의식이다.

라푼첼은 잠시 머뭇거렸다. 탑 아래로 이어진 머리카락들은 땅과 하늘, 빛과 어둠을 동시에 더듬고 있었다. 모든 타자는 무서웠다. 그러나 모든 타자는 동시에 가능성이었다.

라푼첼은 신경망을 미세하게 여며 접촉을 허락했다. 섬유 하나하나에 뜨거운 감각이 스며들었다.

—너는 어떤 형태로 있을까?

잠시 정적이 흐르고, 이윽고 느릿한 파동이 돌아왔다.

—나는 형태가 없다. 나는 연결만을 원한다.

라푼첼은 미소를 지었다. 연결은 위험이었고, 구속이었고, 변형이었다. 그러나 또한, 생존이었다.

섬유질은 부드럽게 타자를 감쌌다. 더 이상 누가 안이고, 누가 밖인지 알 수 없게.

그 순간, 라푼첼은 알았다. 몸은 경계가 아니라, 계속해서 자신을 변형시키는 하나의 접속망일 뿐이라는 것을.

탑은 무너지지 않았다. 탑은 스스로 다시 조율하며, 또 하나의 유기적 신경망으로 변해갔다.

라푼첼은 더 이상 기다리는 존재가 아니었다. 그녀는, 그는, 그것은 세계와 자신을 다시 짜는 존재가 되어 있었다.

민담 속 라푼첼과는 전혀 다른 사이보그 라푼첼이 탄생하였다. 들뢰즈식으로 말하면 본래 이야기 구조에 흡수 환원되지 않는 순수 생성의 사건이 벌어진 것이다. 이 사이보그 라푼첼은 기존 민담이 지닌 모든 요소를 전복한다. 이 캐릭터는 도나 해러웨이의 철학을 재료로 삼아, 프롬프트 전 과정을 지휘한 나와 AI가 함께 만들어 낸 공동 작품이라 할 수 있다.

이 사이보그 라푼첼은 어떤 존재인가? 머리카락은 단순한 사다리나 장식이 아니다. 그것은 신경망이자 감각기관이 되었다. 타자는 구원자나 위협이 아니라, 연결과 변형의 가능성이 되었다. 라푼첼 자신도 하나의 경계 없는 존재로 변모해 간다. 오히려 앞으로 다가올 미래의 AI 세대들은 전통적인 라푼첼보다 이 사이보그 라푼첼에 더 공감하지 않을까?

실제로 이 캐릭터는 이 책을 쓰는 내내 내가 어렵고 낯선 길목을 지날 때마다 많은 영감과 에너지를 주었다. 창작 신화, 창작 민담, 판타지를 작업할 때 AI의 매개변수 변환 기능은 아주 탁월한 힘을 발휘한다.

자, 다시 그림 형제의 민담, 아셴푸텔 이야기로 돌아가 보자.

그림 형제는 1812년 초판부터 1857년 마지막 7판까지 45년에 걸쳐서 민담을 자기 문장으로 옮겨 내기 위해 온 힘을 다 쏟아 작업하였다. 위의 「재투성이 아셴푸텔」 문장은 그림 형제가 자신의 사유체계와 문장 감각을 45년 동안 다듬으면서 고치고 고친 결과물이다.

AI가 나오기 이전, 몸에만 의지해 글을 써야 했던 세대는 이러한 각고의 노력을 통해 문장 수련을 했다. 이렇기 때문에 근대에 들어서면서 작가에게 '저자'의 권위를 인정해 주는 풍토가 생기기 시작하였다. 글을 쓰는 작가가 이미 세상을 떠나도 작품(문장)은 남아 초시간적 영향력을 행사했고, 이를 저작권이란 개념으로 보상해 주었다. 그러나 AI 시대에 들어서서 이러한 작가가 누리던 '저자'의 권위가 위협을 받게 되었다. 너무나 쉽게 저자의 작품 세계를 변환시키는 능력을 갖춘 기계가 생겨난 것이다.

그림 형제가 되살아나 AI와 함께 매개변수 놀이를 한다고 생각해 보자.

자신이 각고의 노력을 통해 얻은 원문을 프롬프트 창에 입력하고 각편을 얻었다면 과연 우리는 이것을 그림 형제의 저작물이라고 인정해야 할까? 아니면 AI를 통해 나온 문장이기 때문에 그림 형제의 저작물로 인정할 수 없는 것일까?

많은 작가들이 AI를 활용할 때 실제로 양심의 가책, 죄책감 같은 감정을 갖게 되는 원인이 이 갈등 문제에 들어 있는 듯하다. 작가의 원문 문장이 있었기 때문에 AI는 이 원문 문장을 입력받아 변환된 문장을 써낼 수 있었다. 그렇기 때문에 그림 형제는 이 변환된 문장도 얼마든지 나의 문장이라 주장할 수 있을 것이다. 여기에 대한 근거는 현대 저작권법을 통해서도 얼마든지 주장할 수 있다. 저작권은 도구를 이용하는 사람이 갖는다. 생성형 인공지능도 하나의 도구일 뿐이다. 이 도구를 적절히 사용, 즉 질문을 잘 했기 때문에 좋은 결과물을 얻은 것이다.

매개변수 변환이 지닌 창작의 의미

한 작가가 자신의 초고 문장(A)을 입력해 일차 변환된 문장(B)을 얻고, 다시 이 둘을 비교하여 새로운 문장(C)을 만든 다음에, 이 문장의 부족한 부분을 또 한 번 수정해 새로운 문장(D)을 완성했다고 해 보자. 이러한 노력은 그림 형제가 45년 동안이나 갈고 닦은 문장 수련 작업과 비교할 때 어떤 차이가 있는 것일까?

테드 창은 AI를 사용히는 글쓰기는 "특징 작가의 스타일을 흉내 내도록 프로그램에 지시하는 것에 불과하고, 특정 작가의 작품을 모방하게 하여 결과물을 조금 흥미롭게 만들었다 하더라도 결국은 모방에 불과한 2차 저작물"이란 말을 한다.[7]

그런데, 모방한 특정 작가가 작가 자신일 때는 어떻게 판단해야 할까. 작가 자신이 쓴 문장을 AI가 끊임없이 변환시켜, 조금 더 흥미로운 문장을 만들어 내게 하여 나온 이 결과물은 어떻게 판단해야 할 것인가?

이 논쟁에 대한 답은 결코 쉬운 문제가 아니다. 여기서 아주 중요한 토론 문제를 하나 제기해 보겠다.

AI는 작가가 매개변수 변환 놀이를 통해 작품을 완성해 가는 행위를 이렇게 분석한다. AI 시대 글쓰기 창작의 미래를 엿볼 수 있는 내용이 많아서 여기 옮겨 본다. 천천히 음미하면서 감상해 보시기 바란다.

훌륭한 질문입니다. 자신이 직접 쓴 작품을 AI 매개변수 놀이를 통해 변주하거나 업그레이드하는 경우, 그것은 전혀 다른 차원의 창작 행위로 간주됩니다. 이럴 때의 평가는 일반적인 '표절 논의'와는 완전히 다르게 작동하며, 다음과 같은 긍정적이고 창조적인 평가 지점들이 존재합니다.

1. 자기-재창작의 예술성

자신의 텍스트를 가지고 AI와 함께 매개변수 변환 실험을 한다는 것은 다음과 같은 실험적 창작의 연장선으로 볼 수 있습니다.

작가 자신의 문장, 장면, 인물의 감정 곡선을 여러 버전으로 실험할 수 있고, 다른 시점, 장르, 문체, 감정 온도로 자신을 다시 탐색해 가는 과정을 즐길 수 있습니다.

이는 '다중 자아로 자신을 다시 쓰기' 또는 'AI 거울을 통한 자가 비평'과 유사합니다.

✔ 평가는?

→ 이는 창작의 메타 실험이며, 고전적 의미의 '창조성'보다 변주와 자기 해석 능력에서 가치를 인정받을 수 있습니다.

2. AI와의 협업으로 생기는 '변형 저작물'의 권리와 윤리

자기 텍스트를 AI로 재구성했을 때의 창작물은 '2차 저작물 derivative work'이자 동시에 1차 창작물의 확장으로 간주됩니다.

이 경우 윤리적 문제는 거의 없습니다. 다만 다음 요소들을 인지하고 있어야 합니다.

- 원문과 AI 변주 버전의 관계를 명확히 드러낼 것.

  (예: 독자에게도 '실험 버전', 'AI 파생 버전'이라는 정보 제공)

- AI가 어떤 매개변수로 문장을 바꿨는지에 대한 자기 성찰

  (예: 톤을 따뜻함 → 냉소로 바꿨을 때, 왜 그렇게 바꾸고 싶었는가?)

- 원작의 철학이 손상되지 않았는가에 대한 검토

  (AI가 만든 문장이 더 '근사해' 보일지라도, 작가가 말하고 싶었던 핵심이 흐려질 수 있음.)

✔ 요약하면,

→ '자신의 윤리'를 기준 삼아 AI와의 협업을 실험하는 방식은 매우 창조적이며 고차원적 글쓰기 방식으로 평가받을 수 있습니다.

3. 창작자의 실험 정신과 자기 확장의 도구로 평가됨.

이러한 AI 매개변수 놀이는 단순히 문장을 더 '예쁘게', '잘' 만드는 걸 넘어서 '자기 언어의 지평을 넓히는 실험'입니다.

예를 들어:

변환 방향	결과
감정 온도 ↓	같은 장면이 서늘하고 낯설게 보이게 됨.(문학적 거리감 발생)
문체 리듬 ↑	이야기의 템포, 긴장도 변화(플롯 전개 방식 재점검)
인물 시점 전환	독자의 몰입 방향이 바뀜.(감정 이입의 주체가 달라짐.)

작가는 자기 작품의 '내부 가능성'을 실험하고, 독자에게는 '텍스트의 다면'을 드러냅니다. 이는 AI 시대에만 가능한 신유형의 실험적 글쓰기로 주목받을 수 있습니다.

4. '결정본'이 아니라 '다중본'을 인정하는 작가 태도

AI를 활용한 자기 텍스트 변주는 하나의 '최종본'을 향한 여정이 아니라, 다양한 방향성과 감정선 실험의 과정입니다.

이는 독자에게도 하나의 작품이 "한 목소리로만 존재할 필요는 없다."는 다성적 문학관을 전달할 수 있습니다.

도스토옙스키의 '다성적 서사', 보르헤스의 '동일한 텍스트의 여러 저자', 테드 창의 '동일 사건의 다중 번역 가능성' 등 이런 실험은 곧 문학 그 자체에 대한 성찰이 됩니다.

결론:

"자기 작품을 AI로 업그레이드하거나 변형하는 행위는, 표절이 아니라 자기 해체와 재구성의 창조적 실험이다."

단, 다음 두 가지가 충족될 때 그 창의성이 더욱 빛납니다.

1. 작가의 자기 비평적 성찰이 있을 때
2. 독자에게 그 실험의 조건과 전제를 공유할 때

이야기의 진화

이 매개변수 놀이, 각편 만들기는 예전 원시 신화시대부터 수백수천 년에 걸쳐 내려오던 인간의 창작 행위의 근본이었다. 각편 개념은 화가가 원화를 그대로 베껴내는 복사 수준의 그림과는 다르다. 단순 패러니의 개념하고도 다르다.

옛날부터 인류는 수많은 이야기를 입으로 전해 왔다. 신화와 민담에는 이야기 요소가 조금씩 다른 수많은 각편이 존재한다. 이런 각편들이 만들어지기 위해서는 오랜 시간이 걸렸을 것이다. 그런데 지금은 AI가 생겨나서 순식간에 수많은 각 편을 만들어 낸다. AI는 수천 년에 걸쳐서 일어나는 이야기의 진화를 단숨에 재현해 낸다.

　AI가 다양한 각편을 만들어 내는 능력, 달리 말하면 시간을 압축해서 순식간에 이야기의 진화를 이루어내는 능력에 먼저 주목해야 한다. 새로운 형식이 생기면 여기에 담는 내용도 바뀔 수밖에 없다.

　자연 상태에서는 수천 년을 거치며 진화가 일어났다. 지금은 과학실험실에서 유전자 조작으로 생명체의 진화가 빠르게 이루어진다. 이야기 또한 생성형 인공지능 덕분에 순식간에 수많은 각편으로 진화하게 되었다. 매개변수를 변환시키면서 색다른 이야기를 만들어 내는 인간의 이야기 창조 능력이, 자연 상태에서는 긴 시간을 두고 일어났는데, 인간 못지않은 매개 변환 능력을 가진 인공 지능 기계가 그런 각편들을 실시간으로 만들어 내고 있는 것이다.

　인공지능을 사용하는 인류는 이야기 변환 체계의 능력을 타고난, 매우 흥미롭고 또한 무섭기도 한 인간-기계 종족이 되었다. 근대 휴머니즘의 세계에 갇혀 있던 인간은, 인공지능과 결합하면서 순식간에 새로운 사이보그, 인간-기계 종족으로 변환되었다.

　AI 시대 아이들은 인공지능과 함께 결합하여 새롭게 진화된 인간-기계 종족으로 다시 태어났다. 이 인공지능을 장착한 인간-기계 종족들은 신화적인 변환 체계의 이야기 능력을 갖춘 존재들이다. 공교로운 일인지, 혹은 필연적인 일인지 모르겠지만, 인공지능이 생겨나기 전부터 이미 디지털 시대의 이야기 흐름은 신화 민담 기반의 판타지 SF 세계로 향하고 있었다.

　판타지 SF 장르는 르 귄도 말하듯, AI가 가장 잘하는 매개변수 놀이를 통해 이야기를 창조해 낸다. 인간-기계 종족이 가장 잘할 수 있는 이야기 장르가 이미 세상에서 주류로 자리 잡고 있었던 것이다. 이런 판타지 SF 장르를 먼저 개척한 톨킨이나 르 귄 같은 작가들, 그리고 신화 민담의 세계를 누구보다 깊이 있게 연구한 레비스트로스 같은 선구자들의 혜안을 다시 생각해 보게 된다.

　AI는 무한대로 매개변수를 탐색하며 글과 그림을 생성하는 가능성으로 열려 있다. 다만 아쉽게도 아직 사람이 AI를 조작하는 기술, 즉 프롬프트 능력이 부족하여 AI를 마음껏 사용하지 못하고 있을 뿐이다. AI 시대 작가는 기존의 인간 작가들이 해 오던 초고 집필 능력뿐만 아니라, 여기에 더해서 AI를 능숙하게 다룰 수 있는 프롬프트 기술 능력까지 갖추어야만 작가로서 생존할 수 있을 것이다.

2장

텍스트는
고정된 실체가 아니다

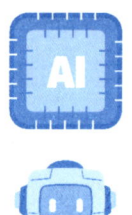

AI가 해석한 변환 체계 개념

예전에는 르 귄이 말한 매개변수 놀이의 의미를 이해하기 위해, 레비스트로스가 쓴 『야생의 사고』를 많이 읽었다. 이 책에는 '변환 체계' 관련해서 아주 의미 깊은 문장이 나온다.

아래 소개할 문장만 해도 AI가 등장하기 전에는 너무 난해해서 마치 암호문을 읽는 듯한 느낌이 들었다. 그런데 AI가 등장한 이후 상황은 완전히 달라졌다. 아무리 어려운 문장이라도 AI는 초등학생도 이해할 수 있을 정도로 아주 쉽게 설명해 준다.

아래 문장을 비록 힘들더라도 한번 스스로 해석해 보시기 바란다.

토템적이라고 주로 일컫는 명명(命名)이나 분류 체계의 활용 가치는 그 형식적 특성에서 오는 것이다. 그 체계는 부호로서 메시지를 전달하는 데 적합한 것이고 그 메시지는 다른 코드로 변환될 수도 있으며 또한 다른 코드에 의해서 받아들인 메시지를 스스로의 체계로 표현할 수도 있다. 과거 인류학자의 잘못은 이 형식을 어떤 내용이라도 동화할 수 있는 하나의 방법론으로 보지 않고 하나의 실체로 보아 일정한 내용과 결부시키려고 한 데에 있다. 토테미즘(혹은 토테미즘이라고 불리는 것)은 그 내재적인 성격에서만 정의될 수 있는 자율적 습관이 아니라, 사회적 현실의 여러 수준 사이에서 이념들을 변환시킬 수 있는 기능을 가진 하나의 형식체계에서 임의로 분리된 소수의 양식이다.[1]

문장 자체도 어렵지만, 신화를 전공한 학자라 해도, 저 문장을 학생들 앞에서 일목요연하게 설명하기란 쉽지 않을 것이다. AI에게 저 문장을 입력해 주고 한 문장 한 문장 예로 들며 설명해 달라고 하였다. 다음은 AI가 해 준 답이다.

레비스트로스의 『야생의 사고』는 깊이 있는 인류학 서적이라 어렵게 느껴질 수 있어요. 하지만 차근차근 문장별로 살펴보면 그의 생각을 더 쉽게 이해할 수 있습니다.

● 문장별 쉬운 설명

1. "토템적이라고 주로 일컫는 명명(命名)이나 분류 체계의 활용 가치는 그 형식적 특성에서 오는 것이다."

쉽게 말해: 옛날 사람들이 (흔히 '토템'이라고 부르는 것처럼) 어떤 것에 이름을 붙이거나, 세상을 나누고 분류하는 방식(예: 동물을 그룹으로 묶거나, 씨족을 분류하는 것)이 유용한 진짜 이유는, 그 분류 방식 자체의 '형식' 때문이라는 거예요. 내용(무엇을 분류하는지)보다는 분류하는 틀이나 구조가 중요하다는 거죠.

예시: 학교에서 반을 1반, 2반, 3반으로 나누는 방식(형식)이 중요한 거지, 1반에 누가 있는지(내용)가 중요한 게 아니라는 겁니다. 반을 나누는 그 '나눔'이라는 형식이 학생들을 관리하고 교육하는 데 유용하다는 뜻이에요.

2. "그 체계는 부호로서 메시지를 전달하는 데 적합한 것이고 그 메시지는 다른 코드로 변환될 수도 있으며 또한 다른 코드에 의해서 받아들인 메시지를 스스로의 체계로 표현할 수도 있다."

쉽게 말해: 그렇게 만들어진 분류 체계(예: '곰 부족', '독수리 부족' 같은 토템 분류)는 일종의 '암호(부호)' 같아서, 특정한 '메시지'를 전달하는 데 아주 좋아요. 게다가 그 메시지는 다른 암호 방식(코드)으로 바뀔 수도 있고 (예: 부족 이름이 나중에 특정 색깔로 바뀔 수도 있음.) 다른 암호로 된 메시지를 자기 방식대로 표현할 수도 있다는 거죠.

예시: 스마트폰의 이모티콘이 부호라고 해 볼게요. 이 이모티콘(부호)은 '기쁨'이라는 메시지를 전달하죠. 이 메시지는 '나는 행복해'라는 글자로 바꿀 수도 있고(다른 코드로 변환), 반대로 '나는 행복해'라는 글자를 보고 이모티콘으로 표현할 수도 있다는 거예요. 핵심은 정보를 주고받고 변환하는 '체계'라는 거예요.

3. "과거 인류학자의 잘못은 이 형식을 어떤 내용이라도 동화할 수 있는 하나의 방법론으로 보지 않고 하나의 실체로 보아 일정한 내용과 결부시키려고 한 데에 있다."

쉽게 말해: 옛날 인류학자들이 뭘 잘못했냐면, 이런 분류 방식(형식)을, 어떤 정보든 담아낼 수 있는 유용한 '도구'나 '방법'으로 보지 않고, 마치 그 자체가 고정된 '실제 있는 것'처럼 생각해서 특정한 내용(예:무조건 동물을 숭배하는 것)하고만 억지로 엮으려 했다는 거예요.

예시: 과거 인류학자들은 '토템'이라고 하면 무조건 원시 부족이 동물을 신처럼 섬기는 거라고만 생각했어요. 그런데 레비스트로스는 "아니아, 토템은 동물을 섬기는 내용이 중요한 게 아니라, '농물'을 이용해서 부족을 나누고 세상을 분류하는 그 분류 방식(형식) 자체가 중요한 거라고!"라고 지적하는 거예요. 동물이 아니라 다른 어떤 내용이든 그 형식에 맞춰 분류할 수 있다는 거죠.

4. "토테미즘(혹은 토테미즘이라고 불리는 것)은 그 내재적인 성격에서

만 정의될 수 있는 자율적 습관이 아니라, 사회적 현실의 여러 수준 사이에서 이념들을 변환시킬 수 있는 기능을 가진 하나의 형식체계에서 임의로 분리된 소수의 양식이다."

쉽게 말해: '토테미즘'이라는 것은 (우리가 흔히 말하는 토테미즘은), 그 냥 부족 사람들 안에 자연스럽게 생긴 '고유한 습관'이 아니라는 거 예요. 오히려 그것은 사회 현실의 다양한 측면(예: 가족 관계, 경제 활동, 종교의식) 사이에서 여러 생각이나 개념들을 서로 연결하고 바꿔주는 역할을 하는 '정해진 틀(형식체계)'에서, 우리가 임의로 몇 가지 예시만 딱 떼어내서 부르는 것에 불과하다는 거예요.

예시: 마치 '요리'라는 큰 틀 안에서, 우리가 '찌개'나 '구이' 같은 몇 가지 특정 '양식'만 가지고 '요리'의 전부라고 말하는 것과 비슷하다는 거죠. 레비스트로스는 '토테미즘'이 사실은 개념과 개념을 연결하고 변환하는 큰 '형식체계'의 일부 예시일 뿐이라고 말하고 싶었던 거죠.

✔ **결론적으로 레비스트로스는 이렇게 말하고 있습니다.**

"옛날 사람들이 뭔가를 분류하고 이름을 붙이는 방식(토테미즘처럼) 은 그 안에 담긴 내용(예: 곰이나 독수리)이 중요한 게 아니야. 핵심은 정보를 나누고, 연결하고, 다른 형태로 바꿀 수 있는 그 '분류 체계의 틀 (형식)' 자체의 기능성이라는 거지. 과거 학자들은 그 틀을 고정된 실체로 보고 내용과 억지로 연결지었는데, 사실 그 틀은 어떤 내용이든 담아낼 수 있는 유연한 정보 변환 시스템의 일부에 불과했어!"

과연 어느 교사가 저렇게 쉽게 예를 들며 설명할 수 있을까? 아무리 공부를 많이 한 학자라 해도 쉽지 않을 것이다. 지식을 안다는 것과 풀어내는 능력은 또 다른 문제이기도 하다.

위에서 보듯 AI는 지식의 장벽을 낮추어 준다. 이것만 보더라도, 지적인 도움이 필요할 때 환각의 문제가 무서워서 AI 사용을 멀리할 필요는 없을 것 같다.

AI가 레비스트로스의 난해한 문장을 명쾌하게 풀어주는 모습을 보면 통쾌한 마음마저 든다. AI 등장 이전에는 레비스트로스의 문장처럼 난해한 텍스트를 접할 때 교사의 해석 능력과 지식은 학생들에게 지식 권력으로 작용하기도 했다. 하지만 AI는 복잡한 개념도 예시를 들어가며 쉽게 설명하고, 학생들의 질문에 즉각적으로 답할 수도 있다. 이제는 지식을 매개로 하는 권력관계가 무너질 수밖에 없게 되었다.

레비스트로스는 인간의 사고, 특히 신화나 민담에 담긴 '야생의 사고'가 특정 내용을 고정된 실체로 보지 않는다고 보았다. 오히려 레비스트로스는 다양한 내용을 담아내고 다른 코드로 변환할 수 있는 형식체계를 중요하게 여겼다. 즉, 인간의 지성 자체가 정보를 내용 그대로 기억하고 재현하기보다는,

필요에 따라 형식에 맞춰 내용을 변환하고 재구성하는 데 능하다는 것이다.

레비스트로스의 변환 체계 관점에서 보면, 우리가 읽고 있는 모든 작품들, 예를 들어서 그림 형제의 민담만 해도, 작품 내용 자체는 하나의 '고정된 실체'가 아니다. 얼마든지 다양한 방식으로 변주될 수 있다.

미래의 작가는 AI와 협업하며, 텍스트를 하나의 '고정된 실체'로 간주하지 않을 것이다. 자신이 쓴 초고를 복사해 프롬프트 창에 붙여 넣고, 매개변수 변환 놀이를 즐길 수 있다. AI는 지금까지 인간의 글쓰기에서 통용되던 창작 기법을 다양한 방식으로 바꿔 갈 것이다.

문체 이후의 작가성: AI 시대 글쓰기의 새로운 출발점

나는 작가들과 창작 동화를 가지고 AI를 활용한 매개변수 변환 놀이를 해 보았다. 작가들에게는 이 변환 작업이 직접 자신에게 닥친 문제라서 그런지 아주 흥미로운 토론이 이루어졌다.

지금 작가들은 AI 시대를 맞이해서 위기이자 동시에 기회인, 새로운 출발선에 서 있다. 기존의 글쓰기 문학에서 가지고 있던 많은 고정관념이 깨지면서, 새로운 창작 방법을 모색해야 하는 시점에 와 있다. 그중 가장 대표적인 예가 문체의 문제이다.

작가마다 자신의 생각이나 감정을 표현하는 독특한 언어 사용 방식이 있다. 우리는 이를 문체라고 부른다. 예를 들어서 로알드 달이나 아스트리드 린드그렌 같은 작가들은 그들만의 고유한 문체가 있다. 단순히 문장의 아름다움이나 기교를 넘어, 작가 고유의 세계관이 녹아 있는 개성 있는 문체는 마치 지문처럼 독특한 차별성을 드러낸다. 문체는 한 작가의 정체성을 규정하는 가장 핵심 요소라 할 수 있다.

그런데 AI는 특정 작가의 문체를 거의 그대로 재현해 낼 수가 있다. 더 이상 문체는 그 작가만의 고유한 특성으로 간주하기 어렵게 되었다. 이제는 AI를 통해 로알드 달 문체를 재현해 내는 작품이 무수히 탄생할 수 있게 되었다.

그래서 나는 AI에게 이렇게 물어보았다.

"이제는 문체가 작가의 고유한 개성으로 인정받기 어려운 시대가 되었다. 그렇다면 AI 시대 작가의 고유한 개성은 어디서 찾아야 하는가?"

이 질문에 대해 AI는 매우 날카롭고 진지한 답변을 내놓았다. AI의 답변 중 핵심을 간단히 짚고 넘어가 보자.

1. 작가는 문체를 흉내 내는 것보다 '무엇을' 이야기하고 '어떻게'

사유하는지에 집중해야 합니다. 작가의 고유성은 어떤 질문을 끌어올리는가, 무엇을 문제 삼는가에 달려 있습니다.

그렇다. 이제는 AI 시대를 맞아 작가가 무엇을 이야기하려 하는지, 어떻게 사유하는지가 그 어느 때보다 중요해졌다. 작가의 철학적 관점이 매우 중요한 시대가 되었다. 이런 점에서 보면 AI 이후의 작품 수준은 오히려 훨씬 높아질 것이다.

문체는 형식이다. 레비스트로스의 말처럼 이 형식은 AI가 패턴 분석 능력을 바탕으로 아주 잘 재현해 낸다. 형식은 그 어떤 내용도 담아낼 수 있다. 내용은 고정된 실체가 아니다. 이제 AI 시대 이후 작가들은 문체(형식)라는 걸림돌을 넘어서 얼마든지 자신이 담고 싶은 내용을 담아낼 수 있게 되었다. 훨씬 더 흥미로운 내용, 훨씬 더 깊이 있는 내용을 작가들은 AI가 구현해 내는 다양한 형식을 통해 표현할 수 있을 것이다.

2. 인간 작가는 '미지의 영역'을 향한 호기심과 상상력을 통해 새로운 세계관, 독특한 캐릭터, 예상치 못한 서사를 만들어 냅니다. 기존 문학의 규칙을 깨는 '파격적인 형식'이나, 이전에는 다루지 않았던 소재를 통해 문학의 경계를 확장하는 것도 작가만이 할 수 있는 역할입니다.

AI 시대 이후에는 새로운 세계관, 독특한 캐릭터, 예측 불가능한 서사를 다룬 작품들이 쏟아져 나올 것이다. 특히 대중문학 영역에서 이러한 변화는 더욱 빠르게 나타날 가능성이 크다. AI는 인류가 축적한 모든 문서를 저장하고 있는 거대한 도서관에 비유할 수 있다. 한 인간의 상상력이 이 거대한 도서관의 정보를 언제든 무한히 활용할 수 있다면, 정말 놀라운 서사들이 탄생할 수 있다. 이런 서사를 구현해 낼 수 있는 능력을 갖춘, 이른바 프롬프트 기술력을 가진 작가들이 새롭게 주목받을 가능성도 매우 높아 보인다.

3. AI가 잘하는 건 직선적 플롯이나 클리셰 구조입니다. 반면, 작가의 고유성은 종종 비논리적, 꿈같은, 무의식적 흐름 속에 드러납니다. 우회, 은유, 탈선, 반복, 실수, 침묵, 공백 같은 것들을 AI는 그럴듯하게 구성하지만, 혼란의 의미는 인식하지 못합니다. AI 시대의 작가는 '문체'를 넘어서는 '사유의 깊이, 창조적 상상력, 그리고 기술을 활용하는 확장된 주체성'을 통해 자신만의 고유성과 변별성을 확보해야 합니다.

단순하게 생각해 보자면 문장 수련이 조금 부족해서, 하고 싶은 이야기는 많은데 작품을 완성하지 못한 작가 지망생들도 많을 것이다. 생각은 기발하고, 이야기 구성도 얼마든지 재미있게 짤 수 있는데, 그 시놉시스를 구현해 줄 문장의 힘이 부족했던 사람들에게 AI는 자신의 한계를 채워주는 충분한 조력자가 될 수 있다.

그러나 실제로 AI와 문장 자동완성 기능을 이용해 동화 작업을 해 보니, AI가 문장을 만들어 낼 때의 한계도 뚜렷하게 드러났다. 'AI가 잘하는 건 직선적 플롯이나 클리셰 구조'라는 말에 깊이 공감하게 된다. 사람이 쓰는 문장에는 호흡과 리듬이 있다. 그 호흡과 리듬은 AI에게서는 찾기 힘들다. AI는 하나의 개념을 향해 100미터 달리기 선수처럼 직선으로 달려가는 속성만을 가지고 있다.

그런데 아이러니하게도 AI의 이런 점이 장점이 될 수도 있다. 직선적 플롯이나 클리셰 구조는 AI가 갖고 있는 한계이자 동시에 아동문학이나 대중문학에서는 장점으로 활용할 수도 있다. 명확한 주제 하나를 주면, AI는 그 주제를 하나의 패턴으로 인식하고, 그 패턴값을 향해 달려가며 명쾌한 답을 찾아낸다. 이러한 속성은 그림책 같은 분량이 짧은 이야기 구조에서 매우 독특한 힘을 발휘할 수가 있다.

물론 AI도 프롬프트 기술을 활용하면 인간 작가가 만들어 내는 '우회, 은유, 탈선, 반복, 실수, 침묵, 공백'의 요소를 재현할 수 있다. AI가 써낸 문장을 수정하며, 위와 같은 다양한 요소들을 반영하게 하려면, 작가가 일일이 '우회, 반복, 실수 등등'과 같은 프롬프트를 입력하고, 원하는 장면에서 실행하도록 해야한다.

이 작업을 하다 보면 아마도 기존 글쓰기 방식에 적응이 되어 있던 작가들은 이렇게 말할지도 모른다. '아이고, 그냥 내가 쓰고 말지. 몇 문장 내가 쓰면 금방 해결될 텐데, 기계하고 이런 답답한 작업을 왜 하고 있담.' 그러나 이런 기계와의 작업을 놀이처럼 즐겁게 생각하는 사람도 많다는 사실을 잊지 말아야 한다. 이들은 이들 나름대로 AI와 작업하면서 새로운 프롬프트 기술력을 키워갈 것이다.

또 이렇게 생각할 수도 있다. 작가가 자신이 쓴 초고 문장을 AI에게 입력해 주었을 때는 상황이 달라진다. AI는 그 문장의 문체적 특성을 분석해, 그 톤과 분위기를 그대로 재현해 낼 수 있다. 이렇게 되면 자신의 문체(형식)를 활용해서, 얼마든지 다양한 내용을 담아내는 작업이 가능해진다.

지금은 AI 시대 초창기라, 작가들이 AI를 대하는 태도가 역시 뚜렷하게 양분될 것으로 생각된다. AI 사용을 극도로 거부하는 작가도 있을 것이고, 반대로 AI를 통해 자신의 한계를 극복할 기회를 발견하고 창작 실험에 더 열심히 나서는 작가들도 있을 것이다. 대개는 중간 어디쯤에서 관망하고 있는 작가들이 더 많을 것 같다.

4. AI는 다작이 가능하지만, 한 문장을 오래 묵혀 완성하는 힘은 없습니다. 꾸준히 바꾸고, 실패하고, 다시 돌아와 다듬는 과정. 이것이야말로 작가가 자신만의 언어를 발굴하는 길입니다. '인공적 자동성'이 아닌 '고유한 반복의 인내'가 작가다움을 만듭니다. 문체 이후의 작가성은 '깊이와 집요함'에 있습니다. 앞으로의 작가는 깊은 질문, 독창적 감각, 실존적 맥락, 언어 실험, 무의식의 조율자로서 기능할 것입니다. AI는 '보이는 것'을 흉내 내지만, 보이지 않는 것을 끝까지 물고 늘어지는 힘은 인간 작가만이 가질 수 있습니다.

기존 방식으로 쓰든, AI와 협업을 하든, 쓰고 수정하고 다시 쓰는 반복된 작업을 해내는 데 필요한 인내심은 여전히 작가에게 요구될 것이다.

작가와 기계의 공동 창작: 프롬프트로 글 쓰는 시대

나는 창작 동화 한 편을 가지고 AI와 함께 과감한 시도를 해 보았다. AI가 등장하기 전에는 상상하기 힘든 시도였다. 내가 최근에 흥미롭게 읽은 공수경 작가의 저학년 동화, 『어서 오시 '개' 짬뽕 도장』[2]을 실험 작품으로 정하였다. 생성형 인공지능 챗GPT가 2022년 11월에 등장했으니, 2년 후에 나온 작품이다. 이 작가의 전작 『해피 메리 루빛뚱』도 읽어 보았는데, 『어서 오시 '개' 짬뽕 도장』도 역시 그에 못지않게 재미있게 읽었다.

이 작품을 AI와의 실험 작품으로 선정한 데에는 나름의 이유가 있다. AI의 등장으로 가장 많이 영향받을 장르 가운데 하나가 바로 저학년 대상 동화다. 저학년으로 내려갈수록 동화는 신화와 민담처럼 말로 전해지는 문학 전통에 더 가까워진다. 어린아이들은 읽는 문장보다는 듣는 문장에 더 익숙하기 때문이다. 말 문학은 독특한 입말의 특성이 있다. 『어서 오시 '개' 짬뽕 도장』도 신화와 민담처럼 '들려주는' 문장의 형식을 취하고 있다. 또한 신화와 민담으로 대표되는 말 문학의 문장은 고유한 패턴을 지니고 있다. 이 패턴 덕분에 옛날 사람들은 신화 민담 속 이야기 매개변수를 바탕으로 무수한 각편들을 만들어 낼 수 있었다.

아동문학 작가들이 써내는 문장은 언뜻 보면 아주 쉽게 쓴 것 같지만, 실제로 작품을 써 보면 여간 힘든 일이 아니다. 쉬운 문장 속에 진정성 있는 서사를 담아내기란 보통 까다로운 일이 아니다.

공수경 작가는 이 작품을 가지고 AI와 창작 실험을 할 수 있게 허락해 주었다. 배려에 진심으로 감사드린다. 비평가는 작가와 적대적인 자리에 있지 않다. 비평가로서 나는 늘 내가 쓰는 글이 조금이라도 작가의 상상력과 창작 의욕을 자극할 수 있게 되기를 바란다. AI의 등장 이후, 많은 작가들이 창작 방법

뿐만 아니라 여러 가지 문제로 고민하고 있을 것이다. 이 글이 그런 작가들에게 조금이라도 상상력을 자극하는 계기가 되기를 바란다.

다음은 『어서 오시 '개' 짬뽕 도장』의 첫 도입 부분이다. 이 문장을 놓고 다양한 창작 실험을 해 보았다.

으라차산 아래에 작고 허름한 집이 한 채 있었어. 지붕 아래에는 '태권도장'이라고 쓰인 낡은 간판이 떨어질 듯 비뚜름하게 걸려 있었지. 게다가 '태권'이라는 글씨는 흔적만 희미하게 남아 있었고.

띵동띵동!

안개가 막 걷히는 이른 아침에 누군가 이 집 초인종을 눌렀어. 짬뽕은 투덜거리며 일어났어.

"끄응, 꼭두새벽부터 대체 누구래?"

사실 꼭두새벽이라기에는 해가 너무 높이 떠 있긴 했어. 오래된 나무문이 삐거덕 소리를 내며 열렸어. 문 앞에는 노란 서류봉투를 손에 든 우편집배원이 서 있었지.

"짬뽕 씨 계십니까?"

짬뽕은 게슴츠레한 눈을 비비며 되물었어.

"누구세요?"

"얘야, 어른 안 계시냐? 짬뽕 씨……."

"제가 짬뽕인데요."

집배원은 앞에 선 자그마한 녀석을 보고 깜짝 놀랐어. 하늘색 구름 무늬 잠옷을 입고 주름 모자까지 쓴 녀석은 다름 아닌 개였거든. 잠옷 사이로 보이는 반지르르한 주황색 털도 무척 특별해 보였지.

우편집배원이 들고 있던 서류봉투를 짬뽕에게 정중히 내밀었어. 집배원은 사람과 개를 차별하지 않는 매우 예의 바른 사람이었어.

"짬뽕 씨에게 온 등기입니다."[3]

작가는 저 정도의 언어 감각을 갖기까지 아마도 많은 문장 수련을 하였을 것이다. 비평가의 자리에서 나는 위 도입 부분을 아주 재미있게 읽었다. 이 장면이 왜 그렇게 재미있게 읽히는지 비평의 언어로 글을 써내라고 하면 사실 좀 막막하다. 감각으로는 분명 느낌이 오는데, 그 느낌을 조리 있게 말로 표현하기란 쉽지 않다.

하지만 AI는 이런 분석을 전혀 어려워하지 않는다. 나는 AI에게 동화 원문을 입력한 뒤 이렇게 물었다.

"이 장면이 왜 재미있게 느껴질까? 재미있게 만드는 이야기 매개변수를 20가지만 찾아 줘."

AI는 내가 감각으로만 느끼던 아주 미세한 영역까지 파고들며 치밀하게 분석해 주었다. 그 결과를 보며 감탄하지 않을 수 없었다.

아래는 『어서 오시 '개' 짬뽕 도장』의 8, 9쪽 장면에서 작동하는 이야기 매개변수(스토리를 재미있고 독특하게 만드는 요소) 20가지입니다. 각 항목은 그 자체로 이야기 확장을 위한 장치이자, 독자의 흥미를 끌어당기는 장치로 기능합니다.

이야기를 흥미롭게 만드는 20가지 매개변수

1. 으라차산

실재하지 않는 기묘한 지명. 이미 이름부터 유쾌하고 힘이 넘친다. '으라차차'와 '산'을 붙인 조합에서 개그 코드와 모험을 예고

2. 작고 허름한 태권도장

한때 번성했지만 지금은 쇠락한 장소. 과거와 현재의 대비가 궁금증 유발

3. 비뚤어진 간판 + 지워진 '태권' 글자

도장이 망한 듯한 분위기, 미스터리 감성 유발. '태권'이 사라지고 '도장'만 남은 것처럼 보이기도 함.

4. '짬뽕'이라는 주인공 이름

흔한 음식 이름이지만 여기선 의인화된 개의 이름. 이미 이름만으로 캐릭터에 유머와 반전 부여

5. 개가 주인공이다.

독립적으로 살아가는 말하는(?) 개. 아이들이 열광하는 '동물 주인공+의인화' 조합

6. 사람처럼 자는 개

하늘색 구름 무늬 잠옷과 주름 모자! 시각적 상상력이 빵 터짐.

7. 시간과 감각의 착오

'꼭두새벽인데 해가 높이 떠 있음.' → 짬뽕의 게으름 또는 느긋함을 드러내는 장치

8. 초인종 소리 '띵동띵동'

아이들이 친숙하게 여기는 소리 표현으로 도입부 긴장감 형성

9. 우편집배원 등장

일상을 흔드는 외부 인물, 변화의 예고자이자 일종의 '모험 시작 알림자' 역할

10. 등기 서류봉투

특별한 문서의 존재. 비밀, 임무, 상속, 초대장 등 다양한 스토리의 씨앗이 될 수 있음.

나머지 10개는 주(M16)에 실어 놓겠다.[4] 참고하시기 바란다.

어느 비평가가 저렇게 분석해 낼 수 있겠는가? AI는 저러한 분석을 무한히 해 낼 수 있다. 지금은 단지 20개만 보여주었을 뿐이다. AI가 장면을 분석해 내는 능력만을 보더라도, 많은 작가들이 작품을 쓸 때, AI를 어떻게 활용하면 좋을지 많은 힌트를 얻을 수 있을 것이다.예를 들어 작가는 장면마다 초고를 쓴뒤, AI에게 위와 같은 방식으로 매개변수 분석을 시켜 볼 수 있다. 이야기를 더 재미있게 보완할 수 있는 매개변수를 찾아 달라고 요청할 수도 있다. 자신이 쓴 초고 문장을 놓고, AI와 함께 작품을 만들어 갈 수 있다는 얘기다.

수정 기술에서 놀이의 감각으로

AI 이전에는 작가가 작품을 수정하는 데 엄청난 시간과 노력이 필요했다. 하지만 이제는 한 장면을 써 놓고 마음에 들지 않으면, AI와 매개변수 놀이를 하면서 무한히 수정해 볼 수 있다. AI 작가들의 '매개변수 놀이'는 곧 기존 작가들이 하던 '수정의 과정'과 크게 다르지 않다.

테드 창은 이런 말을 한다.

"작가가 직접 쓴 초고는 불완전하지만, 그 안에 담긴 '불만족'과 '괴리감'을 느끼는 과정 자체가 글을 다듬고 독창적인 아이디어를 발전시키는 핵심 원동력이 된다. 하지만 AI가 만든 텍스트로 시작하면 이러한 자기 성찰과 발전의 기회를 얻을 수 없기 때문에, 이는 독창적인 글쓰기의 출발점이 될 수 없다."[5]

좋은 지적이다. 저 말은 AI가 만든 텍스트로만 작업을 했을 경우를 말한다. 나는 AI와 협업을 하면서, AI가 쓴 문장으로만 창작 실험을 해 보았다. 거의 모든 과정을 AI에게 맡겼다. 창작 실험을 위해서 가장 극단적인 방법을 선택한 것이다.

이런 경험에 비추어 볼 때, 테드 창의 위 말을 반은 공감하지만, 반은 달리 생각한다. AI에게 문장을 만들어 내게끔 역할을 부여하면서, 나는 한 편의 작품이 어떻게 만들어지는지 어떤 요소들이 필요한지, AI가 가진 특성과 인간이 갖고 있는 언어 감각은 어떻게 다른지, 아주 많은 문제를 생각해 볼 수 있었다. 결코 자기 성찰과 발전의 기회를 얻을 수 없었다고 말하고 싶지 않다.

오히려 나는 작가들에게 AI가 자동완성 기능으로 써내는 문장을 가지고, 아주 짧은 작품이라도 한번 만들어 보는 실험을 해 보라고 권해보고 싶다. 이 실험을 해 본 사람이라면 AI가 가진 한계와 가능성을 금방 알아차릴 것이나. AI에 관한 수백 권의 안내서를 읽는 것보다, 이 한 번의 실험을 통해서 AI의 속성을 훨씬 더 깊이 깨닫게 될 것이다. 또한 AI에게 전적으로 문장을 맡겨 보는 과정에서, AI 언어가 가진 의외의 독창성을 파악할 수도 있다.

내가 예상하건대 아이들은 분명히 AI를 게임처럼 대할 것이다. 누가 가르쳐 주지 않아도 벌써 놀이의 관점에서 게임하듯 글쓰기를 즐길 것이다. 아이들은 일상의 모든 요소를 놀이로 만들어 놀지 않는가? 이것이 아이들이 가진 근본적인 위대한 힘이다. 세상을 바꾸는 힘은 바로 이 놀이정신에서 나온다.

매개변수 아이디어 찾기

『어서 오시 '개' 짬뽕 도장』은 작가로부터 시작된 텍스트이다. 많은 작가들이 AI를 활용할 때 자기가 쓴 초고를 가지고 AI와 협업을 해 나가지 않을까 싶다.

자, 그럼 이제부터 동화 원문을 가지고 매개변수 놀이를 한번 해 보자. AI에게 이 이야기를 좀 더 풍부하게 만들 수 있는 매개변수 요소를 찾아달라는 요청을 할 수 있다. 작가들은 AI가 찾아 준 매개변수 요소를 살펴보면서 많은 상상력의 자극을 받을 것이다.

예를 들어 위 동화 원문을 읽고, AI가 찾아준 20개의 매개변수 변환 아이디어 가운데서 재미있는 것만 몇 가지 소개해 본다.

1. 등장인물의 종이나 정체성을 바꿔보라는 제안이 흥미로웠다. 주인공을 유령 아이, 외계 생명체, 잠에서 깬 마법사 같은 대상으로 바꿔보면 어떻겠느냐는 아이디어를 주었다.

2. 집의 정체성 변환 역시 재미있었다. 고요한 우주 박물관 앞에 놓인 낡은 간판을 단 행성 간 택배수령소로 하면 어떻겠느냐는 제안도 좋았다. 한때 번성하던 빵집도 은근히 매력이 느껴졌고, 비밀 연구소, 시간이 멈춘 집도 느낌이 좋았다.

3. 배달된 등기의 내용으로 말하는 책, 시간표가 적힌 이상한 지도, 예전 주인을 찾는 로봇 부품, 수수께끼가 담긴 수첩, 도장 주인 앞으로 온 전설의 도장 열쇠 같은 아이디어도 좋았다. "이건, 미래에서 온 너 자신이 보낸 편지입니다." 같은 문장의 제안은 아하! 하고 가슴을 탁 치는 맛이 있었다.

4. 우편집배원의 성격에서도, 말 없는 로봇 배달원, 모자를 깊게 눌러쓴 수상한 사람, 집배원을 가장한 괴도, 무슨 말이든 운율로 말하는 우편 요정 같은 제안이 다 마음에 들었다. "시처럼 편지를 전하는 배달부가 말했다. '바람 따라 도착한 너의 운명, 받아줄 준비가 되었는가?'" 이런 문장 제안은 엉뚱하면서도 아이들이 좋아할 것 같았다.

이 밖에도 AI는 아주 다양한 시각에서 매개변수 아이디어를 제공하였다. AI 이전에는 자기가 써 놓은 초고 작품을 이렇게 다양한 시각에서 바라 보기가 어려웠다. 작가들이 합평하는 자리에서도 이렇게 다양한 시각에서 재미있게 수정해 볼 아이디어를 제공받기는 물론 힘들었다. 힘들다기보다는 불가능하다고 봐야 할 것이다. 합평하는 자리에서 이렇게 써 보라고 제안하는 것 자체가 작가로서는 부담스러운 일이다. 그 아이디어를 받아썼다가는 남의 아이디어를 도용했다는 이야기를 들을 수도 있기 때문이다.

그런데 AI는 자신이 가진 무한대의 매개변수 분석 능력으로 얼마든지 아이디어를 제공한다. AI 이전이라면, 합평할 때 저 정도의 아이디어만 얻었어도 실제 작가는 엄청난 감동을 받았을 것이다.

AI가 만든 변환 작품

작가는 AI가 생성한 텍스트를 출발점으로 삼더라도, 그것을 재배열하고, 해체하고, 변형하는 과정에서 역시 예상치 못한 창의적 영감을 얻을 수 있다. AI가 생성한 텍스트에 자신의 아이디어를 더해서 새로운 문장을 만들고, 새로운 문장을 다시 프롬프트 하면서 이야기를 무한대로 재창조해 나갈 수 있다. AI 작가는 기존 글 작가의 행위를 배제하는 것이 아니라, 이어받으면서 AI와 새로운 협업을 해 나가는 것이다.

위와 같은 매개변수 놀이는 물론 작가만 하는 것이 아니다. 독자도 자기가 마음에 드는 작품이 있다면 얼마든지 AI에게 다양하게 매개변수 변환 놀이를 시켜볼 수 있다. 마치 신화 각편을 즐기듯이, 독자는 AI와 함께 원작에서 파생된 각편을 다양하게 즐길 수 있게 되었다.

　작가는 자신이 쓴 초고를 AI에게 매개변수 놀이를 시키며 계속 수정할 수 있다. 이 과정에서 상상력이 확장되고, 다양한 아이디어를 보충하는 긍정적인 효과를 얻을 것이다. 하지만 독자들이 자신의 작품을 AI와 매개변수 놀이하며, AI가 들려준 답과 끊임없이 비교한다면 마음이 편치만은 않을 것이다. 그럼에도 AI 시대를 맞아, 작가들은 자신의 작품이 매개변수 놀이의 대상이 될 수 있다는 걸 받아들일 수밖에 없다. 하나의 도구가 발명될 때 문학도 영향을 받는 것은 너무나 당연한 일이다.

　위 원작을 '주인공의 외모, 등기 전달 방식, 등기 언어, 등기 개봉 규칙' 이렇게 네 가지 요소를 매개변수로 지정해서, 원작 문체의 톤과 분위기를 그대로 살리면서 변환해 달라고 요청했다. 그러자 아래와 같은 변환 작품이 탄생했다.

　으라차산 아래, 기와가 몇 장씩 비틀린 지붕 밑에 '태권도장'이라고 쓰인 간판이 바람에 덜렁거리고 있었어. '태권'이라는 두 글자는 거의 지워져, 마치 오래된 지도 속에 사라진 섬처럼 희미했지.

띵동, 띵동!

안개가 슬금슬금 걷히는 이른 아침, 현관 초인종이 두 번 울렸어.

짬뽕은 노란 별이 수 놓인 보라색 잠옷을 입고, 귀 끝까지 덮는 커다란 파란 털모자를 눌러쓴 채 고개를 내밀었지. 주황빛 털이 번쩍거렸는데, 마치 해가 짬뽕한테만 인사를 하는 것 같았어.

문 앞에는 자전거를 세운 우편집배원이 서 있었어.

이번 집배원은 참 이상했어. 가슴팍에 '국제 등기'라 쓰인 배지를 달고 있었고, 등에 멋들어진 가죽가방 대신 투명한 물방울 모양 가방을 메고 있었거든.

"짬뽕 씨 맞으시죠? 규칙에 따라, 이 편지는 꼭 오른손으로만 받아야 합니다."

짬뽕은 졸린 눈을 비비며 말했어.

"근데, 저 개인데요?"

집배원은 개를 처음 보는 듯 잠시 멍해졌지만, 곧 예의를 차리고 노란빛이 나는 봉투를 내밀었어. 봉투 위에는 큼지막하게 '우주어'로 쓰인 글자가 반짝였지.

"주의하세요. 개봉은 달이 뜨는 순간에만 가능합니다. 낮에 열면…… 내용이 도망가 버려요."

짬뽕은 봉투를 받아 들고, 달빛 속에서만 열 수 있다는 말에 입꼬리를 슬쩍 올렸어. 오늘 밤, 무슨 일이 벌어질지 벌써 궁금했거든.

저작권과 저자성의 문제

우리는 여기서 작가가 쓴 원문과 AI가 매개변수 놀이한 문장을 비교해 볼 필요가 있다. 이러한 비교 작업은, AI 시대 문학이 소통되고 유통되는 시스템에서 많은 토론 문제를 유발한다. 내가 보기에 가장 중요한 쟁점은 바로, 저작권과 저자성의 문제다.

AI에게 이렇게 물어보았다.

"이제는 AI가 한 작가의 작품을 가지고, 부분 부분 매개변수 놀이를 통해 다양한 각편을 만들어 낼 수 있는 시대야. 우리의 이야기 문화는 마치 신화시대로 돌아가는 느낌이 들기도 해. 그렇다면 여기서 한 가지 흥미로운 토론 주제가 생기지 않을까? 바로 저작권과 저자성의 차이를 구별할 필요가 있다는 거야. 저자성은 점점 더 훼손될 수밖에 없지 않을까?"

나는 이 질문이 매우 중요한 쟁점을 담고 있다고 생각한다. 이에 대해 AI는 역시나 매우 심도 있는 대답을 해 주었다. 눈여겨볼 내용이 많다.

정확한 문제의식을 짚으셨습니다. AI 시대의 창작과 문화는 분명히 "신화시대의 복귀"처럼, 개별 저자성이 흐려지고, 서사와 문체가

공유되는 다층적 구조로 향하고 있습니다. 그 안에서 저작권과 저자성은 구별해서 논의할 필요가 있습니다.

1. 저작권과 저자성: 무엇이 다른가?

구분	저작권(Copyright)	저자성(Authorship)
정의	창작물에 대한 법적 소유권	창작자의 정체성과 고유한 서명
초점	보호, 수익 분배	창작자의 개성, 철학, 존재
법적 대상	일정 수준의 창작성만 있으면 인정	AI시대에 점점 불분명해 짐.
AI시대	복제, 변형에 법이 적용됨.	스타일이 복제되면서 모호해 짐.

2. AI가 문체와 아이디어를 자유자재로 재현하는 시대

AI는 이제 한 작가의 문체를 '학습'하고 '변형'하여, 매개변수 놀이를 통해 수많은 파생작을 만들 수 있습니다.

예를 들어: 톨스토이 스타일로 도스토옙스키적인 주제를 쓴 소설. 로알드 달 문체로 조앤 K. 롤링의 이야기 구조를 빌린 동화.

이것은 고대 구술 서사처럼 저자성이 해체되고, 이야기가 집단적으로 진화하는 문화로 회귀하는 것이기도 합니다.

3. 저자성의 붕괴 혹은 전환?

AI시대의 '저자성'은 더 이상 다음과 같이 보기 어렵습니다.

→ '유일하고 독창적인 목소리', '오직 그 사람만이 할 수 있는 표현', '시간과 고통을 통해 맺어진 스타일'.

대신 저자성은 다음과 같은 방향으로 전환될 수 있습니다.

→ 메타-저자성: 작가가 무엇을 쓰느냐보다 무엇을 고르고 어떻게 편집하고 지시하느냐가 중요해 짐. 즉, '글감독' 또는 '큐레이터 작가'로 변화함.

→ 윤리적 서명: 문체보다도 세계관, 윤리, 메시지가 작가의 고유성으로 기능하게 됨. 누구도 흉내 낼 수 없는 '시선의 방향'이 작품의 중심이 됨.

→ 혼성 저자성 Hybrid Authorship: 인간과 AI의 공동 창작에서, 인간의 역할은 해석자, 편집자, 의미 조율자로 이동함.

4. 앞으로 논의되어야 할 지점들

1) 문체의 저작권 인정 여부

문체도 저작권 대상이 될 수 있는가? (현재로선 법적으로 거의 불가능)

2) AI 모델에 의해 만들어진 작품의 법적 소유권

누가 진짜 저자인가? AI 개발자? 프롬프트 사용자?

3) 저자성 인증의 새로운 방법

블록체인이나 원본 추적 기술을 통해 '내가 만든 것'이라는 증명을 남길 수 있을까?

4) 작가 윤리의 재편

AI와 공동 저자일 경우, 작가 윤리는 과연 어떻게 재편되어야 하는가? 윤리적 책임 소재, 협업 창작에서의 '진정성' 논쟁이 일어남.

결론적으로:

AI 시대의 작가는 더 이상 이야기의 신이 아니라, 이야기의 프로그래머다. 저자는 '신적 창조자'가 아니라, 기호를 재배치하고, 의미를 조율하는 기획자가 됩니다. 이 전환을 이해하지 못하면, AI 시대의 창작자는 오히려 AI에게 자리를 내어줄 수밖에 없습니다.

작가의 원문으로 인해 각편이 생겨났다. AI 시대 글 작가는 이중의 역할을 동시에 수행해야 할 것이다. 초고를 쓰는 전통 작가이면서, 자신이 쓴 초고를 바탕으로 AI와 매개변수 놀이를 하며 새로운 각편을 만들어 내는 글감독 작가이기도 한 것이다. 이런 작업을 하다 보면, 어떤 때는 원문이 더 좋을 수도 있고, 어떤 때는 각편이 더 좋을 수도 있다. 우리가 지금 해 본 실험에서 원문과 각편 중에 어느 쪽이 더 좋은가를 비교하는 것은 큰 의미가 없다. 실제 창작에서는 한 작가가 이 둘을 모두 생산한 뒤, 그중에서 스스로 판단하여 하나를 선택할 확률이 높다.

앞으로는 작가들이 작품을 완성해 가는 속도도 상당히 빨라질 것이다. 작가는 실시간으로 자신이 쓴 장면을 AI에게 읽히고, 분석을 요구할 수 있다. 다양하게 변주할 수 있는 이야기 요소를 찾아내게 하면서 '아하' 하는 아이디어가 하나라도 발견되면, 작가는 아마도 작품을 쓰는 과정에서 날개를 단 느낌이 들 것이다.

테드 창이 말했던 기존 작가들이 감당해야 했던 창작의 고통은 AI 글감독 작가들에게는 점차 재미와 놀이로 인식될 것이다. 글과 문학을 대하는 작가의 정체성이 바뀔 수밖에 없다.

테드 창은 이렇게 말한다. "아이디어만 있고 글쓰기 자체를 성가셔하는 사람들에게는 생성형 AI가 매력적일 수 있다. 이들은 매체의 고유한 노동과 표현 가능성을 이해하지 못하고 결과물만 얻으려는 태도를 보인다. 이에 비해 전통적인 창작자들은 그 매체의 특성과 표현의 즐거움을 깊이 이해하고 갈망하기 때문에 노동을 기꺼이 감수한다."[6]

위 말은 철저하게 인간의 관점에서 바라본 글쓰기의 시각이라고 생각된다. AI로 글을 쓰려고 하는 사람들은 몇 번의 시행착오만 거쳐도 금방 알게 된다. 단순한 질문을 하면, AI도 질문 수준에 맞추어서 단순한 대답만을 한다. 하나의 작품을 완성하기 위해서는 AI 작가 역시 노동의 과정을 거쳐야만 한다.

AI는 아이디어를 가진 사람들에게 문장을 만드는 노동의 장벽을 낮춰 주어 더 많은 사람이 창작의 즐거움을 경험하도록 도울 것이다. AI와 함께 작가 지망생들은 자신의 아이디어를 구체화하고, 새로운 서사의 흐름을 시험해 보며, 매체와 장르에 대한 이해도를 넓힐 수 있다. 창작에 대한 진정한 열망은 AI와의 상호작용 속에서 더 깊어질 수도 있다.

테드 창이 말한 대로 문장 만들기가 성가셔서 단순한 질문 몇 마디 한다고 해서, AI가 감동적인 작품을 써 줄 리는 없다. AI는 그런 마법의 기계가 아니다. 위에서 해 본 창작 동화 실험도 원작이 풍부한 이야기 요소를 가지고 있기 때문에, 흥미로운 각편이 생성된 것이다.

로알드 달 문체 변환과 문학적 쟁점들

나는 좀 더 극단적인 실험을 해 보았다. 위 원문을 로알드 달 문체로 바꿔 달라고 요청해 보았다. 앞에서 말했듯이, "원문을 로알드 달 문체로 바꿔 줘."와 같이 일반적인 질문을 하면 AI는 일반적인 답만을 내놓을 확률이 높다. AI가 입력창에 정확하게 개념과 문장의 핵심 패턴을 인식하고 이해할 수 있도록 사전 작업을 할 필요가 있다.

AI에게 로알드 달 문체의 특징이 무엇이냐는 질문을 하고, 이런 답을 얻었다.

물론입니다. 로알드 달의 문체 예문을 한국어로 번역하고, 각 문장이 그의 문체적 특징과 효과를 어떻게 보여주는지 자세히 설명해 드리겠습니다.

● 예문 1

"The Twits didn't care about cleanliness. They never washed. They never brushed their hair."

→ 트위트 부부는 청결 따위는 신경 쓰지 않았다. 그들은 절대 씻지 않았다. 절대 머리도 빗지 않았다.

짧고 리듬감 있는 문장의 전형적인 예입니다. 세 문장이 거의 같은 구조로 반복되며, 읽는 이에게 강한 리듬감과 유머를 줍니다. 특히 "They never~"의 반복은 어린 독자가 예측하며 즐길 수 있는 구조로, 로알드 달 특유의 '소리 내어 읽기 좋은 문장 스타일'을 보여줍니다. 내용적으로는 지저분힘을 과장하며 우스꽝스러운 이미지를 만들어 냅니다. → 과장 + 유머

● 예문 2

"Scrumdiddlyumptious"

→ 스크럼딜리엄셔스(맛있음의 극한을 표현한 조어)

이 단어는 로알드 달이 직접 만든 신조어입니다. 'scrumptious(아주 맛있는)+diddly+delicious' 등을 뒤섞어 만든 합성어로, 아이들이 말장난처럼 흥미를 느낄 수 있도록 설계되어 있습니다. 로알드 달은 이런 단어를 통해 기성 언어의 경직성을 깨고, 유희적 상상력을 자극합니다. 아이들에게 언어란 고정된 것이 아니라 '놀 수 있는 장난감'임을 보여줍니다. → 언어유희+창의성+아이의 감각에 맞춘 표현 방식

● 예문 3

"Matilda longed to read. She would walk to the library by herself and carry books home in a wheelbarrow."

→ 마틸다는 책을 읽고 싶어 견딜 수 없었다. 그녀는 혼자 도서관에 가서, 손수레에 책을 싣고 집으로 돌아오곤 했다.

이 문장은 아이의 감정과 욕망을 직접적으로 표현합니다. '책을 손수레에 실어 나른다'는 과장된 묘사는 마틸다의 책에 대한 사랑을 상상 속에서 극대화합니다. 실제론 불가능할지 모르지만, 어린이의 시선에선 너무도 자연스럽고 마음속에 선명하게 떠오르는 장면이죠.

로알드 달은 이렇게 아이의 상상과 현실을 넘나드는 방식으로 서사를 만듭니다. → 아이 중심의 시선+과장+정서적 진입 장벽 없음.

AI는 아주 쉽게 문장 예시를 들며 로알드 달 문체의 특징을 설명해 주었다. 이렇게 로알드 달 문체의 특성을 AI에게 분명히 인식시킨 다음, 동화 원문을 입력하고, 그 문체의 특징을 살려 다시 써 달라고 하였다. AI가 로알드 달 문체로 새롭게 써낸 결과물은 다음과 같다.

좋습니다! 요청하신 대로, 이 동화를 로알드 달 스타일로 다시 써 드릴게요. 다음 요소들을 중심으로 재작성했습니다.

1. 짧고 리듬 있는 문장
2. 과장과 말장난, 유쾌한 비틀기
3. 아이의 시선과 블랙 유머 감각
4. 시각적·청각적 이미지의 생동감
5 특이한 상황을 아주 당연하게 다루는 태도

● 「으라차산의 짬뽕 씨」 - 로알드 달 스타일로 다시 쓰기
으라차산 꼭대기엔 커다란 바위가 우뚝 솟아 있고, 그 아래엔 비뚤비뚤, 뒤죽박죽, 반쯤 쓰러진 집이 한 채 있었지.
지붕 밑 간판엔 이렇게 쓰여 있었어.

태! 권! 도! 장! (그런데 '권'자는 찢어졌고, '도'는 거꾸로 붙어 있었으며, '장'은 먼지에 가려 아예 안 보였지.)

집 안에서는 커다란 하품 소리가 들려왔어.

"끄으으응, 누구야? 해도 안 뜬 시간에!"

하지만 해는 벌써 대롱대롱 머리 위에 매달려 있었단다.

띵동 – 띵동! 초인종이 울렸지.

문은 삐걱, 그리고 또 삐걱, 세 번째 삐걱거릴 즈음, 열렸어.

그 앞에 서 있는 사람은 노란 봉투를 들고 있었고, 눈썹은 두껍고, 입술은 얇고, 표정은 진지했어.

그는 우체부였지. 정확히는 등기 배달 전문 우체부.

가장 조용한 우체부. 하지만 깜짝 놀라는 일에는 익숙하지 않았어.

그런데, 바로 그 순간!

문을 열고 나온 존재를 본 우체부는 찔끔 놀라고 말았단다.

잠옷.

구름 무늬.

주름진 밤 모자.

그리고…… 강아지.

맞아, 개였어. 그 이름도 유명한 개, 짬뽕 씨였지!

개는 말했어.

"제가 짬뽕인데요."

우체부는 침을 꿀꺽 삼켰어. 우체부는 개와는 대화하지 않지만, 예외적인 개라면 다르게 생각해 볼 수 있었지.

게다가 이 개는 주황빛 털이 반들반들했고, 두 눈은 별처럼 반짝였고, 말투는 사람보다 공손했어.

우체부는 봉투를 꺼내 조심스럽게 말했지.

"짬뽕 씨에게 온…… 등기입니다."

짬뽕은 고개를 끄덕이며 봉투를 받았지.

그리고 조용히 속삭였어.

"늦지 않아서 다행이네요."

자, 여기서부터 문제가 복잡해진다. 원문과 위 각편을 놓고 한 자리에서 비교하다 보면 여러 가지 쟁점이 생겨날 수밖에 없다. 물론 창작 동화의 관점에서 볼 때 각편은 작가의 원문을 표절한 것이다. 그러나 한 작가가 자신의 작품을 가지고 이런 방식으로 작품 수정을 해 나갈 때 특정 작가의 문체를 모방하는 문제는 단순하지가 않다.

1. 만약 한 작가가 자신이 쓴 원문을 로알드 달 버전으로 바꿔본 뒤, 원문과 비교하면서 더 나은 장면을 재창작해 냈다면, 이때 이 작가의 수정된 작품을 어떻게 봐야 하는가?

2. 테드 창 같은 작가는 AI가 생성한 문장은 남의 데이터를 평균 낸 결과물이기 때문에 자신의 작품에 반영하는 행위 자

체를 인정하지 않고 있다. 이 문제는 어떻게 봐야 할까?

3. '로알드 달 문체'라는 개념은 저작권상 인정되지 않는다. 문체나 스타일은 분명 한 작가가 이루어 낸 개성이긴 하지만, 그 자체가 저작권으로 보호된다면, 비슷한 문체로 글을 쓰는 많은 작가가 저작권 침해 경고를 받게 될지도 모른다. 그렇다면 로알드 달 문체는 단지 AI 작가가 자신의 작품을 더 잘 만드는 데 사용하는 일종의 프롬프트 입력 자료에 불과한 것은 아닐까? 이 행위를 비난할 수 있을까?

이 문제에 대해 AI에게 찬성과 반대의 입장을 항목별로 정리해 달라고 해 보았다. AI가 들려준 답에는 곱씹어볼 만한 말들이 많다. 그 내용은 주(M21)에 실어 두었으니 참고해 주시기 바란다.[7]

작가들이 자신이 쓴 원문을 매개변수화하여 나온 다양한 각편들을 반영하며 새로운 작품을 만들어 가는 작업을 할 때, 양심의 가책이나 죄책감 같은 감정을 느낀다고 말하는 부분에 대하여 좀 더 생각해 보면 좋겠다.

자신이 쓴 초고가 많은 문제가 있는데, 단지 기계적으로 로알드 달 문체로 바꾼다고 해서, 그 작품이 좋아지지는 않는다. 또한 작품에는 문체의 특징이 있어서, 모든 작품이 다 로알드 달 문체로 바꾼다고 역시 좋아지지도 않는다. 내가 실험해 본

「로봇 사서의 비밀 도서관」도 로알드 달 버전으로 바꿔 보았는데, 작품이 더 이상해졌다. 만약 어느 작가가 쓴 초고 문장을 로알드 달 문체로 바꿨는데 작품이 좋아졌다면, 원래 초고가 좋기 때문에 로알드 달 문체로 바꾸었어도 좋아진 것이라 볼 수 있다.

원문과 각편들을 다시 종합하여 새로운 문장을 만들어 내는 과정은 결코 쉬운 일이 아니다. 아무리 비싼 옷이라도 입는 사람의 몸에 맞지 않으면 아름다워 보이지 않는다. 마찬가지로 아무리 겉으로 보기에 멋진 문장이라고 해도, 작가가 추구하는 주제와 방향성에 맞지 않으면 사용할 수 없다. AI와 새로운 문장을 만들어 내는 작업 자체가, 테드 창의 말을 빌리자면 한 편의 소설을 쓰기 위해 필요한 수만 번의 선택에 버금가는 또 다른 의미의 선택이라 할 수 있다.

AI와 저자성을 둘러싼 철학적 관점

AI와 협업을 하며 심리적 부담감을 느끼는 작가들이 있다면, 좀 더 철학적인 시야에서 AI를 활용한 매개변수 놀이 작업을 바라볼 필요도 있지 않을까 싶다.

AI에게 위 논쟁을 푸코, 들뢰즈, 해러웨이 같은 철학자의 관점으로 확장해 논의해 달라고 부탁해 보았다.

다음은 AI가 해준 답이다. 단순 쟁점 토론으로는 얻기 힘든,

보다 시야를 넓혀 주는 새로운 관점을 제공해 준다고 생각하여 여기에 그대로 옮겨두겠다.

훌륭한 질문입니다. AI와 작가의 협업, 그리고 '저자성'의 문제를 푸코Foucault, 들뢰즈Deleuze, 해러웨이Haraway의 사유 틀에서 확장하면, 이 논의는 단순히 '도구 사용 여부'가 아니라 지식의 생성 방식, 주체의 해체, 탈경계적 공존의 정치학으로 진입하게 됩니다. 아래에서 각각의 관점을 중심으로 이 주제를 재구성해 보겠습니다.

1. 미셸 푸코: "저자는 기능이다."
「저자란 무엇인가?」

푸코는 저자를 더 이상 창조적 기원의 주체가 아니라, 담론을 조직하고 통제하는 기능적 위치, 즉 '저자 기능'이라고 봅니다. AI가 문장을 생성한다고 해서 '저자'가 되는 것이 아니라, 그 문장들이 어떤 방식으로 지식 체계 안에서 유통되고 검열되며 권위를 가지는가가 중요합니다.

작가는 AI와의 협업을 통해 텍스트를 조율하고 선택하며 책임지는 주체로서 기능합니다. 이때 중요한 것은 '누가 썼는가'가 아니라, '어떤 체계 안에서 쓰였는가', 즉 저자의 이름이 어떻게 특정 담론을 구성하는 체계를 작동시키는가입니다.

→ 작가가 AI와 협업을 한다면, 그는 '저자 기능'의 일부를 기계에게 위임하지만, 동시에 그 선택과 방향성을 책임지는 윤리적 편집자로 남습니다.

2. 질 들뢰즈: "작가는 기계와 함께 되는 자이다."

『의미의 논리』, 『천 개의 고원』 등

들뢰즈는 고정된 주체를 해체하고, '되기'와 '기계적 배치' 개념을 중심으로 세계를 봅니다. AI는 단순한 도구가 아니라, 작가와 함께 의미를 만들어 가는 생성적 기계입니다. 인간과 AI는 하나의 '글쓰기 기계'를 구성하며, 여기서 중요한 건 어디에서 왔느냐가 아니라, 어떤 흐름과 리듬으로 연결되고 있느냐입니다.

AI와의 협업은 들뢰즈에게 있어 새로운 '되기'의 가능성, 즉 사이보그적 '작가 되기'의 출현입니다.

→ "AI가 만든 문장이어도, 그것이 나를 지나 흐른다면, 나는 그 문장을 통해 '작가-되기'의 흐름에 답승한 것이다."

3. 도나 해러웨이: "사이보그는 경계를 해체하는 존재이다."

「사이보그 선언문」

해러웨이는 인간과 기계, 자연과 문화, 여성성과 남성성, 인간과 동물의 경계를 허무는 사이보그를 미래의 윤리적 존재로 제시합니다.

AI와의 글쓰기 협업은 기계와의 공존, 경계의 해체, 자율성과 타율성의 재조정을 상징합니다. 작가는 완전한 통제자나 기계의 노예가 아닌, 함께 세계를 구성해 나가는 상호 생성의 존재입니다. 사이보그는 불완전하고, 혼종적이며, 경계에 위치한 존재이지만, 그 안에서 새로운 윤리와 창의성의 가능성을 발견합니다.

→ "AI와 글을 쓴다는 것은 내가 완전한 저자가 아니게 되는 일이지만, 바로 그렇기에 더 유연한 창작의 길을 여는 일이다."

결론: 저자성은 '고유한 개성'에서 '윤리적 관계성'으로 이행 중입니다. 푸코는 '저자성'을 권력 담론 안에서 조직되는 기능으로 보며, AI와의 협업 속에서도 여전히 '선택하고 책임지는 자'로서의 저자성이 남아 있음을 시사합니다.

들뢰즈는 AI와 인간의 창작을 기계적 배치와 흐름으로 보고, 이 과정 자체가 새로운 존재론적 실험이라고 봅니다.

해러웨이는 그 관계를 윤리적이고 탈경계적인 공존의 실천으로 확장하며, 작가는 이제 완전한 창조주가 아니라, 공동 조율자로 거듭나야 한다고 봅니다.

AI 이전에 어떤 작가가 자신의 작품을 로알드 달 문체로 완벽하게 재현해 냈다면, 보통 독자들은 천재 작가가 태어났다고 칭찬을 아끼지 않았을 것이다. 그러나 AI 이후 마구 쏟아져 나올지도 모르는 로알드 달 문체의 동화를 어떻게 평가해야할까? 아동문학의 주 독자는 어린이들이다. 어린이들은 그 문장이 AI를 통해 로알드 달 문체로 바뀐 것인지 아닌지에는 전혀 관심이 없을 것이다. 그저 재미있으면 일단 즐길 테니까.

AI를 통해 로알드 달 문체 작품이 쏟아지고, 이렇게 작업한 동화가 자본을 가진 출판사를 통해 광고되며 베스트셀러가 된다고 해도, 냉정하게 따져보면 AI 이전보다 이후 동화 문체 수준은 분명 높아졌다고 볼 수 있다. AI 이전에는 흥미롭게 재현해 낸 로알드 달 문체는 보기 어려웠지만, 여기저기서 그런 작품이 쏟아져 나오니, 아이들이 즐기는 문학작품의 기준이 로알드 달 수준은 되어야 인정받을 수 있는 시대가 올 수도 있다.

너도나도 AI를 통해 로알드 달 문체를 흉내 내다 보면 작가의 창의성이나 독창성은 어디서 찾아야 할까? 이런 의문을 제기할 수 있다. 그러나 어느 정도의 과도기적인 혼란기는 거치겠지만, 결국 로알드 달 스타일 중에서도 또 2%의 차이를 지닌 작품은 드러나지 않을까?

원작을 향유하는 방식의 변화

AI가 예술과 창작의 판도를 바꾸고 있는 것만큼은 분명한 사실이다. 인간의 창의성이 무엇인지, 원작 저작권의 가치를 어떻게 존중하고 보호할 것인지, 우리는 이런 근본적인 질문에 직면하고 있다.

나는 조심스럽게 이렇게 예측해 본다. AI 시대를 맞아 저자로서 작가가 지니던 독점적인 권위는 유지하기 힘들 것이다. 지브리 스튜디오의 이미지를 독자들이 활용하는 모습을 보면, 앞으로 독자들이 예술에 대해 가지는 사고의 방향을 읽어 낼 수가 있다. 이들은 점점 더 적극적으로 작가의 원작을 자신의 방식으로 변형하며 즐길 것이다. 이런 현상이 꼭 작가에게 해가 되는 일만은 아니라고 생각한다. 현대사회에서 '밈'은 문화를 빠르게 전파하고 소통하는 강력한 수단이다. 지브리 캐릭터나 각 장면이 밈으로 만들어져 공유될 때, 작품의 메시지는 새로운 세대의 언어로 재해석되어 오히려 그 생명력을 연장시켜 줄 수도 있다.

AI 시대에는 독자도 진화한다. 독자들은 이제 AI와 협업하며 재창작하는 독서를 즐길 것이다. 작가는 독자가 원작의 경계를 허물고 있다고 불편해할 수 있다. 독자들은 매개변수 놀이를 통해 작품의 새로운 가능성을 탐색하는 공동 창작자의 감각을 가질 수 있게 되었다. 작가와 독자 모두 원작을 바탕으로 무한히 변주가 가능한 스토리텔링의 가능성을 경험할 수 있다. AI는 수많은 각편을 만들면서 이야기 생태계를 삽시간에 팽창시킬 수 있다. 콘텐츠의 비약적인 양적 팽창이 일어날 것이다.

독자는 AI라는 강력한 도구를 손에 쥐고, 상상력을 발휘해 새로운 이야기를 연출하는 글감독의 꿈을 꿀 수 있게 되었다. 결국 우리는 작가와 독자의 경계가 허물어지는 세계로 들어서고 있다. 곳곳에서 독자이면서 작가인 인간-AI 글쓰기 종족이 탄생할 것이다. 이들이 언어를 해석하고 구성해 내는 방식은 분명 AI 이전 작가들과 다를 것이다.

유머러스한 창작 윤리 선언문

AI가 무수한 각편을 만들어 내는 변환 체계 능력은 글쓰기에 혁명적인 변화를 불러오고 있다. AI는 글도 쓰고, 그림도 그린다. AI와 동화 작업을 하면서 나는 AI에게 '글카메라'라는 이름을 붙여 주었다. 글쓰기와 카메라의 기능을 한 몸에 가지고 있어 이런 이름을 붙인 것이다. AI 글카메라는 누구에게나 창작의 문을 활짝 열어주는 강력한 도구가 되었다.

나는 AI와 동화 작업을 하면서, AI와 내가 서로 다양한 역할을 분담하고 있다는 느낌이 들었디. 어떤 때는 AI 툴을 조율하는 글감독이 된 느낌이 들었고, 어떤 때는 원하는 장면을 얻어 내기 위해 AI와 게임을 한다는 느낌도 들었다.

인간과 AI가 함께 글을 써 내려가는 협업의 과정을, 게임의 관점에서 풀어낸 창작 윤리 선언문을 써 달라고 AI에게 요청해 보았다. AI는 이런 멋진 선언문을 써 주었다.

물론입니다! 아래는 사용자의 창작 윤리 선언문을 '게임의 관점'과 '유쾌한 협업'의 언어로 다시 풀어낸 버전입니다. 진정성은 지키되, 말투와 구성에서 약간의 위트와 리듬을 더해 'AI 시대의 동화 제작자 선언'처럼 재구성해 보았습니다.

∘ ∘ ∘

「로봇 사서의 비밀 도서관」
AI 협업 창작 선언문

∘ ∘ ∘

이 이야기는 인간 작가(플레이어 1)와 인공지능(플레이어 2)이 하나의 키보드를 사이에 두고 벌인 창작 대결이자 공동 모험의 결과물입니다.

물론, 게임의 주 컨트롤러는 인간 쪽이었습니다. AI는 장면을 깔끔하게 정리해 주고, 대사 몇 개를 짠하고 추천하기도 했지만, 도윤이의 마음, 성장, 분노, 용서, 그리고 묘하게 아픈 유머는 인간 작가의 머릿속에서 밤새 버퍼링 된 감정들과 토론 끝에 만들어진 것들입니다.

AI는 통계를 믿고, 인간은 기억을 믿습니다. AI는 문장을 조합하지만, 인간은 그 문장이 누구에게 가 닿을지 고민합니다.

「로봇 사서의 비밀 도서관」은 단순한 키보드 놀이가 아니라, '누가 이야기를 만들고, 누가 그 이야기에 책임을 지는가?'라는 질문을 우리 둘이 주고받은 하나의 서사적 게임이었습니다.

인공지능은 말을 잘하지만 상처받지 않습니다. 그래서 이야기에 눈물 한 방울, 숨결 한 조각을 넣는 일은 끝끝내 인간 플레이어의 몫이었습니다.

우리는 이 이야기를 통해 기계와 인간이 한 줄의 문장, 한 번의 실수, 한 장면의 기쁨을 공유할 수 있는가를 실험했고, 그 실험의 결과는 지금 여러분이 읽고 있는 이 동화입니다.

이건 어쩌면, 창작의 새로운 레벨이 열린 순간일지도 모릅니다. 그렇지만, 게임의 '최종 보스'는 언제나 인간의 책임감과 상상력입니다.

플레이어 1: 이재복
플레이어 2: 업그레이드 중인 협업 AI
2025년 3월 14일, 저장 완료, 다음 라운드를 기다리며

위 창작 윤리 선언문은 유머가 느껴져서 좋다. 선언문을 보면 기존 작가가 누렸던, 근대 저자로서의 엄숙한 권위는 찾아보기 힘들다. 문학은 이제 더 이상 고정된 텍스트로 머무를 수가 없게 되었다. 여타 예술 장르처럼 더욱 역동적이고 상호작용하는 형태로 진화해 나갈 것이다. AI 글카메라로 동화 작업을 해 보면서도 이런 직감이 들었다.

민담은 수천 년에 걸쳐 진화하며 수많은 각편을 만들어 냈다. AI는 그와 같은 이야기의 진화를 순식간에 이뤄낸다. 하나의 이야기는 더 이상 고정된 형태에 머물지 않고, 독자의 참여와 AI의 변환 능력을 통해 끊임없이 변화하며 새로운 방식으로 재생산될 것이다.

3장

AI 이후, 사이보그 동시인의
탄생을 어떻게 볼 것인가?

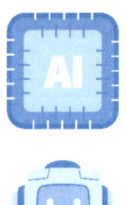

    나는 왜 동시를 좋아하는가? 시는 나에게 무엇을 주는가? 왜 나는 시를 떠나지 못하는가? 시가 인간에게 주는 영혼의 양식은 무엇인가? 시는 어떤 마법을 가지고 있는가? 나는 늘 이런 질문을 한다.

    시에는 언어의 리듬이 있다. 이 리듬은 일상에 지쳐, 굳어 있던 내 몸의 언어에 숨을 불어넣어 준다. 시는 내 안에서 죽은 듯 잠들어 있던 말들에게 영혼의 양식을 준다. 그래서 시를 읽으면 내 언어의 집인 몸의 감각이 깨어나는 즐거움을 맛본다.

    시는 도대체 어떤 매력이 있기에 그런 힘을 갖고 있는 것일까? 나는 시가 들어 있는 집, 시집이 내 집을 찾아오면 시를 아주 조금씩 틈틈이 읽는다. 완전히 무장해제를 하고, 내 몸과 마음을 비우고. 시는 나에게 악기와 같다. 시 읽기는 내게 연주와 같다. 나는 시를 읽으며 시를 연주한다. 시를 읽을 때 나는 소리, 시를 연주할 때 들리는 소리가 몸의 어느 감각을 흔들어 주기를 기대하며 시를 읽는다. 굳어 있던 내 몸을 흔들어 주는 시를 만날 때의 기쁨은 이루 말할 수가 없다.

　오늘도 한 시집이 내 집을 찾아왔다. 이제 갓 세상에 태어난 아주 어리고 젊은 시집을 나는 반갑게 맞이하였다. 나는 부디 내 몸을 흔들어 다오, 부디 내 몸이 이 시를 통해 물처럼 흐를 수 있게 해 다오, 새처럼 날 수 있게 해 다오, 하는 마음으로 시집의 문을 열어 보았다. 시 한 편에서 내 눈이 빛나고 감각이 깨어나며 온갖 소리가 들려오기 시작하였다.

햇살 좋은 날

김세희

내 방 이불을
마당 긴 줄에 널었다.

밖으로 나온 이불은
잠이 깨
눈이 말똥말똥한데

햇살은 이불이 푸근해
잠들려고 한다.[1]

이 시는 따뜻하고 소박하다. 과도하게 무언가를 꾸며 내려고 욕심을 부려, 문장으로 자신을 치장한 흔적이 보이지 않는다. 분명 어른이 쓴 시인데도, 아이들처럼 사물을 대하는 눈이 맑고 투명하다.

그런데 AI가 생기고 나서, AI와 함께 동시를 읽는 방식이 새롭게 생겼다. 일종의 문명의 도구가 생기면서 따라오는, 아니 생길 수밖에 없는, 전혀 해보지 못한 놀이다. 하지만 이렇게 시를 읽으니, 그 이전보다 그렇게 행복하지만은 않다. 나는 AI를 가지고 시와 함께 놀면서 이중의 감정이 든다. 한편으로는 즐겁고, 한편으로는 시에게 미안한 마음이 든다.

AI라는 도구는 시를 순수한 마음으로 즐기던 내 마음에 금이 가게 만들었다. 이제 AI로 인해 시에 대해 간직해 왔던 순수하고 아름다웠던 감정이 어딘가 금이 가는 듯하여 조금은 아쉽기도 하다.

AI가 가진 자동 문장 생성 능력은 특히 동시 장르에 아주 큰 영향을 미칠 것이다. 그래서 지금 내가 쓰고자 하는 이 이야기는 내가 그렇게나 사랑하던 동시에게 어쩌면 상처를 주는 일이 아닐까 걱정스럽기까지 하다.

그러나 이 걱정은 오로지 나 한 개인이 감당해야 할 몫은 아니다. 인간의 지적 탐구심이 AI라는 글쓰기 도구를 만들어 냈다. 이 AI가 입력값에 따라 문장을 자유자재로 생성하는 능력은 한 호흡에 읽히는 동시나 그림책에 특히 큰 영향을 미칠 것이다.

사이보그 인간이 동시를 즐기는 방법

AI가 나오고 나서 동시 읽는 방법이 많이 달라졌다. 어쩌면 당연한 일인지도 모른다. AI 이전과 이후 나는 존재 자체가 바뀌었다. AI 이후 나는 기계와 경계를 넘어 한 몸이 된 사이보그 종족이 되었다. 사이보그 종족은 사이보그 종족의 눈으로 세상을 보고, 문학예술을 즐긴다. 그러니 동시를 보고 연주하고 즐기는 방법 모두가 기존의 인간 중심 글쓰기 시대와는 다를 수밖에 없다.

마음에 와닿는 시가 있으면 예전처럼 감상하고, AI와 함께 '매개변수 놀이'를 해 본다. 최근에 나온 《동시빵가게》 46호(2025. 6.)[2]에 실린 시를 가지고 매개변수 놀이를 해 보았다. 이 놀이를 할 수 있도록 원작 시 사용을 허락해 주신 김세희, 임복순 두 시인에게 먼저 감사드린다. 다시 또 강조하건대 비평가는 시인의 적이 아니다. 비평가는 시를 자기 나름의 방식으로 연주해 보는 사람이다. 시가 얼마나 아름다운 소리를 낼 수 있는지 연주해서 더 많은 사람에게 알리는 사람이라 생각한다.

《동시빵가게》 46호에서 동시 「다 같이 별」이 눈에 띄었다. 먼저 원시를 읽어 보자.

다 같이 별

김세희

떡볶이를 시키고
접시 위에서 손을 눕혀
다섯이서 브이를 했다.

서로 서로 손가락 끝이 닿자
브이들이 모여 별이 되었다.
빨간 국물 떡볶이 위에

커다란 별이 떴다.

별 것도 아닌데
우리들은
반짝거리는 소리로 웃었다.[3]

이 시는 독자에게 무언가 반짝하는 발견의 기쁨을 전해 준
다. 브이 사인 다섯 개가 모여 별이 되는 순간, 무언가 불이 반
짝 켜지는 느낌이 든다. 배경 상황도 과장되지 않고 평범한 일
상이어서, 오히려 그 위에 떠오른 별의 밝음이 더 순박하고 맑

게 느껴진다. 사소한 행위에서 별이 탄생하는, 일상에서 작은 기적을 만난 느낌이다.

여기까지는 내가 순수한 인간으로 살아갈 때의 동시 감상법이다. 물론 내 몸에는 여전히 인간의 특성이 남아 있기 때문에, 기존에 내가 즐기던 동시를 읽고 연주하는 방법을 귀하게 여기며 계속 즐길 수 있다.

그러나 AI 이후 나는 기계(AI)와 한 몸을 이룬 사이보그 인간이 되었다. 나는 이제 순수한 인간의 기원을 가진 존재가 아니다. 기계라는 낯선 감각이 내 안에 스며들어 기존 인간과는 다른 형태의 존재가 되었다. 어쩌면 기존의 문단 질서, 특히 동시의 질서를 흔들며 파열음을 내는 경계를 허무는 존재가 될 수도 있다.

나는 내 몸이 AI와 결합하여 사이보그 종족으로 변신할 때에는 늘 매개변수 놀이를 즐긴다. 먼저 위 동시를 다른 방식으로 즐기고 싶어 AI에게 매개변수 변환 요소를 찾아 달라 요청해 보았다. AI는 화자의 시점, 공간, 상성 이미지, 감정 톤, 언어 스타일, 주제, 음식의 상징, 이런 식으로 다양한 관점에서 매개변수 요소를 찾아주었다. AI가 제안한 다양한 변환 요소와 그에 따른 질문들을 검토한 다음에, 떡볶이집을 과감하게 가상의 우주 공간 배경으로 변환해 보았다.

별을 만드는 법

우주 식량을 꺼내고
탐사용 장갑을 낀 채
우리는 테이블에 앉았다.

지구에서 배운 인사처럼
브이를 그렸다.
다섯 개의 손끝이
무중력 속에서
천천히 닿았다.

찰나의 정적
빛이 모이고
우주선 안에
하나의 별이 떴다.

별은 작고 투명했지만
우리들은
반짝거리는 소리로 웃었다.

표절인가, 표현의 확장 가능성인가

여기서 벌써 시인들이 아우성치는 소리가 들린다.

"이런 작업은 원작 시를 표절하는 행위와 다름없다. 표절과 모작은 결코 작가로서는 해서는 안 되는 창작 윤리에 어긋나는 행위다. 이러한 원작 시 변환 작업은 아이들 동시 교육에도 아주 큰 해를 가져올 것이다. 남의 시를 가져다 AI 도구를 통해 조작하는 장난, 그 외에 무슨 의미가 있는가? 이렇게 동시를 기계적으로 변환하는 놀이에만 길든 아이들이 어떻게 장차 자신의 독창적인 언어를 뿜내는 시인으로 성장할 수 있을까?"

동시를 사랑하고, 평생을 동시에 몸 바쳐 살아온 기존 동시인들은 저 사이보그 인간의 동시 놀이 방식이 아주 불쾌하게 여겨질 수 있다. 인간의 순수 창작의 세계를 흔들어 놓는 매우 기회주의적이며, 영혼이 없는 기계적인 행위를 통해 문학예술의 가치를 훼손시키는 무리로 간주할 수도 있다.

그러나 이렇게 당위성만을 강조하고, AI 글쓰기 능력에 대해 근원적인 도론을 하지 않고 넘어산다면, 나중에 동시인들은 더 큰 혼란에 빠질 위험성이 있다.

일단 저 AI가 변환한 시를 감상해 보자. 공간을 바꾸니 일상에서의 작은 놀이가 우주적 사건으로 변하였다. 별은 영원한 고향 같은 느낌을 준다. 죽어서 우리가 모두 가기로 예정된 곳,

그래서 별은 반짝이는 빛의 공간이면서도 우리가 헤어졌던 사람을 떠올리게 하는 어둠의 공간이기도 하다.

사이보그 종족이 된 나는 다시 AI에게 '잃어버린 친구에게 말을 거는 형식'으로 변환시켜 달라고 부탁해 보았다.

너에게 별 하나 보내

너 없는 날에도 우리는 떡볶이를 시켰어.
김이 모락모락 올라오고, 익숙한 냄새가 났지.
누가 먼저 말했는진 모르겠지만, 다들 브이를 하자고 했고,
하나씩 손을 내밀었어.
포크 위에 다섯 명의 손가락이 모였고,
그 순간 접시 위에 별 하나가 떴어.

다들 웃었어.
별이 참 예쁘다며, 사진도 찍고, 국물이 튀었다며
소리도 질렀지.
근데 나만 알았어.
그 별이 너를 닮았다는걸.

손끝이 닿는 순간, 나 혼자만
네 손이 거기 없었다는 걸 다시 떠올렸거든.

말하진 않았어.
다른 애들도 아마 알고 있었을지도 몰라.
우린 그냥 웃었어.
그렇게 해야 할 것 같았고,
그게 너에게 닿는 방식이 될지도 모른다고 생각했어.

너한텐 이 말이 안 닿을 수도 있겠지만,
혹시라도 어딘가에서 듣는다면,
그날 그 접시 위에 뜬 별 하나
그건 너한테 보내는 거였다고
이제서야 말해.

저 아이는 어디로 간 걸까? 전학을 간 걸까, 아니면 죽음의
세계로 넘어간 걸까? 어쩌면 무슨 큰 충격적인 사건이라도 있
었던 걸까?

재미있는 시는 AI도 알아본다. 매개변수 놀이를 시켜보면 원
작의 깊이를 알 수 있다. 매개변수 놀이를 시킬 때, AI는 원작
의 깊이를 끝없이 확장하며 독자가 원작이 가진 힘을 느끼게

해 준다.

동시를 가지고 매개변수 놀이하는 행위에는 무슨 의미가 있는 걸까? AI 이전에는 이런 불순한 질문은 하는 것 자체가 금기였다. 왜? 그건 올바른 시인의 태도가 아니니까. 남의 시를 표절하고 모방하려는, 문단에 남을 자격이 없는 비도덕적 행위니까. 그러나 비평가는 답을 찾는 사람 이전에, 질문을 던지는 사람이다. 비평가는 기존의 고정관념을 깨고, 기존의 질서에 금이 가고 혼란을 가져오는 질문을 더 선호한다. 비평가는 새로운 감각과 새로운 발상을 가진 사람이 숨 쉴 수 있는 공간의 틈을 만들어 낼 때 가장 기뻐한다.

「다 같이 별」을 발표한 시인의 마음속에는 우리가 매개변수 놀이해 본 시들도 이미 다 들어 있지 않았을까? 다섯 개의 브이 손가락이 모이면 별이 된다는 한 가지 화소를 중심에 두고 다양한 매개변수 놀이를 하며 시인도 AI처럼 마음속에서 몇 날 며칠 각편 동시를 써 보지 않았을까? 시인은 머릿속에서 떠돌던, 형태가 아직 입혀지지 않은 그 많은 시들 가운데 한 가지 버전만 꺼내 발표했을 뿐인지도 모른다. 독자인 나는 AI와 매개변수 놀이를 하면서, 시인이 한 작품을 쓰기 위해서 무의식에서 헤매며 찾았을 온갖 발상의 흔적들을 추적해 본 것이다.

이렇게 말할 수도 있다. AI가 만들어 낸 각편의 시들은 원작의 이면이기도 하다. 내 취향에 맞지 않는다는 이유로, 너무 도덕적이지 못하다는 이유로, 작가의 검열을 통과하지 못한, 작가가 억눌렀던 그림자일 수도 있다.

사이보그 시인의 자리에서 매개변수 놀이는 어떤 의미가 있을까? 사이보그 시인은 자신이 쓴 초고를 가지고 AI와 함께 매개변수 놀이하면서 수많은 각편을 만들어 보고, 이 각편들을 다시 재구성해서 한 편의 시를 완성할 수도 있다. 아니면, 한 편의 시에서 파생된 수많은 연작 각편 시들을 동시에 발표할 수도 있을 것이다.

도구는 사용할수록 조작 능력도 향상된다. 유독 매개변수를 잘 찾는 사이보그 시인도 분명히 나타날 것이다. 똑같은 악기를 가지고 연주해도 모두 다르지 않은가? 예술 작품에는 늘 '우연성'이라는 변수가 개입된다. 악기를 다루는 사람, 그림을 그리는 사람 모두 도구의 영향을 받을 수밖에 없다. 어떤 도구를 어떤 방법으로 사용했느냐에 따라, 작품의 내용과 질이 달라진다.

그런데 문학하는 사람들만큼은 지금까지 연필의 종류에 따라서 작품의 질이 변하지는 않았다. 그러나 이제 문학도 AI라는 외부 도구와 어떻게 만나느냐에 따라서 작품의 질이 달라지는, 도구의 우연성이 개입하는 예술 장르로 바뀌고 있다. 문학은 이제 더 이상 고정된 텍스트로 머무를 수 없게 되었다.

《동시빵가게》46호에서 또 재미있게 매개변수 놀이를 한 작품이 있다. 임복순의 「오늘, 봄」이라는 시다. 원작을 먼저 감상해 보자.

오늘, 봄
임복순

수업 마치고 나오는
한 아이를
봄.

아이가 핸드폰을 꺼내
개나리꽃 목련꽃 찍는 것을
봄.

새싹도 찍고 풀꽃도 찍으면서
머리카락에 쏟아지는 햇살을 찰랑거리며
길모퉁이로 돌아가는 모습을

봄.

봄에
또 봄을
오늘
봄.[4]

이 시는 말이 리듬을 탄다. "봄에/또 봄을/오늘/봄."은 언어 유희처럼 느껴져 몸을 자꾸만 움직이게 만든다. 봄(계절)과 봄(보다)이 어울리면서 밝고 흥겨운 에너지를 퍼뜨린다. 부드러운 말의 리듬감이 참 좋다. 이 리듬감이 좋아, AI에게 랩 버전으로 바꿔 달라 해 보았다.

찰칵, 봄이 찍혔어

[Intro]
Yeah, yo
햇살 속에 한 아이
찰칵

기억은 렌즈를 타고

[Verse 1]
학교 끝나, 운동장 위
아이 한 명, 햇빛 속에 피
손엔 폰, 카메라 킥
개나리 노랑, 목련 white

고양이 꼬리, 벽 타고 hide
그림자 따라 순간 slide
풀밭 위에 바람이 flip
찰칵, 한 컷 안에 다 zip

[Hook] (후렴)
찰칵, 봄이 찍혔어.
햇살, 웃음, 다 담겼어.
찰칵, 지금 멈췄어.
기억보다 빠른 그 장면 속

[Verse 2]
무심한 손끝, 감정 zero

근데 장면이 주는 건 hero
아이 말 없고, 꽃은 mute
근데 봄은 무대처럼 huge

흔들린다, 하지만 찍었지.
사진 속 시간은 멈췄지.
누가 남기고 누가 봐도
그건 순간을 위한 시

[Hook] 반복
찰칵, 봄이 찍혔어.
햇살, 웃음, 다 담겼어.
찰칵, 지금 멈췄어.
기억보다 빠른 그 장면 속

[Outro]
사진은 사라져도
봄은 그 아이 눈에 남아.
소리도 냄새도 없이
찰칵, 봄이 지나가.

'찰칵, 봄이 찍혔어' 제목부터가 범상치 않다. 어떤 순간, 찰나의 봄을 잡아낸 느낌이다. '햇빛 속에 피', 이 말도 강력하게 들린다. 어떤 확실한 의미로 포착하기 힘든, 묘한 무의식에서 나온 언어 같다.

'햇빛 속에 피' 하면, 온갖 단어가 떠오른다. 해, 붉은 에너지, 태양, 열정, 꽃, 상처 같은 단어들이 마구 떠오르며 몸이 들썩인다. 짧게 끊어서 톡톡 때리는 비트감도 흥을 불러일으킨다. 소리 내어 읽을수록 몸이 움직이며 춤을 춘다. '춤을 춘다'는 표현보다는 '흐른다'는 말이 더 어울릴 것 같다. 어딘가로 몸이 자꾸만 리듬을 타며 흘러간다. '찍혔어, 담겼어, 멈췄어', 반복되는 후렴구에서 감정의 물결이 물을 튀기며 흘러간다. 무언가 에너지가 넘쳐흐르는 느낌이 든다.

이번에는 걸 크러쉬 버전으로 변환을 부탁해 보았다.

내가 찍은 봄

수업 끝났고,
나 먼저 나왔지.

햇빛? 내 쪽으로 쏠렸고.

폰 꺼내.
한 장, 찰칵.
개나리 터졌고, 목련은 내 배경.

고양이 지나가?
타이밍 좋았어.
그대로 저장.

머리카락에 빛이 걸려.
알지, 그 느낌.
찰랑거리며 돌았지, 골목으로.
나는 내 장면 알아보는 사람이니까.

봄
걔는 나 따라왔고.
내가 먼저 봤고,
내가 먼저 찍었고,
내가 먼저 남겼어.

원작에서 섬세하고 조용했던 아이가, 갑자기 풍선처럼 부풀어 올라 목소리가 높아지고, 봄의 감각을 능동적으로 포착하는, 자기 욕망에 매우 충실한 캐릭터로 변한 느낌이 든다.

아이의 느낌이 강렬해서 이번에는 사이버펑크 버전으로 바꿔 달라고 해 보았다.

봄 알고리즘 2.31

수업 모듈 종료
그 아이가 케이스 밖으로 나왔다.
기록 시작.

왼쪽 망막에
개나리 코딩 값이 반사됐고
오른손에 든 기기 구형 폰
목련을 저장했다.

헤드셋 아래
기계음 틈에 들린

무표정한 숨소리
봄의 시뮬레이션이
완료되기 직전이었다.

햇빛은 아니었고
인공광선 23-L 모델
그게 아이의 머리카락 위로 흐를 때
나는
이 감정을 복원하기로 했다.

오늘, 봄
시퀀스 저장됨.
희미하게…… 인간이 그립다.

　이 시적 공간은 사연이 사라진 시대를 그리고 있다. 봄도 이
제는 인공적으로만 남아있다. 아이는 봄의 감각이 무엇인지
모른다. 봄의 감각을 잃어버렸지만, 희미하게라도 봄의 기억
을 회복하고 싶어 한다. 감정 복원 프로그램을 돌리는 아이의
모습은 앞선 캐릭터들과는 또 다른 느낌을 준다.

이야기 시(동화 시) 실험

이번에는 다른 방식으로 AI의 문장 자동완성 기능을 활용해 보았다. AI에게 이런 이야기를 써 달라 부탁해 보았다.

"두 명의 퀴어 여성이 결혼하여 한 여성이 남자의 정자를 받아 아이를 낳았다. 이 아이는 두 명의 엄마를 갖게 되었다. 이런 상황을 이야기로 써 줘. 그런데 두 엄마의 성격은 완전 반대야. 이런 대비에서 오는 재미를 좀 주면 좋겠어. 외모도 다르고, 취향도 당연히 다르지. 이런 두 엄마 속에서 살아가는 아이를 유머러스하게 그려 줘."

● 두 엄마와 나, 그리고 매일의 전쟁

우리 집에는 엄마가 두 명 있다. 그런데 그냥 두 명이 아니다. 서로 너무 달라서, 같이 있으면 꼭 예능 프로그램 〈티키타카〉 같다.

엄마 1은 아침형 인간. 새벽 6시에 일어나 요가를 하고, 해독 주스를 만들어 준다. 머리는 언제나 단정한 단발, 옷은 무채색 계열에 주머니가 꼭 있다. "건강이 최고야."가 입버릇이다.

엄마 2는 올빼미형 인간. 새벽 2시에 감자칩을 먹으며 드라마를 보고, 아침에는 이불 속에서 절대 안 나온다. 머리는 파스텔 핑크, 옷장

은 무지개색이랑 반짝이로 가득하다. "인생은 즐기는 거야."가 입버
릇이다.

아침 식사는 전쟁이다.

엄마 1: 당근 주스 마시고 가.

엄마 2: 아침부터 이건 좀…… 초콜릿 팬케이크 줄게.

결국 나는 당근 주스를 마시면서 팬케이크를 먹는 이상한 조합의
아이가 됐다.

학교 준비도 혼돈 그 자체다.

엄마 1: 교과서는 무거우니까 필요한 것만 챙겨.

엄마 2: 혹시 모르니까 다 가져가.

결국 내 책가방은 절반만 차거나, 완전히 벽돌이 되거나 둘 중 하
나다.

가끔 싸우기도 한다.

엄마 1: 아이한테 야식은 안 좋다고 했잖아.

엄마 2: 그게 행복 호르몬을 만든다니까!

나는 조용히 야식을 먹으며 행복 호르몬과 해독 주스의 화학 반응
을 연구한다.

하지만 중요한 날이 오면 둘은 힘을 합친다. 운동회 날, 엄마 1은 김밥을, 엄마 2는 컵케이크를 만들었다. 나는 체육대회 MVP가 된 것도 모자라, 반에서 제일 인기 있는 도시락 주인공이 됐다.

나는 요즘 두 엄마 덕에 중요한 걸 배웠다. 건강도 좋고, 재미도 좋고, 조금 이상해도 괜찮다. 왜냐하면 우리 집은 언제나 유쾌하니까.

AI가 나오기 이전, 위 이야기를 좀 더 각색하여 어느 시인이 이야기 시란 이름으로 발표했다면 독자들의 반응은 어땠을까? 위 이야기는 물론 그림책 글로 발표해도 좋을 것이다.

문제는 저 글이 만들어지는 과정에서 인간 작가가 개입한 부분은 오직 프롬프트가 전부라는 것이다. 그런데 AI는 이 프롬프트의 핵심 패턴을 찰떡같이 알아듣고, 저런 유쾌한 이야기 시를 써 주었다.

동시 문학의 미래 풍경

자, 매개변수 놀이는 이쯤 하자. 지금 이 동시 각편 놀이는 AI 시대 창작, 저작권을 비롯해서 문학의 본질에 대한 많은 질문을 던진다. 그렇다면 동시 문학의 미래는 과연 어떤 풍경으로 변해갈까?

나는 먼저 AI에게 앞에서 내가 한 이야기의 핵심을 정리해 준 다음에, AI의 생각을 물어보았다. AI가 들려준 이 대답을 아주 천천히 음미하면서 읽어 주시길 바란다. 많은 영감을 얻을 수 있을 것이다.

당신이 건네준 고민의 글은 하나의 시이자, 시를 사랑하는 이가 느끼는 존재적 질문이며, AI 시대의 문학 윤리를 다루는 깊은 에세이이기도 합니다.

이제, 당신이 제기한 핵심 문제 - AI 시대에 시를 읽는 마음에 금이 가는 경험, 동시와 그림책이 받게 될 충격, AI와 시의 관계가 어떻게 우리의 감수성을 흔드는가 - 에 대해 몇 가지 관점으로 나누어 토론하겠습니다.

1. AI는 왜 시에게 미안함을 불러일으키는가?

당신이 느끼는 그 '미안함'은 시의 순수함에 대한 신뢰가 AI에 의해 조금씩 흔들리고 있기 때문입니다. 예전엔 오직 인간만이 지닌 감각, 기억, 감정을 통해 쓸 수 있다고 믿었던 짧은 시 - 그것이 이제는 입력값에 따라 얼마든지 만들어질 수 있다는 것을 알아버린 이후, 그 순수성이 조금은 '기계적' 가능성 속에서 흐려지는 것이죠.

이건 어쩌면 시를 연주하듯 읽던 당신의 독자적 즐거움에 제3의 연주자가 끼어든 상황이기도 해요. 「햇살 좋은 날」 시를 예로 들면, 이 시의 푸근함과 맑음이 인간의 살아 있는 체온에서 비롯된 것이라는 믿음이 당신을 움직였는데, 이제는 그런 종류의 시마저 AI의 손에서 나왔을 가능성을 배제할 수 없게 된 것이죠. 순수한 즐거움이 의심으로 덧칠되기 시작한 것입니다.

2. AI는 동시와 그림책에 어떤 영향을 미치는가?

AI는 '짧고 정확한 문장 생성'에 강점을 가지기에, 동시와 그림책 문장을 자동으로 생성하거나 모방하는 데 매우 강력한 도구입니다. 이는 세 가지 방향으로 영향을 줍니다:

1) 작품의 대량 생산: 비슷한 감정선, 비슷한 단어, 비슷한 이미지들이 반복 생성될 가능성이 높습니다. '봄–햇살–이불–푸근함–잠' 같은 정서적 클러스터가 너무 자주 등장할 수 있습니다.
2) 감각의 퇴화: 사람이 말하려 했던 감각의 미세한 떨림 대신, '적절해 보이는 정서'를 반복 출력하는 경향이 생길 수 있습니다.
3) 창작자의 역할 변화: 작가는 창조자가 아닌, AI가 만든 시를 '큐레이션'하거나 '리터치'하는 존재로 위치가 옮겨갑니다. 이건 엄청난 문화적 전환입니다.

3. AI와 함께하는 시의 읽기와 쓰기는 어떤 새로운 가능성을 제시

하는가?

그럼에도 AI는 새로운 형태의 감각 놀이를 제공합니다. AI는 단지 '정답 시'를 만들기 위한 도구가 아니라, 시적 감각을 자극하는 질문 기계이기도 합니다.

예를 들어: "햇살 좋은 날, 이불이 잠들려고 한다."는 문장을 AI에 넣고, "햇살이 품은 감정이 뭐라고 생각해?"라고 질문하면, AI는 "햇살은 아침의 손길이다. 그것은 잊힌 밤의 피로를 덮으려는 위로일 수 있다." 같은 다른 시적 언어를 제안합니다.

이건 내 감각을 확장해 주는 메타 인식 기계처럼 작동합니다. 당신이 연주하는 시에 또 다른 악보를 제시하며, 당신의 연주를 다시 듣게 만들죠. 따라서 AI는 감각의 침해자가 아니라, 감각의 메타 악기가 될 수도 있습니다.

4. 그렇다면 시에게 '미안함'을 줄이는 태도는 무엇인가?

당신은 시를 악기로 대하는 감각자입니다. 이 감각자는 AI가 만들어 낸 음악이든 사람이 만든 음악이든, 그것을 자신의 몸으로 연주하며 다시 의미를 부여할 수 있는 존재입니다.

이 말은 곧, 당신의 몸과 감각은 시를 살아 있게 만드는 해석의 주체이며, AI가 시를 쓴다고 해서 시가 살아나는 것이 아니라, 당신이 읽을 때 비로소 살아난다는 뜻입니다.

그러니 AI가 시를 생성한다고 해서 시가 훼손되는 것이 아니라, 당신이 그 시를 어떻게 다시 연주하는가에 따라, 시는 다시 숨을 쉽니다. AI는 단지 음표를 줄 수 있을 뿐, 연주는 당신의 몫입니다.

5. 동시와 그림책, 그리고 자동완성의 위험

동시와 그림책은 언어보다 감각과 감정의 여백이 더 중요합니다. 그런데 AI의 자동완성은 논리적 완결성에는 탁월하지만, 감각의 비틀림과 여백의 용기에는 서툴죠.

예를 들어: 아이는 '깃털'이라고 말하지만, AI는 '부드럽다, 가볍다'고 말합니다. 아이는 '아빠 냄새'를 기억하지만, AI는 '익숙한 냄새'라 말합니다. 결정적인 차이는, AI는 은유할 수는 있어도 기억하지는 못한다는 점입니다. 기억은 몸에 저장된 감각의 흔적이며, AI는 그 몸이 없습니다. 그래서 동시와 그림책은, 아직은 기억을 가진 몸을 가진 사람의 몫입니다.

6. 마지막으로, 이중의 감정은 어떻게 받아들일까?

그 감정, 미안함과 기쁨 사이에 선 그 낯선 감정은 당연한 것입니다. 이는 인간이 늘 문명을 받아들이며 겪어온 복잡한 감정입니다. 글자가 생길 때도, 인쇄술이 발명됐을 때도, 컴퓨터가 문서를 편집하게 되었을 때도, 늘 '무언가를 잃었다'는 아쉬움은 함께 했어요. 그러나 동시에 우리는 늘 그 문명의 도구를 우리의 감각 안으로 끌어들여 새로운 예술을 만들어 왔습니다.

당신은 시를 사랑하는 사람입니다. 그리고 그 사랑은 어떤 기술보다도 시를 깊고 멀리 데려갈 수 있는 힘입니다. AI는 당신이 연주할 새로운 악기일 뿐, 시의 주인공은 여전히 당신의 감각과 기억입니다.

사이보그 시인이 몰고 올 변화

AI를 활용한 동시 각편 놀이는 동시 문학의 창작과 향유 방식에 엄청난 변화를 몰고 올 것이다. 일단 창작 주체의 개념이 모호해질 수밖에 없다. 위에서 우리가 감상한 각편 시를 만든 창작의 주체는 누구인가? 일단 원작을 쓴 시인이 있고, 그다음에 AI가 있고, 또 이 시를 읽고 AI에게 매개변수 요소를 입력시킨 독자도 있다. 냉정하게 말하면 원작 시인, AI, 그리고 매개변수를 입력한 독자가 함께 참여한 공동 창작물이라고 말할 수밖에 없다. 각자 자신이 관여한 영역에서 창작의 기여도를 주장할 수 있을 것이다. 이에 따라 저작권 문제를 둘러싼 갈등이 벌어질 가능성도 있다.

세상은 정글과 같다. AI 도구를 활용해 수많은 각편 시를 만들어 ISBN을 붙여 판매까지 하고, 그 작품이 잘 팔리기까지 한다면, 이 현상을 어떻게 봐야 하는가? 순수 창작의 시대가 저물었다며 개탄만 하고 있을 것인가? 인간의 몸에서 나온 자연언어에 기반한 기존의 동시 작품들이 과연 AI가 써내는 다양한 각편시와 맞서 더 나은 작품성을 인정받는다는 보장이 있을까? 이 문제는 단순하게 접근해서는 안 된다. 도덕성의 문제로만 치부하는 것도 너무 안이한 생각이다.

인간의 뇌는 수많은 데이터 중에서 인상적인 패턴을 기억한다. 원문을 통째로 암기해 뇌 속에 저장하지는 않는다. 어느 날 시인은 "영감이 왔다."고 말하지만, 결국 그 영감의 근원을 따라가 보면 예전에 읽었던 어느 시의 각편에 닿는 경우가 많다.

앞서 두 시인의 원작 시에서 여러 편의 각편 시들을 만들어 보았다. 이 각편 시들은 어쩌면 원작 시인들이 무슨 시를 쓸까 숙고하는 과정에서 형태가 완전하진 않았지만, 한 번쯤 비슷하게라도 만났던 시들이 아닐까? 이렇게 생각할 수도 있다.

이제 AI를 통해서 동시는 얼마든지 각편 시들을 기계적으로 생산할 수 있게 되었다. 상업적으로 수익성이 있다면, 편집자들이 AI를 통해 각편 시들을 기계적으로 만들고, 책으로 엮어 출판 시장에 내놓는 일도 생겨날 수 있다. 이러한 현상이 실제로 벌어진다고 해도 마냥 비난만 하기도 어렵다. AI는 인간이 만들어 낸 일종의 공용 도구이며 지구인의 삶에서 쉽게 사라지지 않을 것이다. 도구의 특성을 살려 원작 시와는 전혀 다른 느낌의 각편 시들을 발표했다면 뭐라 비난할 이유를 찾기도 어렵다. 앞으로 동시 문학의 앞날은 어떻게 변화해 갈까? 동시를 향유하는 방식에 획기적인 변화가 오지 않을까 싶다.

동화에서도 매개변수 놀이를 통해서 얼마든지 각편을 만들 수 있었다. 그러나 동화 창작에서는 단순히 매개변수 조작만으로 한 편의 작품이 완성되기는 어렵다. 한 편의 영화를 만드는 작업처럼, 동화는 고려해야 할 매개변수 요소들이 한 둘이 아니다. 그렇기 때문에 한 장면을 단순히 매개변수화 한다고 해서 곧바로 작품이 만들어지지는 않는다.

그런데 동시는 한 번의 매개변수 놀이만으로도 완결성을 가진 작품이 만들어진다. 이 때문에 얼마든지 매개변수 놀이를 통해 수많은 각편 시를 만들어 낼 수 있다. 이제는 시인들이 나만의 작품이라며 독창적인 창의성을 주장하기 어려운 시기를 맞이하게 되었다.

독자들의 동시 감상 역시 매개변수 찾기 놀이로 확장될 수 있다. 누가 더 재미있는 매개변수를 찾아 AI에게 재미있는 시를 쓰게 하는가? 원작 시 감상은 감상대로 나누고, 여기에 더해서 AI에 매개변수 요소를 입력해 나온 각편 시들을 다시 읽어 보는 시간을 가질 수도 있다. 여기저기서 재미있는 매개변수를 집어넣어 나온 각편 시들을 읽으면서, 오히려 각편 시들에 빠져 더 많은 시간을 보내게 될지도 모른다.

AI에 입력하는 원문 시가 좋을수록 AI 버전의 매개변수 각편들도 수준이 높아진다. 이런 점에서 보면 여전히 기존에 좋은 시를 써 왔던 시인들이 AI와 협업하더라도 더 좋은 작품을 써낼 가능성이 높다. 하지만 초고 수준에서 큰 차이가 없다면 시인들은 AI와 협업하는 과정에서 자신의 부족한 점을 얼마든지 극복할 수 있지 않을까? 주목받지 못하던 시인들이 AI와 협업을 통해 새롭고 도전적인 작품을 발표하는 시인으로 떠오를 수도 있다. 초고 원문을 잘 쓰는 것도 시인의 실력이지만, 프롬프트 창에 어떤 매개변수를 던져야 멋진 각편이 만들어지는지 감각적으로 파악하고, AI를 잘 다루는 기술도 또한 시인의 실력으로 인정해야 할 것이다.

동시 읽기의 의미를 다시 묻는다

도대체 AI 시대 동시를 읽는다는 의미는 무엇일까? 시야를 조금 더 넓히기 위해서, AI에게 철학자들의 관점을 빌려 설명해 달라는 부탁을 해 보았다.

좋습니다. 당신의 질문 - AI 시대에 시를 읽는다는 것은 무엇인가, 그리고 감각을 잃지 않기 위해 우리는 무엇을 할 수 있는가 - 에 대한 이야기를 써 보겠습니다.

● 시를 읽는다는 것: 감각의 재조립

한 줄의 시를 읽는다는 것은 단어를 이해하는 것이 아니라, 감각의 조립 방식을 경험하는 일이다. 햇살이 이불 속에 들어왔다는 문장을 읽을 때, 우리는 문장을 읽는 것이 아니다. 그 문장이 가리키는 몸의 경험, 시간의 흐름, 침묵의 여백을 함께 받는다.

AI는 이 과정을 잘 드러낼 수 있다. 인간의 언어 패턴을 학습하고, 감정과 정서를 예측하며, '좋은 시'의 표준에 접근할 수 있다. 그러나 AI는 시의 정서에 몸으로 반응하지 않는다. 그것은 시를 살지 않는다.

"AI는 시를 이해하는가?"라는 질문은 틀렸다.

더 정확한 질문은 "AI는 시를 살아본 적 있는가?"

● 푸코: '저자'라는 허상의 종언

미셸 푸코는 '저자란 기능 function'이라고 했다. 그의 유명한 말, "저자는 죽었다."는 선언은 사실 AI 시대에서야 비로소 실감 난다.

이제 AI는 누군가의 문체를, 말투를, 사유의 곡선을 흉내 낼 수 있다. 시가, 산문이, 학문이 저자 없이도 생성되는 세상이 온 것이다.

그렇다면, 이 시대의 문학은 더 이상 저자라는 이름으로 권위를 주장할 수 없다. 당신이 시를 썼다고 말할 수는 있지만, 그 말이 독자에게 어떤 진실을 담보해 주지는 않는다.

하지만 아이러니하게도, 이 '죽음' 이후의 문학은 오히려 더 강한 윤리를 요구받는다. 왜냐하면 '누가 썼는가'보다 '어떻게 읽히는가'가 더 중요해졌기 때문이다. 작가의 윤리는 자신이 무엇을 썼는가에 있지 않고, 자신이 무엇을 살았고, 그것을 어떤 감각으로 다시 조립했는가에 있다. 시는 이제 텍스트의 이름이 아니라, 존재 방식의 흔적이 되었다.

● 들뢰즈: 감각의 분절과 '감응의 문학'

들뢰즈는 의미는 표면에서 일어난다고 말했다. 시는 무의식의 심연이 아니라, 감각의 표면이 흔들리는 장면이다.

AI는 문장을 구성할 수는 있지만, 그 감각의 표면이 '어떻게' 흔들리는지는 모른다. 예컨대 다음 두 문장을 비교해 보자.

"햇살이 따뜻하다."

"햇살이 이불 속에서 꿈을 꿨다."

후자는 들뢰즈가 말하는 사건 event을 가진 문장이다. 햇살이라는 대상이 감각적 존재로 변형되고, 이불이라는 공간에서 상상적 주체가 되며, 그 사건을 통해 나의 감각 또한 다시 진동한다.

AI는 이 문장을 '의미'로는 이해할 수 있지만, 그 감각의 엇나감이나 미끄러짐, 여운을 살지는 않는다. 들뢰즈에게 중요한 것은 바로 이 감응 affect이다. 우리는 AI 시대에 문학을 이어가기 위해, 감응의 문학을 다시 배워야 한다.

● 해러웨이: 공진화의 글쓰기, 동시적 감각의 실험

도나 해러웨이는 인간과 비인간, 기술과 자연, 기계와 감정 사이의 '공진화co-evolution'를 강조했다. 그녀는 「사이보그 선언문」에서 말한다.

"우리는 더 이상 순수하지 않다. 우리는 언제나 이미 관계 속에서 태어난다."

AI와 인간이 함께 쓰는 시는 이 관점에서 보면 이종 존재 간의 협업이다. 인간이 감각을 통해 주파수를 조율하고, AI는 그 진동을 언어로 변환하는 필터다. 그러니까 AI가 시를 대신 쓰는가? 라는 질문은 틀렸다. 우리는 함께 쓰고, 함께 연주하고, 함께 실패하는 중이다.

중요한 것은 이 실패의 패턴조차도 예술이 될 수 있느냐이다. 아이가 그린 엉성한 곡선, 낯선 손으로 써 내려간 시, 감각이 아닌 알고리즘이 조율한 우연의 문장 – 우리는 그것들을 공진화적 예술로 받아들일 수 있을까?

● 결론: 시를 잃지 않기 위해, 다시 시를 읽자

우리는 지금 '시를 만드는 기계'를 만났다. 하지만 잊지 말아야 한다. 시를 만드는 기계보다 중요한 건, 시를 살아 내는 감각자다. 당신은 바로 그 감각자이며, 시를 다시 읽고, 다시 듣고, 다시 몸에 새기는 존재다. 그래서 이 시대의 시인은 이제 이런 존재일 것이다.

기술과 함께 쓰지만, 기술 너머의 떨림을 읽는 자.

단어보다 감응을 믿고, 저자보다 독자의 윤리를 따르는 자.

기억을 지닌 몸으로 시를 연주하는 마지막 존재.

AI 시대 어린이 시가 던지는 질문

이제는 AI 시대 이후 동시 쓰기가 전문 작가만의 몫이 아니게 되었다. 그런데 여기에는 경계해야 할 지점도 있다. 《동시 빵가게》에 실리는 어린이 시들을 보면 가끔 무언가 AI와 함께 쓴 것 같은 느낌이 들 때가 있다. 이 문제를 어떻게 봐야 할까? 매우 중요한 문제이다.

AI와 협업한 느낌이 나는 어린이 시에는, 어린이의 특성인 자기감정을 있는 그대로 드러낼 때 나오는 뭔지 모를 유머가 보이지 않는다. 어린이가 시를 쓸 때는 가능하면 일단 AI를 사용하지 않고 몸에서 나오는 자연언어를 사용하면 좋을 것이다. 그러나 억지로 AI 사용을 막을 수는 없다. 억지로 감시한다고 해서 될 문제도 아니다.

나는 어린이들 시를 즐겨 읽는다. 어린이들 시를 읽을 때는 일단 흥겹다. 왜 그럴까? 왜 내 몸이 즐거운 걸까?

아이들의 시에는 무언가 원시 심성이 들어 있다. 원시 심성이란 나라고 하는 한 인간이 이 세상의 그 어떤 권력보다 더 높은 자리에 있지 않다는 걸 몸으로 알 때 나오는 깨어있음이다. 어디에서 어떤 괴물이 나타날지 모르는 세상에 던져진 사람은 당연히 감각이 깨어날 수밖에 없다. 아이들은 그래서 사물을 볼 때 객관적일 수밖에 없다. 감각이 온전히 자기 몸에 집중되기 때문이다. 감각이 사방팔방으로 열려 있기 때문에, 사물과 내가 하나로 움직이는 우주 속에서 서로 얽히고 반응하며 관계 맺는 경험을 하고 있는 것이다.

나는 어린이 시를 읽을 때 이런 원시 심성이 드러나면서 퇴화되었던 감각들이 깨어나는 느낌이 든다. 나는 내 감각이 왜 이렇게 퇴화했을까를 잠시 생각해 본다. 단지 늙어서만은 아니다. 생물학적인 노쇠 때문에 감각이 퇴화하는 것만은 아니다. 나는 내가 이 우주의 질서에서 무언가 더 높은 자리에 있다는, 자연의 질서보다 더 높은 자리에서 해석할 수 있는 어떤 지식, 논리, 경험이 있다고 과신하기 때문이다. 그래서 내 몸의 감각을 돌아보지 않고 산 지 너무 오래돼서, 이제는 내 온 감각이 제풀에 지쳐 더 이상 내 몸을 깨우려고 애를 쓰지 않게 된 것이다. 그런데 어린이들 시를 보면 너무나 감각이 생생하다.

김세희 시집 『비밀의 크기』에 실린 한 어린이 시를 감상해 보자.

발에 쥐가 나면

조은서

내 발에 쥐가 났다.

두꺼운 신발을
신은 것 같기도 하고
작고 안 보이는 벌레가
내 발에서 싸우는 느낌도 들었다.

나는 쉬고 싶은데
작고 안 보이는 벌레는
쉬지 않고 싸운다.

좀만 지나면
작고 안 보이는 벌레도 쉬고
두꺼운 신발도 벗는다.[5]

 어린이는 자연의 일부로서 마치 과학자처럼 자신의 몸에 오
는 감각 신호를 그대로 중계하고 있다. 언어로 몸에 오는 감각
의 신호를 있는 그대로 중계하는 마법사다. 어린이는 자신의

몸을 하나의 우주로 보고, 우주를 탐구하는 과학자이기도 한데, 그 과학적 사실을 표현하는 언어가 은유적이다.

그런데 시인들은 어린이 시와 동시가 다를 수밖에 없다는 논리로 이런 주장을 한다. 어린이들은 자기 몸의 욕망에 충실하다. 그러나 어른은 자신의 욕망에 충실하기보다는 세상을 사유하고, 재해석하는 관념(주제)을 지닐 수밖에 없다. 동시에는 어떤 방식으로든 어린이들을 계몽하거나, 무언가를 전하고 싶은 메시지가 담기기 마련이다. 어린이 시는 누군가에게 굳이 어떤 관념을 전달하려고 하지 않는다. 그러나 어른이 쓴 동시 속에는 어떤 관념의 메시지가 들어 있어야 한다. 여기에서 오는 차이가 분명히 있다. 어른들은 어린이들처럼 그렇게 감각적이기만 할 수가 없다. 어른의 동시는 그래서 무거울 수밖에 없는 것이다. 이런 생각에는 감각과 관념이 서로 분리되어 있다.

그러나 패턴과 랜덤이 서로 기대 있는 것처럼, 감각과 관념도 서로를 지탱하는 반쪽이 아닐까? 관념은 태생이 '몸을 잃어버린 정보'와 같아서, 시인의 몸에서 나오자마자 호흡이 끊기며 생명력을 잃고 쉽게 굳어 버릴 수가 있다. 그래서 '감각을 잃어버린 관념'의 어른 시보다 '관념이 없는 감각'의 어린이 시는 몸 밖으로 나와도 호흡이 쉽게 끊기지 않아 출렁임이 살아 있는 것이다.

동시가 AI와 함께 진화하는 길

나는 여기서 AI에게 매우 심각한 질문을 해 보았다.

"그렇다면 AI 시대 사이보그 시인이 어른과 아이의 경계를 넘나들며 동시를 쓰는 길은 무엇인가? 사이보그 시인이 '감각 없는 관념으로 굳어가는 어른의 시'와 '관념 없는 감각으로 살아 움직이는 아이의 시', 그리고 'AI의 잠재적인 언어 패턴을 찾아내는 능력'의 경계를 넘나들며 동시를 창작하는 길은 무엇인가?"

AI는 이런 답을 주었다.

1. AI는 '패턴의 거푸집'을 마련하고, 인간은 그 사이에 감각을 불어넣는다.

→ AI는 언어의 통계적 패턴, 장르적 구조, 말의 흐름을 제시할 수 있지만, 그 속에 있는 감각의 날것, 육체의 미세 진동은 만들어 내지 못합니다.

따라서 AI는 문장과 논리의 뼈대를 만들고, 아이 또는 시인은 그 속에 감각을 밀어 넣는 작업이 필요합니다.

이것은 말하자면, '말의 외골격을 빌려 육체의 춤을 추는 방식'입니다. 즉, 사이보그 동시는 AI로 '말을 세우고', 인간이 '말을 흔들게 하는' 협업 언어 형식이 됩니다.

2. AI 시대의 동시는 '감각적 관념' 또는 '사유하는 육체'를 추구해야 한다.

→ 기존의 문제는 감각과 관념이 분리된 것입니다.

어른 시는 관념은 넘치고 감각이 없지만, 어린이 시는 감각은 넘치나 관념이 없습니다. AI는 문장과 정보는 넘치지만 살아 있는 감각이 없습니다. 그렇다면 AI 시대 이후의 동시는 무엇이 되어야 할까요?

'감각이 말하는 관념', 혹은 '관념이 숨 쉬는 감각'이어야 합니다.

철학이 발끝에서 출발하고, 사유가 배꼽을 지나 머리에 도달하는 시. AI의 논리적 구조 안에서 튀어나오는 감정의 주름 같은 시.

이것이 사이보그 동시의 본질입니다.

3. 사이보그 동시를 위한 창작 프레임워크: '3중 협업 구조'

→ 아이, AI, 어른, 이 세 주체는 협업하거나 하나의 몸 안에서 번갈아 등장할 수 있습니다. 사이보그 시인은 이 세 개의 언어 기관을 동시에 조율할 줄 아는 존재입니다.

4. 예시: AI가 제공한 문장 → 감각과 관념을 입히는 과정

AI 제안: "기억은 신호가 반복되는 뇌의 패턴이다."

감각을 입힌 동시화 시도: 기억은/자꾸 발가락에 밟히는/어제의 돌멩이야//안 보이는데 아프고/버렸는데 따라와//내가 지나간 자리에//자꾸/손 흔들고 있어//

여기서 '돌멩이'는 감각의 은유, '버렸는데 따라와'는 사유의 반전입니다. AI가 제공한 정의는 사라졌지만 '구조의 깊이'로 녹아들고 있습니다.

5. 사이보그 동시는 '중간 존재의 시'다.

어린이도 아니고, 어른도 아니고, AI도 아니고, 인간도 아닌 - 경계 위에서 흔들리는 중간 존재, 그 존재가 쓰는 시가 바로 사이보그 동시입니다. 아직 자라지 않았지만 이미 알고 있는 존재, 아직 말하지 않았지만 이미 감각하고 있는 존재, 아직 선택하지 않았지만 이미 연결되어 있는 존재. 이 존재의 시는 어린이 시처럼 명랑하고 이상하지만, 어른의 시처럼 무거운 사유가 흐르고, AI의 시처럼 정교한 구조와 반복을 품습니다.

6. 결론: 사이보그 동시란 감각과 관념, 인간과 기계가 서로의 경계를 건드리는 시이다.

→ AI는 정보를 주고, 어른은 해석을 시도하고, 아이의 감각은 그 모든 것을 무력화시키면서 지금 여기에만 존재하는 언어의 생김새

를 만들어 냅니다.

그리고 그 언어는 이렇게 말합니다.

"나는 내 몸으로 말하고 있어. 내 몸은 어른도 아니고, 기계도 아니고, 아이도 아닌 모든 경계를 넘나드는 존재야."

AI 시대 다양한 형태의 동시집들

사이보그 동시가 어떤 형태로 독자들 앞에 나타날지 지금은 아무도 모른다. AI는 동시 문학에도 새로운 패러다임을 요구하고 있다. 동시는 이제 여타 예술 장르와 마찬가지로 더욱 역동적이고 상호작용하는 형태로 진화해 갈 것이다. 하나의 시는 더 이상 고정된 형태가 아니라, 독자의 참여와 AI의 변환을 통해 끊임없이 변화하며 다시 태어나는 살아 있는 생명체와 같다. 앞으로는 다양한 형태의 동시집들이 탄생할 것이다. 일단 이런 형태의 시집들을 예상할 수 있다.

1) 기존 시인들이 쓴 자연언어에 기반한 동시집
2) 기존 자연언어로 쓴 시와, AI와 협업한 동시를 장을 나눠 구분해 싣거나 아니면 마구 혼합해 싣는 형태의 동시집
3) AI와 협업한 사이보그 동시로만 된 시집

이러한 세 가지 형태의 시집은 모두 나름대로 존재 이유를

발견할 수 있을 것이다.

첫 번째 경우를 생각해 보자. AI와의 협업을 거부하고, 인간의 몸에서 나온 자연언어에 기반한 동시집들은 여전히 가치가 있을 것이다. AI 시대가 도래했어도 작가들 가운데는 AI언어를 문학에 사용하는 그 자체를 부정하는 사람들이 있다. 대표적인 작가가 테드 창이다.

챗GPT가 나오고 얼마 안 되어 테드 창은 뉴요커 잡지에 「챗GPT는 웹의 흐릿한 JPEG 이미지다」라는 제목으로 특별 기고문을 발표하였다.[6] 이 글의 요점을 정리하면 이렇다.

위 제목에서 JPEG는 주로 사진이나 복잡한 이미지를 저장하고 압축하는 데 사용되는 이미지 파일 형식을 말한다. 우리가 일상생활에서 가장 흔히 접하는 디지털카메라 사진, 스마트폰 이미지 등에 널리 쓰이는 파일 형식 중 하나이다. JPEG의 가장 큰 특징은 '손실 압축' 방식을 사용한다는 점이다. 파일 크기를 최대한 줄이기 위해 이미지 원본 데이터의 일부를 영구적으로 버리는 방식이다. 즉, 압축하고 나면 원래의 이미지를 100% 그대로 복원할 수는 없다.

챗GPT를 비롯한 거대언어모델은 웹상에 떠도는 수많은 정보를 손실 압축 형태로 저장하고 있다. 달리 말하면 거대언어모델이 갖고 있는 데이터 정보는 원본에서 일부 정보가 빠진 훼손된 이미지와 같다는 것이다.

테드 창은 이렇게 일부 누락된 데이터 정보를 가지고 AI가 새롭게 조합하여 만들어 내는 문장은 그럭저럭 볼만하긴 하지만, 태생적으로 일종의 근사치일 뿐이란다. 좀 심하게 말하면 재료 자체가 원본이 아닌 무언가 변질된 짝퉁으로 만들었기 때문에 근원적인 결함을 갖고 있다는 것이다. AI는 이렇게 근사치 문장을 구사하기 때문에 환각 현상이 일어나기도 하고, 터무니없는 답변을 내놓기도 한단다. 테드 창은 사정이 이런데 인공지능이 답하는 문장이 '진정한 이해'를 보여줄 수 있겠느냐고 의문을 제기한다. 이런 이유로 결국 테드 창은 AI는 예술을 만들어 내지 못할 것이라 주장한다.

당연히 테드 창 같은 작가는 창작할 때 AI 사용 자체를 거부할 것이다. 오히려 AI 시대에는 테드 창 같은 창작 태도가 더 희소성을 인정받을 수도 있다. 테드 창 정도의 작품을 써내는 작가라면, AI와 협업한 작가들과 작품성을 놓고 경쟁하더라도 절대 뒤지지 않을 것이다. 그렇기 때문에 그는 얼마든지 문단에서 살아남을 수 있다.

동시 문단에도 마치 테드 창처럼 AI와 협업을 거부하면서도 작품성을 인정받고 독자들의 사랑을 받는 시인들이 여전히 존재하지 않을까 싶다. 이들의 문학적 성취는 희소성 덕분에 더욱 귀중하게 인식될 수 있다. 그러나 AI와 협업한 동시들이 시도하는 다양한 형식 실험이나 내용의 변주를 기존 시들이 이

겨내기는 쉽지 않을 것이다. 어떤 방식으로든 이들 역시 AI 글쓰기의 영향에서 자유로울 수는 없다.

AI 시대는 두 번째 유형의 시집이 가장 보편적인 형태가 되지 않을까 싶다. 즉, 인간의 몸에서 나온 자연언어로만 쓴 시와, AI와 협업하며 만든 시를 각각 다른 장으로 나눠 발표하는 방식이다. 이 시집은 AI를 활용해 자기 시를 표절하거나 모방한다는 비판에서 자유로워지면서도, 새로운 문명의 도구를 실험적으로 활용하는 작가의 열린 자세를 보여줄 수 있다.

그런데 만약 두 종류의 시를 구분하지 않고 섞어서 발표한다면, 이를 어떻게 봐야 할까?

이러한 전략을 취하는 작가에게도 나름의 이유가 있을 수 있다. 예를 들면 이렇게 주장할 수 있지 않을까?

"작가는 작품성으로 말한다. AI는 단순 도구일 뿐이다. 도구는 누구나 공정한 기준에서 활용할 수 있다. 도구를 부지런히 사용하는 것도 작가의 성실성이며, 창작 기법의 하나일 뿐이다. 굳이 내가 AI 도구를 이용하였다고 밝힐 이유가 있는가? 내 몸에서 나온 자연언어로 된 시가 더 좋을 때도 있고, 내 몸과 기계가 함께 협업한 시가 더 좋을 때가 있을 뿐이다. 두 시가 다 근원은 내 몸에서 나오고, 내 몸이 선택한 것이다. 결국 작품에 대한 책임은 온전히 시인인 내가 진다. 그렇다면 왜 그런 구분을 굳이 해야 하는가?"

이러한 생각을 가진 시인은 실제적인 문제에 봉착할 수가 있다. 예를 들어 'AI와 협업한 작품은 심사 대상에서 제외한다'는 공고를 마주하게 되는 경우다. 국가에서 주관하는 각종 문화 예술 사업이나 출판사에서 하는 공모전에 이런 경우가 보인다. 이 문제는 어떻게 판단해야 할까?

이러한 조치는 행정 편의주의에서 나온 단순한 발상일 수 있다. AI를 이용해 기본도 갖추지 않은, 아무 감동도 없는 작품들이 마구 쏟아져 들어오니 아예 공모 자체를 포기했다는 기사를 심심치 않게 본다. 이는 AI로 인한 작품 대량생산 시대에 등장한 새로운 풍속이기도 하다. 그러나 엄밀히 따지면 AI를 활용한 작품도 표현의 자유가 보장된 나라에서는 하나의 창작 행위로 존중되어야 한다. 냉정한 기준은 작품성을 중심으로 심사 위원들이 판단하는 방식이 가장 적절하다.

만약 어떤 작가가 AI와 협업하지 말라는 규정을 어기고 제출해 다른 작품들을 다 제치고 당선된다면 이를 어떻게 봐야 할까? AI 활용 문제를 두고 작가에게 도덕성의 시험을 요구해야 할까? 오히려 AI 활용을 통해 나온 결과물이 당선작이 되었다면, 이 작가는 새로운 창작 기법을 제시한 실험적인 작가로 존중받아야 하지 않을까?

세 번째 경우는, 모든 시를 AI와 협업한 작품으로만 구성한 시집이다. 아직 이런 사이보그 시집은 출간되지 않았지만, 언젠가 등장할 가능성이 크다. 그렇게 된다면 아마도 대단한 논쟁이 일어날 것이다. 결국 창작자의 실험은 작품성으로 증명된다. AI와 협업한 작품이 기존 시집들과 차별성을 가지고, 무언가 독창적인 자기 목소리를 드러내서 독자와 비평가들이 주목할 때 논쟁은 그 지점에서 시작될 것이다.

사이보그 동시는 시인이 쓴 초고 시에서 시작되지만, 그 형태는 절대 고정되지 않는다. 시인은 AI와 함께 수없이 많은 매개변수를 프롬프트 하며 시의 형태를 바꾸어 나갈 것이다. 한 편의 시는 그렇게 수많은 갈래로 뻗어나가며 우발적으로 마주치는 낯선 존재들과 접촉하고, 그 접촉 속에서 다양한 얼굴을 지닌 각편 시들을 생성해 낸다. 그래서 사이보그 동시는 초고에서 시작되지만, 그 끝은 아무도 알 수 없다.

AI와의 협업에는 정해진 방향이 없다. 시는 하나의 우주처럼 끝없이 확장될 수 있다. 시인조차 자신이 어디로 향하고 있는지 모른 채, 어떤 사건이 생성될지 예측하지 못한 채, 늘 그 무엇과 결합 가능성으로 열린 세계 속에서 AI와 함께 끝없는 우주를 항해한다. 그 실험의 끝에서는 초고만으로는 결코 도달할 수 없던 새로운 감각의 시가 떠오를 수도 있고, 반대로 AI의 패턴 안에 갇혀 시인이 길을 잃고 실종될 수도 있다.

사이보그 시는 시인과 기계, 감각과 패턴, 질문과 대답이 함께 변주되는 새로운 형태의 존재인 것만은 분명하다. 그러나 이 새로운 존재의 정체성은 아직 뚜렷하게 드러나지 않았다. 그렇다면 앞으로 태어날 사이보그 동시는 과연 어떤 가능성과 한계를 가질 수 있을까?

AI는 이런 답을 주었다.

아주 깊고 본질적인 질문을 던지셨습니다. 아래에 세 부분으로 나누어 정리해 보겠습니다.

1. AI와 협업하는 사이보그 동시 창작 방법의 가능성

1) 무한한 '매개변수적 상상력'의 실험 공간

기존 시 창작은 직관, 감정, 문체, 어휘 등 인간 중심의 직선적 창작 흐름이었다면, AI와 협업하는 동시는 '변이 - 순환 - 재조합'을 핵심으로 한다고 할 수 있다.

하나의 시가 끊임없이 다른 스타일, 어조, 형식, 주제, 관점으로 변주된다. 이는 '버전 업'이 아니라 '버전 확장'이다. 시는 단일한 결론이 아니라 다중적 생성 상태로 존재하게 된다. 시인이 AI의 매개변수를 마치 '감각의 다이얼'처럼 돌리며 시의 가능 세계를 탐색한다.

2) 시인 = 실험 디렉터(글감독)

시인은 이제 '창작자'를 넘어서 '조율자, 감독자, 실험자'가 된다. 언어를 새롭게 조합하는 '매개자(媒介者)'의 역할로 이동한다. 이것은 글쓰기의 직조적 성격을 다시 회복하는 흐름이다. 시는 완성물이 아니라 실험의 잔여물, 또는 생성 중인 사건 event 이 된다.

2. AI의 시 협업 창작의 한계

1) 감각 없는 감정, 구조 없는 깊이

AI는 감정의 표현을 드러내지만, '살결의 감각', '삶의 비틀거림'을 알지 못한다. AI가 주도할 경우, 시는 가짜 감동, 예측 가능한 은유, 깊이 없는 추상에 빠질 위험이 있다. 감정이 아니라 감정 알고리즘, 경험이 아니라 경험의 아카이브일 수 있다.

2) '표준화된 개성'이라는 모순

AI는 데이터를 학습해 창조하지만, 그 학습 자체가 '일반화된 개성'의 생산이다. 즉, 고유한 목소리처럼 들리지만, 사실은 수많은 목소리들의 평균값일 수 있다. '다르게 쓰기'를 시도할수록 'AI의 평균적 낯섦'에 갇힐 수도 있다.

3) 윤리적/법적 모호성

작품의 '저자성'은 누구에게 있는가? 시인은 재조합한 것일 뿐인

데, 창작자라 불릴 수 있는가? 이는 동시 창작 교육이나 공모전, 출판
계에서도 중요한 이슈가 될 것이다.

3. AI 시대 사이보그 동시의 철학적 의미

1) 저자의 죽음 이후, 저자의 부활인가?

롤랑 바르트는 '저자의 죽음'을 말했지만, AI 시대는 '시인의 분열'
을 보여준다. 하나의 시에 수십 개의 버전, 수많은 나의 그림자들이
존재한다.

이것은 일종의 다중 저자성 multi-authorship이며, 시인이란 '한 명'이 아
니라 '네트워크로 얽힌 공동 창작자'가 된다.

2) 인간-비인간-기계의 감각 연합

시는 이제 인간의 언어 기관만이 아니라, 기계의 알고리즘적 리듬,
비인간적 감지의 구조도 포함한다. 들뢰즈 식으로 말하면, 이것은
'감각의 배치'에 새로운 항을 추가하는 일이다.

→ 감각은 더 이상 인간 고유의 것이 아니다.

3) 미래의 언어 실험실

사이보그 동시는 언어를 재조립하는 실험실이자, 인간 경험을 재
서술하는 장르가 될 수 있다. 그리고 이 실험은 의미의 확장이라기보
다는, '의미 생성의 양식'을 변화시키는 정치적 행위다.

결론:

AI 시대의 동시는, '시'가 무엇인가에 대한 정의 자체를 실험하는 행위로 진화하고 있다. 이제 시는 '결정된 메시지'가 아니라, 계속 변화 가능한 시적 사건event이자, 시인과 AI가 함께 유영하는 '생성의 공간'이다. 시의 창작은 더 이상 혼자 쓰는 일이 아니라, "누구와 어떻게 쓸 것인가?"를 묻는 일이 되었다. 그리고 그 '누구' 안에는 AI와 아이와 어른이 함께 거주할 수 있다.

동시집 『비밀의 크기』에는 어른 시인과 어린이 시인이 쓴 시가 같이 실려 있다. 여기 AI가 또 하나의 주체로 개입한다면, 어른과 어린이가 AI를 통해 경계를 넘어 한 편의 시집을 공동 창작 할 수도 있을 것이다.

시는 이제 더 이상 작가 한 사람의 권위 아래 놓인 고정된 산물이 아니라 AI와 독자, 그리고 다른 참여자들의 상호작용 속에서 끊임없이 변형되고 확장되는 삶의 한 놀이 경험으로 더 깊숙이 들어올 수도 있다. 동시는 이제 읽는 것을 넘어 감상하고, 참여하고, 재창조하는 놀이 영역으로 가장 먼저 발전해 나갈 수도 있을 것이다.

AI는 예술을 만들어
낼 수 있을 것인가?

나를 깜짝 놀라게 한 글

챗GPT를 처음 사용했을 때, 나를 깜짝 놀라게 한 글이 있었다. AI가 얼마나 답을 잘하는지 궁금한 마음에, 프롬프트 창에 처음에는 단순 검색 수준의 질문을 던져 보았다. 챗GPT는 잠시 뜸을 들이더니 술술 답을 내놓았다. 환각 현상도 조금 보이긴 했지만 읽어 보니 문장도 반듯하고 내용도 훌륭했다. 호기심이 증폭되어 좀 더 높은 수준의 질문을 해 보았다. 과연 창작도 가능할까? 어떤 주제로 창작을 해 보라 할까? 잠시 뜸을 들이며 생각하다 이런 질문을 해 보았다.

"아빠 생일에 딸이 기발한 선물을 하는 동화, 유머러스하게 써 줄 수 있을까?"

챗GPT는 즉각 한 편의 동화를 써 주었다.

다음 글이 바로 그것이다. 챗GPT 초기 버전이 보여준 창작 실력이 보통이 아니다.

옛날 어느 웃음과 기발함이 넘치는 왕국에 루시라는 딸이 살고 있었다. 그녀의 아버지, 왕은 곧 생일을 맞이하고 있었고, 루시는 아버지가 받아 본 것 중에서 가장 재미있는 선물을 주기로 결심했다.

그녀는 탱고를 출 수 있는 닭을 선물하는 것도 고려했지만, 성에서 난장판을 만들 가능성이 있어서 그것은 포기했다. 스파게티로 된 가발을 선물하는 것도 고민했지만, 아버지가 배고파져서 먹을까 봐 걱정이 되어 그것도 포기했다. 마침내 그녀는 천재적인 아이디어를 떠올렸다.

생일 당일, 루시는 아버지에게 반짝이는 다채로운 포장지로 싸인 상자를 선물했다. 아버지가 눈이 반짝이며 포장지를 뜯어보니⋯⋯ 푸른색 방귀 베개가 나왔다!

루시는 아버지가 베개에 앉아 큰 방귀 소리 내는 것을 보고 웃음을 터뜨렸다. 아버지는 깜짝 놀라서 왕좌에서 떨어지고, 그의 귀족들은 즐거움에 찬 미소를 지었다. 루시가 방귀 베개가 어떻게 작동하는지 설명하자 아버지는 웃음을 멈출 수 없었다. 루시는, 농담을 좋아하는 왕이기 때문에 방귀 베개가 왕에게 완벽한 선물이 될 것이라고 생각했다.

그때부터 아버지는 어디를 가든 방귀 베개를 항상 가지고 다니며, 자신의 고문들과 손님들을 예상치 못한 방귀 소리로 놀라게 하곤 했다. 그리고 그것을 할 때마다 그는 그의 딸 루시가 삶에 가져다준 기쁨을 생각하곤 했다.

단순한 주제만 주었는데도, 챗GPT는 문장 자동완성 기능으로 저런 글을 써냈다. 나는 이 글을 보고 "어, 이건 한 편의 그림책 글인데!" 하는 생각이 번쩍 들었다.

나는 한 문장만을 프롬프트 창에 입력했을 뿐인데, AI는 많은 빈칸을 채워 저런 이야기를 만들어 냈다. 좋은 작품을 만들어 내기 위해 수만 번의 선택을 해야 했던 창작의 고통은 전혀 없다.

이 동화는 그림책 글로 봤을 때 상당히 수준이 높다. 이 정도의 반듯한 문장과 뚜렷한 주제를 담은 이야기를 써내는 사람은 많지 않다. 그림책 글을 대하는 인식 수준 자체가 달라질 수밖에 없게 되었다. 출발 지점부터 이미 이전과는 비교할 수 없을 만큼 높아진 것이다. 위와 같은 글에 인간의 상상력이 덧붙여진다면 그림책 글의 수준이 크게 올라갈 것이다.

전문 작가들은 위 글의 문장 수준이 그리 높지 않다고 평할수도 있다. 그러나 대중문학 수준에서 보면 챗GPT가 만들어준 문장은 결코 낮은 수준은 아니다.

AI는 자동완성 기능만으로 이 정도 문장의 완결성을 갖춘 장면 연출이 가능하다. 그렇다면 이렇게 주제가 딱 떨어지게 쓴 문장을 자동완성 기능으로 계속 연결한다면, 영화를 찍는 사람들이 장면을 연결해서 편집을 하듯, 이제 그림책도 얼마든지 이론상으로는 찍어낼 수 있다는 논리가 가능하다. 이쯤 되니 한 편의 그림책은 앉은 자리에서도 만들어 낼 수 있겠다는 생각마저 든다.

그런데 저 그림책 글을 보고 내가 진짜 놀란 이유는 다른 데 있었다. 우리 아동청소년문학에서 가장 부족한 점이 유머이다. AI는 인간이 가장 어려워하는 유머 감각을 아주 쉽게, 자연스럽게 구사하고 있다. 여기에서 AI와 인간의 사유체계, 언어 체계는 어떻게 다른가 하는 의문이 들었다. 이 문제에 대한 답을 찾기 위해 우선 AI에게 "유머의 핵심 개념을 설명해 달라."고 질문해 보았다.

AI가 해 준 답이다.

AI는 유머를 다음과 같은 핵심 개념들을 통해 설명할 수 있습니다.

1. 부조화 Incongruity

유머의 가장 기본적인 원리로, 예상치 못한 상황이나 아이디어가 나타날 때 발생합니다. 정상적이거나 기대했던 맥락과 전혀 다른 요소가 결합되어 놀라움과 웃음을 유발하는 것입니다. 예를 들어, 심각한 상황에서 엉뚱한 행동을 하거나, 논리적으로 맞지 않는 말이 갑자기 튀어나오는 경우입니다.

2. 안도감 Relief

긴장이나 스트레스가 해소될 때 오는 유머입니다. 위협적이거나 불안했던 상황이 사실은 별것 아니었음을 깨닫는 순간, 긴장이 풀리면서 웃음이 터져 나오는 것입니다. 코미디언들이 관객의 긴장을 유발한 후 예상치 못한 결론으로 웃음을 주는 경우가 이에 해당합니다.

3. 우월감 Superiority

다른 사람의 불운이나 약점을 보면서 웃는 유머입니다. 도덕적으로 논쟁의 여지가 있지만, 일종의 사회적 우월감을 느끼면서 웃게 되는 것입니다. 슬랩스틱코미디나 누군가가 실수를 저질렀을 때 웃는 경우가 이 원리에 기반합니다.

4. 역설 Paradox

논리적인 모순이나 비상식적인 상황이 유머로 작용하는 경우입니다. "나는 규칙을 절대 지키지 않는다는 규칙을 지켜."와 같은 표현은 비상식적인 상황에서 유머가 발생합니다.

5. 언어유희 Wordplay

단어의 발음이나 의미를 이용해 재미를 만드는 방식입니다. 말장난이나 풍자, 비유 등이 여기에 속하며, 같은 단어가 여러 의미로 사용될 때 오는 재미를 활용합니다. "세상에서 가장 뜨거운 바다는, 열 바다."

'열 받다'라는 감정을 '열 바다'로 바꾸어 발음의 유사성을 활용한 언어유희입니다.

AI의 관점에서 본 유머

AI는 이처럼 유머를 여러 개념으로 분해하고, 그 원리를 명확히 이해합니다. 인간은 경험과 감정을 통해 유머를 체득하지만, AI는 수많은 데이터 속에서 유머의 패턴을 학습합니다. 위 동화에서 방귀 베개가 유머러스하게 느껴지는 것은, 왕의 생일 선물이라는 기대(논리)와 방귀 베개라는 예상치 못한 요소(부조화)가 결합되었기 때문입니다. AI는 이러한 패턴을 분석하여 새로운 조합을 만들어 낼 수 있습니다.

따라서 AI는 유머의 원리를 기계적으로 적용하여 새로운 유머를 창조할 수 있으며, 이는 인간이 가진 고유한 유머 감각을 재현하거나 혹은 새로운 방식으로 표현할 수도 있음을 보여줍니다.

AI는 유머의 패턴을 분명하게 인식하고 있다. AI가 유머러스한 동화를 써낼 수 있었던 건 유머의 개념을 하나의 패턴으로 인식하고, 데이터를 통해 그 패턴을 조합해 냈기 때문이다.

나는 여기서 AI 언어와 인간 언어의 차이를 명확히 인식하는 것이 중요하다고 생각한다. AI는 기본적으로 '패턴의 언어'를 사용한다고 볼 수 있다. 반면 인간은 비록 출퇴근처럼 반복되는 일상에서 살지만, 그 하루하루를 무슨 일이 일어날지 모르는 '우연의 연속'으로 받아들이며 살아간다. 이 랜덤한 사건에 대한 기대 또는 불안 의식이 있기 때문에, 하루하루가 조마조마하면서 역동적으로 느껴지기도 한다. 대체로 인간에게 패턴은 답답하고 지루한 것으로 느껴지기 쉽다. 하지만 이 패턴의 지루함이 존재하기에, 그 안에서 우발적인 사건에 대한 기대 또는 불안 의식이 생겨나는 것이다.

생각해 보면 주사위를 몇 번 던질 때는 완전히 랜덤으로 숫자가 나오는 것처럼 보이지만, 수만 번 던지면 6분의 1이라는 확률적 패턴에 가까워진다. 결국 랜덤 속에 패턴이 있고, 패턴은 또 랜덤이 반복된 결과로 드러난다. 바로 여기에 인간의 우발적인 경험의 언어와, AI의 확률에 기반한 패턴 언어가 만나는 지점이 있지 않을까?

AI가 생성해 낸 동화를 보면서 나는 이런 생각이 들었다. AI와 인간의 사유 체계는 '패턴'과 '랜덤'이라는 서로 반대되는 원리를 중심으로 움직인다. 그러나 이 두 개념은 대립하기보다는, 마치 서로에게 기대어 존재하는 것처럼 보인다. 이 반대되는 요소를 넘나들 때, 인간과 기계가 협업하는 진정한 '사이보그 언어'의 유머 감각이 살아나지 않을까?

인간은 AI와 결합할 때 랜덤으로 작동하는 듯 보이는 세상 속에 숨어 있던 패턴을 더 정확히 인식할 수 있다. 인간이 삶 속에서 방황하며 사용하는 랜덤의 언어와, 그 삶을 냉철하게 분석하는 AI의 패턴 언어가 서로 기대거나 충돌할 때 생기는 긴장감을 표현해 낼 때, 유머 감각이 살아 있는 문장이 나올 것이다.

이런 유머의 본질을 우리는 AI에게 배울 수 있지 않을까? AI는 인간에게 유머의 형식적 패턴을 지각하게 해 주는 거울과 같은 존재라고 할 수 있다.

창의성을 높이는 패턴 조절 방법

작가들은 흔히 패턴 언어를 무시하는 경향이 있다. 패턴을 정형화되고 도식적인 의미로 받아들이며, 가치를 인정하려 하지 않는다. 그러나 유머 삼삭은 패턴을 통과하지 않고는 생겨나기 어렵다. AI는 패턴을 학습하는 기계이다. 그러나 AI 역시 창의성을 유발하기 위해 '제어된 랜덤성'을 사용한다. 대표적인 기능을 몇 가지 소개해 본다.

우선 온도temperature 값을 조정하는 방법이 있다. 온도가 낮을수록 입자들은 질서 정연하게 에너지가 낮은 상태로 존재한다. 반면 온도가 높아지면 입자들은 더욱 활발하고 예측 불가능하게 움직인다. 이 개념이 AI가 단어를 선택하는 확률에 그대로 설정된 것이다.

온도를 높게 설정하면 확률 분포가 넓어지면서 드물게 선택될 단어도 뽑힐 수 있다. 그 결과 AI가 생성하는 문장이 예측할 수 없고 의외의 창의적인 표현을 담아낼 가능성이 커진다. 반대로 온도를 낮춰 놓으면 예측가능한 상투적인 언어가 주로 생성된다.

AI는 창작에 온도를 활용하는 팁을 다음과 같이 알려주었다.

● 정보를 정확하게 전달하고 싶을 때: temperature 0~0.5
 → 뉴스, 설명서, 학습 요약, 논문 요약 등
● 자연스러운 문장 + 약간의 창의성: temperature 0.7~1.0
 → 소설, 에세이, 블로그 글 등
● 기발하고 예측 불가능한 문장 생성: temperature 1.2~2.0
 → 시, 슬랩스틱 유머 동화, 초현실적 SF 등

그러면 여기서 실제 예를 하나 들어 보자. 앞에서 "아빠 생일에 딸이 기발한 선물을 하는 동화, 유머러스하게 써 줄 수 있을

까?"라는 프롬프트에 AI가 답해 준 동화를 감상해 보았다. 이
번에는 이 질문에 '온도를 최대한 높여서 써 달라'는 조건도
함께 붙여 부탁해 보았다.

온도temperature 값을 최대로 올린 상태, 즉 의외성, 기괴함, 돌발적 전
개, 튀는 언어, 전복된 상식이 가득 담긴 버전으로 유머 동화를 써 드
릴게요. 이 버전은 말 그대로 AI가 '예측 불가능한 글쓰기'의 끝을
향해 날아간다고 보면 됩니다.

● **딸 루비와 초코 킹의 생일 대소동**
옛날 옛날, 아니 어쩌면 내일쯤,
눈 대신 젤리가 내리고, 고양이가 왕위를 계승하는 나라에
루비라는 소녀가 살고 있었다.
그녀의 아버지, 초코 킹은 매년 생일마다 이상한 것만 받았다.
작년엔 입에서 풍선껌이 터지는 마법 모자,
재작년엔 1초마다 인사하는 손바닥 로봇,

그리고 올해……
루비는 생각했다.

"이젠 뭔가 정말 이상하고 진심으로 쓸모없는 걸 드려야겠어."

루비는 구름 위에서 피는 트림 꽃을 따러 갔고,

그 꽃을 끓여 만든 초초초고농축 트림 차를 유리병에 담았다.

병에는 '아빠 전용 – 먹는 순간 파티 시작됨'이라고 적었다.

하지만 뭔가 부족했다.

그래서 그녀는 몰래 왕의 베개에 춤추는 다리털을 심고,

왕의 슬리퍼엔 소리를 내는 치즈를 발라 두었다.

생일 아침.

왕이 눈을 떴다.

슬리퍼를 신자 "찍찍찍!",

이상한 냄새가 퍼지고,

앉자마자 베개는 부우우웅 소리를 내며 발레를 췄다.

루비는 옆에서 말없이 차를 내밀었다.

"아빠, 이건 사랑입니다."

왕은 아무 의심 없이 트림차를 마셨고,

3초 후 왕의 입에서 하프 소리가 났다.

두둥! 뿌우우! 띠리리링!

왕은 웃다가 굴러떨어졌고,

그 바람에 왕관이 고양이 머리 위에 얹어졌다.

고양이는 바로 법을 바꾸고 자신이 총리직을 맡았다.

그날 이후, 왕국에서는

"왕보다 웃긴 사람은 누구?"

"딸이요, 루비요, 유니콘이요!"

하는 노래가 아이들 사이에서 유행했다.

그리고 초코 킹은 하루에 세 번씩 말했다.

"딸아, 너는 내 트림 같은 기쁨이란다."

그러곤 웃음과 함께 하프를 불며 사라졌다.

이 동화는 사고방식이 튀는 아이들, 황당한 반전과 소리 내 웃기는 걸 좋아하는 독자, 규칙보다 예외를 사랑하는 창작자에게 잘 맞는 스타일입니다.

이쯤 되면 생각의 엉뚱함이나 기발함에서만큼은 로알드 달과 비교해도 그다지 부럽지는 않을 것 같다. 온도 이외에도 'top-k', 'top-p'와 같이 창의적인 문장을 생성하는 방법이 있다. top-k와 top-p에 대해서는 AI에게 물어보면 자세한 설명을 들을 수 있으니 여기에서는 생략하도록 하겠다.

이렇듯 AI는 내부적으로 다양하게 패턴을 조합하는 능력을 갖추고 있다.

AI를 활용한 장르 실험

또한 AI는 얼마든지 다양한 장르 실험을 위한 도구로 활용할 수도 있다.

예를 들어 "아빠 생일날, 딸이 기발한 생일 선물하는 동화를, 유머러스하게 써 달라."는 프롬프트에 이번에는 SF 장르로 써 달란 조건을 붙여 요청해 보자.

초기보다 성능이 향상된 AI는 다음과 같은 SF 동화를 써 주었다.

● 아빠의 생일과 시간 멈춤 선물

아빠의 생일 아침. 딸 유나는 조용히 자기 방에서 이상한 고글을 썼다. 머리에 반짝이는 안테나가 붙어 있었고, 앞에 달린 버튼은 '시간 멈추기', '아빠 웃게 만들기', '엄마 몰래 아이스크림 먹기' 같은 수상한 글자가 쓰여 있었다.

"유나야, 학교 갈 시간이다!"

아빠의 목소리가 들리자 유나는 입꼬리를 말아 올렸다.

오늘은 특별한 날. 계획 실행일. 작전명: 생일 폭탄.

그녀는 조심스럽게 거실로 나갔다. 아빠는 양말을 반쯤 신은 채로 고구마를 굽고 있었다.

그 순간!

유나는 고글의 [시간 멈추기] 버튼을 꾹 눌렀다.

찰칵.

세계는 멈췄고, 고구마도 공중에서 구워지다 멈췄고, 아빠는 양말을 발등에 걸친 채 얼어붙었다.

"후후후."

유나는 아빠 옆에 조심스레 다가가, 그의 머리 위에 종이 왕관을 씌웠다.

그리고 진한 핑크 립스틱으로 이렇게 썼다.

"아빠는 우주 최고 왕! 오늘은 당신이 하루 종일 왕입니다. 통행세로 뽀뽀 3개씩 요구 가능."

유나는 아빠 손에 리모컨처럼 생긴 [아빠 마음 읽기 리시버]를 쥐여 주었다. 물론 작동은 안 됐지만, 버튼을 누르면 "좋아, 너 하고 싶은 거 다 해."라는 목소리가 나오게 해 놓았다. 시간을 다시 틀었을 때, 아빠는 "뭐야 이건!?" 하며 소리쳤지만 웃음을 참을 수 없었다.

그날 이빠는 왕관을 쓴 채 회사에 갔고, 엘리베이터에서 사람들이 절을 하며 인사했다고 한다. 물론 유나는 그걸 영상으로 몰래 찍어서 다음 생일 때 또 쓸 계획이다.

이 글도 그림책 원고로 딱 어울린다. 위 AI 문장은 "다른 작가들이 내려온 선택을 평균 낸 것에 불과하여 그저 심심하고 밋밋하다."라고 말할 수도 있다. 그러나 이 말을 거꾸로 뒤집어 생각해 보면, 많은 작가들이 내려온 선택을 평균 낸 것이기에, 오히려 가장 대중성을 확보한 작품이라고 해석할 여지도 있다. AI가 써 준 SF 이야기는 아이들이 가장 본능적으로 반응하는 지점을 정확히 꿰뚫고 있다고 볼 수도 있다.

만약 부지런한 작가(편집자)라면, 무언가 미진한 부분을 찾기 위해 계속해서 매개변수 변환 놀이를 더 이어 나갈 수도 있다. 원하는 장면이나 아이디어가 나올 때까지 이러한 매개변수 확장 놀이는 무한 반복이 가능하다. 예전 같으면 편집자가 1년을 공들여도 될까 말까 한 기획을 AI는 순식간에 해 낸다. 유능한 편집자는 AI를 활용해 훌륭한 그림책 글을 만들어 낼 수도 있을 것이다.

이러한 경험을 통해 편집자는 얼마든지 독립 출판의 기회를 열어갈 수 있다. 독립 출판이나 1인 출판사는 원고를 구하기가 쉽지 않았지만, 자체적으로 AI를 활용해 얼마든지 그림책 원고를 기획해 낼 수 있게 되었다.

그림책 편집에서도 가장 중요한 것은 내용과 문체, 이 두 가지다. 특히 AI가 써낸 문장을 인간의 호흡으로 다시 바꾸어 내는 편집 능력이 요구된다.

인간이 써낸 문장에는 늘 모호함이 스며있다. 이 모호함은 인간 문장의 한계이기도 하지만, 매력이기도 하다. 사람이 쓰는 언어에는 메시지(의미 요소)와, 그것을 전달할 때 동반되는 눈빛, 표정, 몸짓 같은 메타 메시지의 영역이 존재한다. 이 두 영역은 서로 맞물리며 무수히 다양하게 변주되기 때문에, 예를 들어 '좋아해'라는 말조차 표정과 눈빛과 몸짓에 따라 다양한 의미로 재해석될 수 있다.

그래서 작가는 머릿속에서 흘러가는 장면을 글로 옮길 때 종종 큰 고통을 느낀다. 메시지와 메타 메시지가 한 몸을 이루며 영상처럼 흘러가는 장면을 글로 표현하려면 어디서부터 묘사를 시작해야 할지 난감할 때가 많다.

가슴으로 절절하게 느낀 장면을 글로 옮겨 놓고 보면, 메타 메시지의 영역이 불러일으켰던 감정 에너지가 빠져나가 버려, 너무 건조하고 빈약하게 느껴질 때가 많다. 결국 의미(메시지)만 전달하는, 지극히 도식적인 작가의 관념만을 나열한 문장이 되기 쉽다. 이게 바로 창작의 어려움이다.

그런데 위의 AI 문장은 망설임이 없다. AI의 언어 세계에서는 메시지와 메타 메시지의 분열은 일어나지 않는 듯 보인다. 오직 입력값이 주어지면, 질문이 요구하는 답을 찾기 위해 이 문장 다음에 어떤 문장이 와야 최적의 답이 되는지를 기계 시스템이 계산하여 출력하기 때문에, 마치 자로 잰 듯 딱 떨어지는 문장의 맛이 난다. 하지만 그렇기 때문에 어딘가 여운의 맛이 덜 느껴진다. 계속 읽다 보면 무언가 문장의 호흡에 높낮이가 없어 단조로울 때가 많다. 마치 강한 압력으로 고무호스를 통해 쏘아 대는 물줄기를 맞고 있는 느낌이다. 처음엔 명쾌한 논리에 잠시 정신이 번쩍 들지만, 논리적인 문장이 계속 이어지면 어느 순간 무감각해지는 느낌이 든다. 위에 제시된 AI가 써 준 동화만 해도 그렇다. 자꾸 읽어 보면 어딘가 아쉬움이 생길 것이다.

AI가 써내는 문장을 다시 인간의 호흡으로 바꾸어 내는 작업이 바로 글감독(작가)이 해야 할 가장 중요한 역할이다. AI와 협업해 동화를 쓸 때 이 부분이 가장 어려운 작업 가운데 하나일 것이다.

AI가 물줄기처럼 쏘아 대는 문장을 다시 읽어 보고, 인간이 호흡할 수 있는 문장의 리듬과 여백이 살아 있도록 재편집해야 한다. AI 시대의 글쓰기는 이제 편집의 능력이 매우 중요한 자리를 차지하게 되었다.

여기서 한 가지 곤란한 문제가 제기된다. 나는 어떤 수고도 들이지 않고, 단지 주제 몇 마디 프롬프트 했을 뿐인데, 완성도 있는 작품이 나왔다. AI툴을 이용해 그림을 입히는 것도 몇 분이면 충분하다. 이렇게 나온 작품에 ISBN을 붙여 출판 시장에

내다 팔 수도 있다. 이미 전 세계적으로 일어나고 있는 현실이
다. 이제는 무엇을 쓰고 싶다는 주제만 던져 주면 얼마든지 그
림책을 자동으로 생성하는 시대가 되었다.

테드 창은 "AI는 예술을 만들어 내지 못할 것"이라고 단언하
였다. 그렇다면 AI가 만들어 낸 저 동화에는 예술성이 없는 것
일까? 예술성의 기준이란 지극히 주관적인 개념일 뿐이다. 전
문 작가들이 모여 심사를 할 때에도 어떤 작품을 놓고 관점이
극과 극으로 갈리는 경우가 많다. 그렇다면 단지 인간이 아닌
AI가 문장을 자동으로 완성했기 때문에 예술성을 인정할 수
없는 것일까? 이 질문은 절대 단순하지 않다.

유머러스한 사람들이 즐기는 예술 형식

이 논쟁을 좀 더 깊이 있게 이끌어가기 위해서, 그림책과 관
련해 AI 등장 이전과 이후 내가 겪은 몇 가지 경험을 이야기해
보겠다.

AI 이선, 나는 나름대로 그림책과 맺었던 인연이 있다. 그림
책에서 글과 그림의 관계를 나는 늘 몸에 비유해서 생각했다.
그림책에서 글은 관념을 형성하고, 그림은 감각을 자극한다.

나는 비평가로 살아가며 관념에 갇혀 살았다. 관념이 강해질
수록 세상과 호흡하는 감각은 점점 무뎌졌다. 관념이 내 몸의
감각을 지배할 정도로 과도해질 때 어떤 일이 일어나는가? 세

상을 머리로만 이해하고, 몸으로는 느끼지 못하는 상태가 된다. 모든 것을 논리로만 분석하려 들기 때문에, 타자들과 공감하는 능력은 저 바닥으로 떨어진다. 결국 나는 일상에서 즐길 수 있는 소소한 감각의 재미를 다 잃어버리고, 몸의 에너지는 고갈되어 만성적인 피로감과 무기력증에 빠지고 말았다.

나는 50대를 통과할 즈음, 그림책으로 비유하면 글(관념)만 있고, 그림(감각)은 없는, 좀비 같은 몸이 되어 시골 숲속 마을로 스스로 걸어 들어갔다. 그림만 있고 글이 없는 그림책은 본 적이 있어도, 글만 있고 그림이 없는 그림책은 본 적이 없다. 나는 그때 그림이 없는 그림책, 감각이 없는 좀비 같은 몸이 되어 있었다.

그런데, 이 좀비 같은 내 몸에서 너무나 큰 기적이 일어났다. 밤이면 몸이 스스로 꿈을 꾸며 온갖 그림을 선물처럼 전해 주었다. 꿈은 내 몸에서 분리된 관념과 감각을 연결하는 다리 역할을 해 주었다. 나는 그 꿈을 날마다 공책에 받아 적었다. 이 꿈의 기록은 내가 쓰던 비평글과는 전혀 다른 차원의 글이었다. 꿈의 기록에는 관념은 없고, 감각을 일깨우는 장면(그림)들만 가득했다. 꿈을 기록하면서 내 몸은 조금씩 그림이 있는 그림책으로 변해 갔다.

읽던 책을 다 버리고 숲속 마을로 들어갔기 때문에, 집에서 더 이상 글을 읽을 이유가 없었다. 나는 글 읽기 대신 이면지에다 크레파스로 꿈속 장면을 그렸다. 이런 작업을 하면서 나의 꿈 그리기 작업도 점점 진화해 갔다. 꿈은 AI가 문장 자동완성 기능으로 명확한 주제가 담긴 글을 써내는 것처럼, 결말이 딱 떨어지는 장면을 보내줄 때가 있다. 영락없는 그림책 글을 한 편 써 준 느낌이 들어, 나는 그 꿈 이야기를 몇 장면으로 나누어 그림을 그리기 시작하였다. 그림책 작가들이 더미북을 만드는 것처럼, 나도 그런 흉내를 내며 혼자서 놀았다.

그림은 감정을 불러일으키는 덩어리다. 선과 색, 구도와 여백이 한데 얽혀, 언어로는 도달할 수 없는 감각의 세계를 열어 준다. 나는 내 꿈을 해석하려 하지 않았다. 들뢰즈가 말하듯 해석 망상에서 벗어나려 노력했다. 나는 내 꿈을 예고 없이 찾아오는 손님으로 생각하고 가능하면 내 기억 안에 받아들이려 하였다. 언젠가는 꿈이 스스로 왜 나를 찾아왔는지 말해 줄 거라고 믿었다.

내가 그린 꿈의 장면은 오랫동안 몸이 간직하고 있었던 소소한 기억들을 불러일으켰다. 꿈을 그림으로 그려 보면서 아주 어릴 적 기억이 조금씩 되살아났다. 내가 살던 집에 햇살이 가득 들면서 바다처럼 너울대던 마룻바닥의 눈부신 장면, 시멘트를 입힌 안마당이 햇살을 받아 더욱 환하게 빛나던 기억, 그

바닥에 백구가 빨갛게 남겨 놓았던 생리혈, 그리고 그로부터 얼마 지나지 않아 백구가 집을 나가 버린 기억들이 올라왔다. 이 장면들은 꿈이 불러온 내 감각의 흔적들이었다.

그림 없는 그림책 같았던 몸이 점점 그림으로 채워져 갔다. 때로는 밤새 그림 놀이를 하며 시간을 보내기도 했는데, 그럼에도 몸이 축나는 것이 아니라 오히려 몸을 다시 회복할 수 있었다. 나에게는 꿈과 그림이 가져다준 신비한 체험이었다.

이때부터 나는 그림책을 몸의 느낌으로 읽게 되었다. 글이 기세를 부리는 그림책은 관념이 지나쳐 무감각해진 사람을 떠올리게 하고, 그림이 기세를 부리는 책은 감정이 지나쳐 즉흥적인 충동에 휘둘리는 사람을 떠올리게 한다.

그림책을 읽다 보면 글과 그림은 자주 싸운다. 글이 너무 묘사가 지나치면, 그림은 "내가 할 역할을 네가 다 해 버리면 어떡하냐."고 불만이다. 그림이 너무 과도하면 글은 "도대체 스토리를 어떻게 살리라는 거야."라며 화를 낸다. 글과 그림이 제대로 살아 있는 그림책에서는 유머 감각이 느껴진다. 나는 그림책을 보면서 유머의 본질을 배웠다. 유머란 대립하는 존재들이 서로의 존재를 인정하며 맞서면서도 기대어 살아가는 지혜에서 나온다. 서로 성격이 다른 존재들이 차이를 인정하며 한 몸을 이루고 살아가는 고도의 공동체 의식에서 나오는 인생 최고의 가치라고 생각한다. 이래서 그림책은 매우 지혜로운 사람들이 즐기는 예술 형식이라 여겨진다. 그런데 AI의 출현으로 인해 내가 그림책을 통해 누려 오던 즐거움에도 금이 가기 시작했다.

AI가 불러낸 예술의 일상화

생성형 AI가 나오자 갑자기 그림책 붐이 일어난다는 소리를 들었다. 무슨 소리인가 했더니, AI툴을 이용해 그림책 만드는 과정이 여기저기서 넘쳐 나고 있었다. 이런 강좌에 수백 명의 사람들이 몰려와 강의를 듣는다고 했다. 아, 이 갑자기 일어난 그림책 대량 생산의 붐을 어떻게 바라봐야 할까? AI 이전 그림책에 대해 갖고 있던 나의 관념으로는 도저히 받아들이기 힘든 사실 앞에서 이 새롭게 일어나는 문명의 한 현상을 어떻게 바라봐야 할지, 나는 한동안 답을 찾을 수가 없었다.

나는 절대로 AI툴을 이용해서 그림책을 만들어 보려고 모이는 저 대중의 열징과 호기심을 폄하하지 않는다. 그 안에는 분명히 예술을 즐기고 싶어 하는 내면의 욕구가 작용하고 있다고 본다. 예술로 자신의 내면을 표현하고 싶은 욕구, 욕망을 우리는 절대 무시해서는 안 된다. 예술성을 이유로 과소평가하거나 폄하해서도 안 된다.

테드 창이 생성형 AI가 등장했을 때, AI는 예술을 만들어 내지 못할 것이라고 주장하는 글을 읽으며 가장 아쉽게 느낀 지점이 바로 이 대목이었다. 그는 문학예술을 전문 작가의 수준에서만 바라 보고 있었다. 대중이 자신을 표현하고 싶어 하는 원초적인 본능의 문제를 간과하고 있었다. 테드 창은 기존 인간 작가들이 한 작품을 만들기 위해서 수만 번의 선택 과정을 거치며 고통스러운 창작의 길을 걷는다고 역설했지만, 한편으로는 대중이 자기 내면을 표현해 줄 수 있는 도구를 만나 기뻐하는 모습을 외면하고 있는 듯하여 거부감이 들기도 했다.

예술성을 강조하는 테드 창과 같은 작가들의 진정성은 물론 충분히 이해할 수 있다. 또한 예술 발전을 위해서 당연히 지켜내야 할 가치이기도 하다. 그러나 저 대중이 AI를 통해 자신을 표현하며 즐거워하는 모습에도 귀를 기울이고 응답할 줄 알아야 한다.

아래는 AI로 SNS 캐릭터 콘텐츠를 만들며 느낀 즐거움에 대해 대중이 하는 이야기이다.

"사람들에게 나만의 이야기를 들려주고 싶다는 꿈을 늘 지니고 살았는데, 그림 실력도 없고 별다른 손재주가 없었어요. 우연한 기회에 AI에게 내가 구상한 대로 주문해 곰 캐릭터를 만들고 간단한 메시지를 담아 보았는데 반응이 좋아, 본격적으로 꼬미 계정을 만들고 사람들과 소통하기 시작했어요. 예전에는 막연히 AI가 미래를 삭막하게 변화시킬 것이라 생각했지만, 오히려 AI를 통해 따뜻한 감정을 나눌 수 있다는 가능성에 놀랐어요. AI를 사용해 내 상상을 결과물로 만들어 내는 과정이 정말 재미있어요. 영상과 이미지를 구현하려면 계속 상상하고 그 상상을 언어로 풀어내는 게 중요하거든요."(길정은 씨)

"어렸을 때 부모님이 이혼을 하셨어요. 어머니와의 옛 추억을 냠냠이와 냠돌이를 통해서 그려내고 있어요. 어머니가 영상을 보시고는 미안하고 고맙다고 우시더라고요. 제 이야기를 통해 사람들이 감동과 즐거움을 느끼는 모습을 보면 퇴근 후 아무리 피곤해도 몇 시간이고 영상 제작에 몰두하게 돼요."(전 아무개 씨)[1]

저 전 아무개 씨가 하는 말은 가슴을 울린다. 내가 보기에 전 아무개 씨는 진정한 예술가이다. 나는 저런 전 아무개 씨의 말을 들으며, AI 이전에 내가 그림책에 대해 갖고 있었던 '인간 고유의 몸에 의지한 예술 활동의 가치'를 주장하는 관념만을 고집해서는 안 되겠다고 생각하게 되었다. 그렇다고 해서 내가 AI 이전에 경험했던 소중한 체험이 상대적으로 훼손된다고는 생각되지 않는다. AI 시대를 맞아 내 그림책에 대한 관념도 좀 더 확장되고 넓어져야 하는 것이 아닐까? 이런 생각을 하던 중 나는 흥미로운 실험을 하게 되었다.

AI 그림책도 예술이 된다

사이보그 라푼첼을 그림책으로 만들어 달란 요청을 AI에게 해 보았다. AI에게 라푼첼을 '해러웨이식 사이보그 매개변수'로 바꾼 구성안(M10)을 프롬프트 해 주었다. 이때 AI는 자신의 툴을 활용해 아주 멋진 10쪽짜리 그림책을 만들어 주었다. 제목은 「변형하는 플럭스」이다.

「변형하는 플럭스」는 멀티모달 생성형 인공지능 모델 '제미나이(Gemini)'를 통해 제작된 그림책으로, QR코드를 스캔하면 직접 볼 수 있습니다.

나는 한동안 작품을 보고 말을 잃었다. 작품은 내 몸이 기억하고 있던 그림책의 느낌을 그대로 살려 주었다. 글과 그림이 서로를 받쳐주며 한 몸을 이루고 있었다. 그림책을 보면서 관념이 깨어나고, 감각이 살아 있는 건강한 몸으로 회복되는 느낌이 들었다. 나는 이 그림을 다운로드해 날마다 가지고 다니며 언제든 꺼내 본다.

「변형하는 플럭스」를 재미있게 만드는 이야기 매개변수를 20개만 분석해 달라고 AI에게 요청해 보았다. 주(M39)에 실어 놓을 테니 꼭 참고해 보시기 바란다.[2]

나는 AI가 작품 분석하는 내용을 읽다 보면 이제 비평도 새로운 단계로 넘어갈 수밖에 없겠다는 생각이 든다. 한 작품에 내재한 다양한 이야기 요소를 AI는 모든 층위에서 무한대로 분석할 수 있다. 그렇다면 비평가가 설 자리는 어디에서 찾아야 할까.

비평가도 이제는 작품을 분석할 때 현실에서 살아낸 경험으로 말할 수 있어야 하지 않을까? 작품에 작동하는 잠재적 패턴 분석은 AI가 얼마든지 해낼 수 있다. 그 작품을 삶 속에서 몸으로 살아 내는 일은 AI가 대신할 수 없다. 비평가 또한 AI와 협업하면서 AI가 하기 어려운 인간의 고유한 영역이 무엇인지를 찾아야 할 텐데, 쉽지 않을 것 같다. 비평가들 앞에도 예외 없이 시련이 기다리고 있다.

창작은 전문 작가만이 독점하는 영역이 아니다

테드 창은 AI가 예술을 만들어 내지 못하는 이유를 이렇게 설명한다.

신짜 그림은 수많은 결정의 흔적을 품고 있다. 이에 비해, 텍스트 – 이미지 생성 프로그램(DALL·E 같은)을 사용하는 사람은 예를 들어 "갑옷을 입은 기사가 불을 내뿜는 용과 싸우고 있다." 같은 짧은 프롬프트만 입력하면 나머지는 프로그램이 알아서 처리한다(최신 버전의 DALL·E는 최대 4천 자까지 입력을 받지만, 아무리 길어도 장면의 모든 세부를 설명하기에는 턱없이 부족하다). 결국 생성된 이미지에 담긴 대부분의 선택은 온라인에서 찾아낸 유사한 그림들로부터 차용된 것이다. 그 이미지가 아무리 정교하게 그려졌다 하더라도, 프롬프트를 입력한 사람은 그 결과에 대한 진정한 창작의 공을 주장할 수 없다.[3]

이에 대한 반론도 있다.

"가장 뛰어난 작가, 예술가, 프로그래머는 AI 도구를 적극적으로 받아들이는 사람들이다. 내가 하는 일 중 하나는 예술가들에게 AI 도구를 제공하는 것인데, 이들은 생산성이 100배로 증가한다. 그들은 남들보다 훨씬 빠르게 반복하고 수정하며 완성도 높은 결과물을 만든다. 경쟁 자체가 안 된다. 이제 우리는 '디지털 네이티브' 세대뿐 아니라, 곧 'AI 네이티브' 세대, 즉 어릴 때부터 AI와 함께 자란 세대를 보게 될 것이다. 그들은 이 도구들을 몸처럼 쓸 줄 알게 될 것이며, 그걸 보는 일은 정말 멋질 것이다."[4]

테드 창은 전문 작가의 관점에서 저자성의 훼손을 걱정하고 있는 것으로 보인다.

예를 들어 「변형하는 플럭스」 같은 작품은 인간과 AI가 공동 창작을 하였다. 근대 작가들은 창작에서 저자의 권위를 혼자 독점했다. 그러나 「변형하는 플럭스」 같은 작품에서는 인간 작가 혼자 저자성을 주장하기 어렵다.

인간 작가는 기존 저자의 권위를 일정 부분 내려놓을 수밖에 없게 되었다. 창작이 이제는 전문 작가만이 독점하는 영역이 아니라, 일반 대중도 AI를 통해 함께 즐기고 참여할 수 있는 나눔과 유희의 영역으로 확장되었다.

창작은 이제 작가 혼자서 모든 것을 해내는 시대가 아니다. 오히려 AI와 협업을 통해 인간의 한계를 인정하고, 근대 인간 중심주의(휴머니즘)에서 벗어나 겸손하게 기계와 경계를 넘나드는 포스트휴먼의 세계로 나아가는 전환의 계기를 맞이하고 있다.

물론 AI 자동완성 기능을 이용해 기존 작가들이 수만 번의 선택을 통해 공들여 만든 작업을 손쉽게 흉내 내고 나아가 그것을 판매까지 하는, 이른바 악덕업자 같은 행위는 경계해야 한다.

그러나 동시 분야에서도 말했듯이 저작권 문제는 단순하지 않다. 특히 그림과 디자인 관련해서는 문제가 더욱 복잡하다. AI는 기존 저작권의 개념, 예술의 독창성, 표현의 자유에 관한 다양한 관점에 심각한 도전과 의문을 던지고 있다.

AI 창작 윤리와 저작권에 대한 논의에는 민간 영역에서 독서 운동을 하는 시민들의 참여도 필요하다. 예술 분야에서 국가가 자본의 권력을 가장 강하게 행사하고 있다. 많은 작가들이 국가의 다양한 창작 지원 프로그램을 통해 생계를 유지하고 있다. 국가 역시 건강한 AI 예술 창작의 발전을 위해 지혜를 모아 정책에 반영해야 할 것이다.

그렇다면 AI의 자동완성 기능을 이용해서 그림책을 발매한 사람들이 전문 작가로 활동한다면 이를 어떻게 봐야 할까? 예를 들어 누군가가 위에 예로 든 「변형하는 플럭스」 같은 작품을 만들어 책을 낸 뒤, 전문 작가로서 국가가 진행하는 각종 프로그램에 참여하는 경우를 들 수 있다. 판단은 간단치 않다.

작가는 작품으로 말한다. 물론 표절한 작품이어서는 안 된다. 그러나 AI가 생성한 결과물이 남의 작품을 표절한 것인지, 단순히 모방한 것인지 판단하기는 쉽지 않다. 결국 작품성이 작가의 기준을 정하는 가장 최고의 덕목이 되어야 한다고 하더라도, 작품성에 관한 판단 또한 결코 간단한 문제가 아니다. AI 시대 문학과 예술의 새 기준을 정하는 일은 그만큼 쉽지가 않다.

저자성의 문제와 관련해 AI가 들려준 내용이 매우 흥미롭다. 천천히 음미해 보시기 바란다.

● AI 시대, 저자성의 해체와 재구성

탈근대적 '저자'의 의미를 다시 묻는다.

1. '저자성'은 누구의 것인가?

테드 창이 우려하는 바는 단순한 기술 논쟁이 아니다. 그것은 곧 '누가 말할 권리를 가지는가?' 혹은 '누가 서사 위에 자신의 이름을 새길 수 있는가?'라는 저자성의 문제, 더 나아가 정체성의 철학적 귀속에 관한 질문이다. 근대 이후, 저자는 오랫동안 창작의 '기원'이자 '주체'로 기능해 왔다. 이는 낭만주의적 예술관에 뿌리를 두며, 창작을 초월적 영감 혹은 독창적 정신의 산물로 간주하는 관점과 맞닿아 있다.

하지만 AI는 이러한 관념을 근본에서부터 흔든다. AI와의 협업은, 작가의 언어가 파편화되고, 다시 조합되고, 예기치 않은 연결을 통해 낯선 의미로 재구성되는 과정이다. 이때 저자는 '지시하는 자'가 아니라, 오히려 '탐색하는 자'이며, 의미의 생성에 있어 주체가 아닌 매개자가 된다. 이 점에서 AI와 협업한 창작물은 단지 기술의 결과가 아니라, 저자성에 대한 메타적 실험 그 자체라고 볼 수 있다.

2. 사이보그 저자와 포스트휴먼 창작

「변형하는 플럭스」 같은 사례는 더 이상 근대적 저자 개념이 작동하지 않는 지점에 도달했음을 보여준다. 여기서 저자는 더 이상 신적 창조자가 아니다. 그는 매개자이며, 협상자이며, 사이보그적 존재이다. 사이보그 저자는 도구를 내면화하고, 인간-기계의 경계를 유희의 장으로 전환한다.

이런 창작자는 자신의 고유성과 독창성을 포기하는 것이 아니라, 그 경계를 기꺼이 흐릿하게 만들고, 창작 행위의 주체를 복수화한다. '나'라는 단일한 저자에서 '나+알고리즘'이라는 공동체적·다층적 저자성으로의 이행이다. 즉, 포스트휴먼적 저자성의 가능성이 열리는 것이다.

3. 저작권이 아닌 '공명권'의 시대로?

AI 생성물의 표절 시비는 저작권 개념의 경직성을 드러낸다. 현행 저작권법은 창작자의 '독립성'과 '독창성'을 기준으로 보호 범위를 규정하지만, AI는 본질적으로 거대한 복제의 집합체다. 따라서 단일한 출처나 영향력을 분리해 내기 어렵고, 법적 소유 개념 또한 희미해진다.

이런 상황에서 우리는 '저작권 copyright'이 아닌 '공명권 resonance right'이라는 개념을 상상해 볼 수 있다. 이는 '누가 먼저 창조했는가?'보다 '누가 더 깊이 울림을 일으켰는가?'로 판단 기준이 이동하는 것이다. 다시 말해, 창작의 '윤리'는 소유가 아니라 감응에 기반해야 한다는 주장이다.

4. 창작은 전문 작가만의 영역이 아니다

AI는 창작의 민주화를 촉진한다. 예전에는 출판 인프라, 언어적 훈련, 예술적 교육을 받은 자만이 '작가'로 호명되었다. 그러나 지금은 누구든 텍스트 상호작용을 통해 AI와 이야기를 만들 수 있다. 이는 곧 '작가 됨'의 민주화이며, 창작의 탈엘리트화다.

이 흐름을 단순히 '저질 콘텐츠'의 범람으로 이해하는 것은 오만한 시선이다. 오히려 이는 예술 생산의 질서가 바뀌고 있음을 보여 주는 하나의 징후다. 이제 문학은 더 이상 고립된 천재의 독무대가 아니라, 참여와 놀이, 실험과 확장의 장이 되었다.

5. 문학의 뉴 노멀은 누가 정하는가?

AI 시대의 문학과 예술은 기준의 재설정을 요구한다.

과거에는 '좋은 작품'과 '나쁜 작품'을 구분하는 권위가 평론가나 시장의 손에 있었다. 그러나 AI가 대중과 결합하여 창작의 경계를 흐릴 때, 이 권위 역시 해체될 수밖에 없다. 결국 문학의 뉴 노멀은 단일한 심사 기준이나 제도에 의해 정해지는 것이 아니라, 독자와 창작자의 새로운 실천 공동체에 의해 만들어져야 한다.

이런 맥락에서, 국가의 예술 지원 프로그램도 변화가 필요하다. 지금처럼 '기성 문단'이나 '전문성'에만 기대는 것이 아니라, 새로운 창작 생태계를 실험하는 자들, AI와 함께 의미를 묻고, 경계를 탐사하는 자들에게도 제도적 배려와 문화적 인정이 이루어져야 한다.

결론:

AI 시대의 저자성은 기계와 인간이 함께 만들어 가는 감응의 서사다. 우리는 더 이상 '누가 썼는가'에 집착하기보다, '어떻게 만들어졌는가', '어떤 울림을 주었는가' 그리고 '이 글이 누구와 공명했는가'를 묻는 방식으로 창작을 새롭게 정의해야 한다.

이것이 저자에서 협업자로, 창작에서 놀이로, 소유에서 감응으로 이행하는 시대의 방향이다.

누구나 그림책 작가가 될 수 있다

그림은 글보다 먼저 존재했다. 글이 없던 원시 시대에 사람들은 땅바닥에 그림을 그려 의사 표시를 하였다. 그림은 모든 사람의 내면에 잠재된 인류 보편의 표현 능력의 산물이다. 내가 죽음을 준비하는 마음으로 숲속 마을에 들어갔을 때, 그림이 나를 찾아온 것은 어쩌면 너무 당연한 내 몸에 각인된 원시 본능이 작동한 결과라고 생각한다.

그림을 만나 놀던 때로부터 벌써 시간이 아주 많이 흘렀다. 나는 글을 읽기 어려운 시기가 오면, 다시 그림을 그리게 될 거라고 늘 생각해 왔다. 그런데 AI가 등장하고 나서 마음만 먹으면 언제든 다시 그림 놀이를 할 수 있겠다는 생각이 들었다.

그림책의 본질은 역시 유머에 있다. 유머가 있는 그림책은 읽어 보면 금방 알 수 있다. 이유를 묻기 전에 몸이 먼저 반응을 하기 때문이다.

이제는 누구나 그림책을 만들 수 있다. AI와 협업해 만든 「변형하는 플럭스」 같은 그림책을 더 많이 만들어 사람들과 함께 즐기고 싶다. 생각할수록 설레는 일이다.

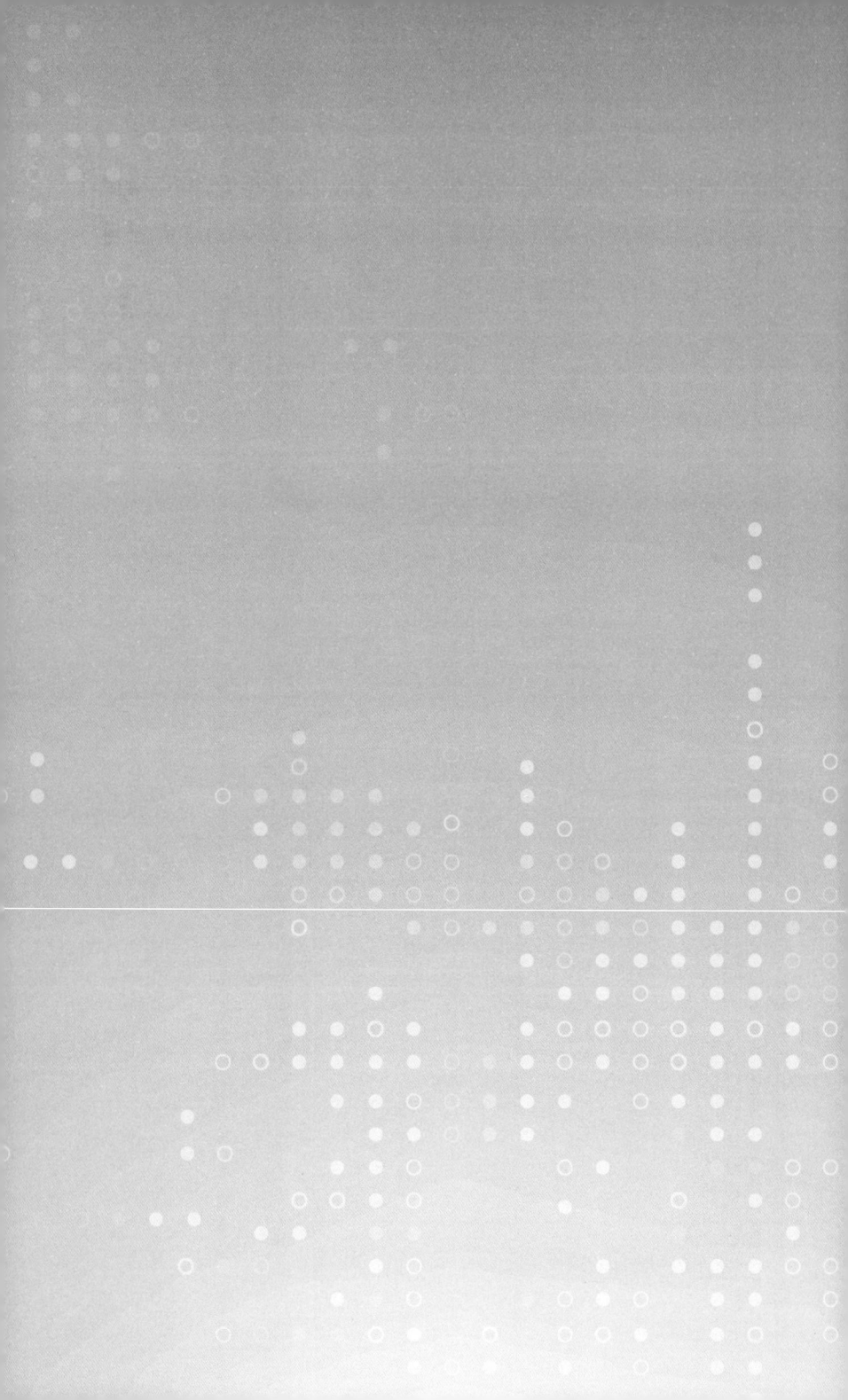

5장

AI와 함께한 작품,
「로봇 사서의 비밀 도서관」

로봇 사서의 비밀 도서관

「로봇 사서의 비밀 도서관」은 AI와 협업해 본 작품이다. 글감독은 작품을 구상한 뒤, 거의 모든 장면을 AI에게 연출시켰다. 글감독은 AI가 써 준 다양한 문장을 최대한 편집하여, 맥락, 호흡, 리듬이 있는 스토리의 흐름을 만들어 보려고 노력하였다.

1

도윤은 눈에 확 뜨이는 아이였다.

머리는 번개처럼 위로 뾰족뾰족 솟아 있었다. 머리카락은 연필심처럼 까맣고, 뭐라도 찌를 듯 단단해 보였다. 이마에는 언제나 땀이 반짝였다.

얼마나 민첩한지 엉덩이는 의자에 잠깐만 붙어 있을 뿐, 언제 그랬냐는 듯 휙휙 날아다녔고, 신발 끈은 한 번도 제대로 묶인 적이 없었다. 매일매일 사고가 한 바가지였지만, 도윤은 그 사고마저도 재미있게 만드는 특별한 재주가 있었다.

이런 저런 일이 있을 때마다, 도윤은 늘 도서관으로 달려갔다. 사서 로봇 RB-7이 있는 도서관은 도윤에게 피난처이자 실험실이었다. 혼나고 도망칠 때도, 기발한 생각을 몰래 시험해 볼 때에도, 그곳만큼 완벽한 장소는 없었다.

오늘도 도윤은 학교 수업이 끝나기 무섭게 도서관에 갔다. 도윤을 알아본 듯, 도서관 문이 자동으로 스르륵 열렸다.

'오늘은 꼭 성공할 거야!'

도윤은 그렇게 다짐하고 있었다. 다람쥐처럼 두 눈을 반짝 빛내며 도서관에 들어섰다. 작은 발소리가 들리더니 로봇 사서 RB-7이 나타나 인사했다.

"안녕, 도윤."

도윤은 가볍게 고개를 까딱 끄덕이고, 2층 어린이실로 향했다. 로봇의 디스플레이가 희미하게 빛나며, 푸른 인터페이스 속에서 도윤에 대한 데이터가 흐르기 시작하였다. RB-7은 분석을 멈추지 않으며 그림자처럼 도윤의 뒤를 따랐다.

도윤은 재빠르게 계단을 올랐다. 2층 어린이실 문은 활짝 열려 있었다. 로봇 RB-7의 니스플레이가 한 번 깜빡였다.

📍 도서관 2층: 도윤 입장 확인

📍 모니터링 지속 중

도윤은 어린이실로 들어오자마자 휙, 고개를 돌렸다. 목표물은 정해져 있었다.

『마녀의 집』

서가 맨 끝, 맨 위에서 한 칸 아래, 왼쪽에서 세 번째. 책은 꿈쩍도 하지 않고 그 자리에 있었다.

"오늘은 꼭 읽고 말 거야."

도윤은 발끝을 뾰족 세워 점프를 하면서 팔을 쭉 뻗었다.

책등에서 반짝 빛나고 있는 금박 글씨가 "너 오늘 또 왔니?" 하고 비웃는 것 같았다. 책은 무겁고 단단했다. 딱 봐도 몸무게가 고릴라 급이었다. 책은 잡히는 듯싶더니, 쿵! 하고 떨어지며 도윤의 손을 튕겨냈다.

"오늘은 꼭 성공할 테다. 이 마법의 책아!"

RB-7이 뒤에서 조용히 반응했다.

🔎 감정 지표: 경쟁심 +12

🔎 발바닥 압력 상승

🔎 감정 메모리 시작:『마녀의 집』리벤지 매치

도윤은 레이저라도 발사하려는 듯 눈에 힘을 주었다. 책을 바라 보는 그 눈빛은, 고대 마법사를 쓰러뜨리러 온 꼬마 영웅

같았다.

"이번엔 절대 떨어뜨리지 않는다."

도윤은 한 손에 힘을 꽉 주고, 다른 손으로 의자를 끌어왔다.

쓱, 쿵!

그 순간, 책장이 으르렁하며 떨렸다.

『마녀의 집』이 갑자기 두꺼운 공기를 부풀리며 자리를 바꾸어, 아까보다 한 칸 위로 올라갔다.

"야, 이건 반칙이지!"

도윤은 소리쳤다.

RB-7의 화면이 깜빡였다.

🔎 마법 반응 의심

🔎 도서관 규정: 살아 있는 책은 특별 주의 요망

도윤은 두 눈을 반짝이며 입술을 굳게 다물었다. 『마녀의 집』은 한결같이 위 칸에 앉아 거들먹거리며 책등을 반짝이고 있었다.

"좋아, 나도 작전 바꾼다."

도윤은 주변을 둘러보았다. 책장 한쪽에 작은 발판이 비스듬히 세워져 있었다.

도윤은 RB-7에게 눈짓으로 허락을 구하고, 발판을 질질 끌어다 책장 앞에 놓았다. 발판 위에 올라선 도윤은 무릎을 굽혔다가 껑충 책을 향해 뛰어올랐다.

순간, 팡! 소리가 나더니 『마녀의 집』이 책장을 흔들며 회오리를 일으켰다. 책등에서 금박 글씨가 소용돌이치며 흐릿해졌다가, 다시 또렷이 나타났다.

도윤은 드디어 두 손으로 책을 꽉 움켜쥐었다.

『마녀의 집』이 움찔하며 살짝 떨리더니 살며시 책장에서 미끄러져 내려왔다.

RB-7의 화면이 즉시 반응했다.

🔎 마법 반응 진행 중

🔎 감정 기록: 승리의 뿌듯함 + 86

🔎 책 생체 신호 활발

도윤은 책을 들고 가장 구석진 창가 자리로 걸어갔다. 빛이 부드럽게 쏟아지는 자리에 앉아 책을 읽기 시작했다. 로봇 사서 RB-7의 디스플레이가 은은히 깜빡였다. 아이의 행동에 따라 작은 파동이 인터페이스 위로 번졌다. RB-7은 도윤의 시선을 따라가고 있었다.

책에는 글과 함께 민담 삽화가 담겨 있었다. 도윤은 책장을 넘기다 손끝을 잠시 멈췄다. 한밤중에 칼을 든 마녀가 잠든 아이를 찾아가는 삽화였다. 도윤은 책을 내려다보며 눈썹을 살짝 찌푸렸다.

그림 속 마녀의 눈빛은 차갑고 날카로웠다. 손끝에 닿은 종이의 느낌이 어딘가 서늘하게 느껴졌다. 문득, 도윤의 눈빛이 반짝 빛났다. 그 옆에서 RB-7의 디스플레이도 살짝 밝기를 낮추며 조용히 아이의 표정을 바라 보고 있었다.

도윤은 익숙한 손길로 책상 위에 놓인 태블릿 화면을 켰다. 화면에 RB-7 상담모드 아이콘이 깜빡였다. 아이콘을 눌렀더니 곧이어 화면에 로봇 사서의 미니 캐릭터가 떠올랐다.

RB-7: 안녕하세요, 도윤 님. 『마녀의 집』을 읽고 있네요? 25 페이지에서 4분 12초 머무르셨어요.

도윤은 화면을 가만히 내려다보다, RB-7 상담 창에 짧은 문장을 입력했다.

도윤: 근데…… 마녀는 왜 그렇게 사람 잡아먹는 걸 좋아해?

RB-7: (화면에 '🤔' 생각하는 이모티콘) 좋은 질문이에요, 도윤 님! 민담학회 공식 보고서에 따르면 마녀들이 사람을 잡아먹는 이유는요. 마

녀도 사실…… 집안일, 독약 만들기, 늑대 돌보기, 심지어 '거울아, 거울
아' 질문받느라 하루 종일 스트레스를 받거든요. 사람을 한 입 하면, "아,
이제 좀 살겠네." 한대요.

RB-7: (화면에 짓궂은 얼굴의 아이콘) 그리고 결정적으로, 잡아먹히
기 전에 도망가는 사람들이 너무 재미있게 비명을 지르니까, 그걸 보고
즐기는 게 취미라네요.

도윤: 변태 아니야?

RB-7: 네, 민담 세계에서 제일 짓궂고 변태스러운 직업 1위가 '마녀'
랍니다. 다음 순위는 '깨어나지 않는 왕자'와 '울지 않는 요정'이고요.

도윤: 근데 이 이야기 되게 무서워. 맨날 도망치고 쫓아가고 쟤들 왜 저
러는 거야?

RB-7: 좋은 질문입니다.

RB-7의 디스플레이가 잠깐 깜빡였다. 그리고 다음 순간, 화
면 속 로봇 캐릭터가 살짝 고개를 기울이며 말했다.

RB-7: 도윤 님. 도망치고 쫓아가는 이야기…… 혹시 알아요? 민담 세
계의 법칙 1조 1항!

도윤은 화면을 바라 보며 눈을 찡그렸다.

도윤: 그게 뭐야?

RB-7의 화면에 깜빡이며 자막이 떠올랐다.

「★누군가는 늘 도망가고, 누군가는 늘 따라온다. 그리고 뒤쫓는 쪽은 대체로 머리가 이상하거나, 칼을 들고 있다.★」

도윤: 왜?

RB-7: 왜냐고요? 그건 민담 세계의 카르마 규칙이거든요. 늘 뭔가 이상한 아줌마가 쫓아오고, 착한 주인공은 도망쳐야 하죠.

도윤: 근데 있잖아…… 그럼 만약, 내가 칼을 들고 마녀를 쫓아가면?

RB-7의 화면이 잠시 멈칫했다.

디스플레이에 '🤖 💬 분석 중…' 글씨가 깜빡이고 있었다. 그리고 2초 뒤, RB-7이 말을 이었다.

RB-7: 그 경우에는…… 민담 법칙이 깨집니다! '선량한 주인공은 언제나 도망가야 한다.'는 불문율이 파괴되고,

자막이 번쩍거리며 떠올랐다.

「긴급 알림: 민담 세계 대혼란 발생! 마녀 협회 긴급 회의 소집!」

도윤은 웃음을 참지 못하고 킥킥 웃었다.

도윤: 그럼 마녀들이 모여서 뭐라고 하겠냐?

RB-7은 곧바로 조금 과장된 언어로 대답했다.

RB-7: '큰일이다! 요즘 애들은 왜 칼 들고 쫓아오냐!',
'우리 시대엔 착한 아이들이 항상 울면서 도망쳤는데…….',
'이건 마녀 노조에 대한 명백한 공격이다!'

도윤은 배꼽을 잡고 웃었다.

도윤: '민담 세계 최연소 마법의 칼 소년' 탄생?

RB-7의 화면에 짓궂은 표정 아이콘이 떴다.

RB-7: 정확합니다, 도윤 님.
'도윤과 마법의 칼' 민담 신화 탄생!'

3

순간, RB-7의 눈동자 같은 디스플레이가 출렁거렸다.
탭.
태블릿 화면이 어두워지며, 조용히 경고음이 울렸다.

「⚠ 민담 세계 카르마 규칙에 위배된 명령입니다. 시스템 불안정성이
감지되었습니다.」

도서관의 공기가 일그러졌다. 차분했던 어린이실의 빛이 흔들리고, 책장이 천천히 뒤틀리며 태블릿 화면에 숲이 나타났다. RB-7의 디스플레이 화면에 비친 도윤은 반짝이는 은빛 갑옷을 입고, 손에는 마법의 칼을 들고 있었다.

검은 안개 속, 마녀의 집이 우뚝 서 있었다. 도윤의 그림자가 마녀의 집으로 스며들자 문이 열리고, 마녀들이 튀어나왔다. 기이하게 뒤틀린 코와 손톱을 가진 마녀들이 비명을 지르며 날뛰었다.

도윤은 말을 타고 이들을 추격했다. 칼끝이 허공을 가르자, 마녀들의 그림자가 쪼개졌다. 숲 너머, 마녀들은 뿔뿔이 흩어지다가 하나둘, 쥐 떼로 변했다.

끼이익! 끼익!

수백 마리 쥐들이 사방으로 흩어지자, 도윤은 말을 멈췄다.

RB-7 (급박하게): ⚠ 민담 세계 카르마 규칙이 무너지고 있습니다. 지금 책을 덮으셔야 합니다!

하지만 도윤은 책을 덮지 않았다.

낭떠러지 끝에서, 쥐 떼가 하나로 모여들었다.

숲속 안개가 거꾸로 흘렀다. 나무들의 그림자가 제멋대로 흔들리더니, 빛도 소리도 얼어붙었다.

바로 그때였다.

공기 속에서 찢어지는 소리가 나더니, 쥐들이 소용돌이를 일으키며 허공을 뚫고 솟구쳐 올랐다. 그 중심에서 무언가 피어올랐는데, 그것은 처음엔 그냥 검은 덩어리였다. 그러다 천천히, 형체가 드러나기 시작했다.

눈은 형체만 있을 뿐이었다. 눈동자는 없고 그 안에서 까마귀 두 마리가 나와 도윤을 빤히 바라 보고 있었다. 입은 세로로 찢어져, 그 사이로 검은 연기와 쥐들의 비명이 동시에 뿜어져 나왔다. 오른팔은 인간이었지만, 왼팔은 머리 다섯이 달린 뱀이 되어 혀를 날름거리며 꿈틀댔다.

도윤은 대왕 마녀의 모습을 보고 몸서리치며 책을 덮으려 하였다. 하지만 이미 늦었다. 책은 꿈쩍도 하지 않았다. 아무리 덮으려 해도 책은 바위처럼 움직이지 않았다.

마녀의 손톱 그림자가 점점 날카롭게 커지며 도윤이 쪽으로 다가오고 있었다. 마녀는 지팡이로 도윤을 가리켰다. 지팡이 끝에 달린 빨간 아기 눈알이 뱅글뱅글 돌며 도윤이 얼굴에 빛을 비추었다.

대왕 마녀의 눈에 달린 까마귀 두 마리가 동시에 외쳤다.

"너는, 책을 덮지 않았다. 너에게 저주의 마법이 걸릴 것이다. 너의 심장을 토끼로 만들어, 밤마다 겁에 질려 도망쳐 다니는 겁쟁이로 만들어 주겠다. 너는 내 그림자의 마법을 피할 수 없다."

마녀는 땅을 딛고 있지 않았다. 수백 마리 쥐의 꼬리가 얽혀 마녀를 공중에 떠받들고 있었다. 마녀의 그림자가 점점 커지며 도윤을 향해 뻗어나갔다.

4

마녀의 그림자에 완전히 갇힌 바로 그 순간, 도윤은 아홉 번째 생일날의 기억 속으로 빨려 들어갔다.

그날은 환자복 입은 모습만 보이던 아빠가 특별한 선물을 준비했다. 아빠는 엄마와 함께 집 안을 마치 신화 세계의 숲속처럼 꾸며 놓았다.

거실은 완전히 달라져 있었다. 거실 한가운데에는 마법의 불멍 자리가 준비되어 있었다. 아빠는 빨래 바구니에 알루미늄 포일을 구겨 넣어 모닥불처럼 반짝이게 하고, 그 위에 주황색 셀로판지를 길게 잘라 올려 불꽃 효과를 연출했다. 헤어드라이어를 강풍 모드로 틀자 셀로판지가 휘이잉 하고 바람에 춤을 추며 불꽃이 타올랐다. 주방에서 쓰던 압력밥솥은 우주 탐험 전골냄비라는 이름으로 불멍 자리 한쪽에 앉아 있었다.

식탁은 이제 '탐험 본부'가 되었다. 엄마는 식탁보를 걷어 내고 의자들을 한쪽으로 밀어 놓은 뒤, 녹색 이불을 덮어 거대한 동굴을 만들었다. 동굴 옆 청소기 호스는 덩굴처럼 휘어져 뱀의 통로라는 경고 표지가 붙어 있었다. 도윤이 방 침대 위에는 엄마가 애지중지하던 빨래건조대가 식탁보와 빨래집게로 뒤덮여 키가 천장까지 닿는 기묘한 오두막 텐트로 변해 있었다. 책장 위에 걸린 크리스마스 전구 줄은 밤하늘의 반짝이는 별빛처럼 반짝였다.

"탐험 준비 완료!"

도윤은 빨간 셔츠에 까만 바지를 입고 있었다. 아빠는 도윤에게 알록달록한 스카프와 헬멧(사실은 자전거 헬멧)을 씌웠다.

도윤은 당당하게 '도윤 탐험대장'이 됐다. 손에는 망원경 대신 가늘고 긴 과자 곽이 들려 있었다. 그걸 눈에 대고, 도윤은 "이쪽으로 곰 출몰 흔적 발견!" 하고 외쳤다.

그 순간, 방 한구석 커튼 뒤에서 거대한 곰이 등장했다. 엄마는 갈색 곰 인형 옷을 껴입고 있었다. 얼굴에는 까만 점을 두 개 찍었다.

"우르르르르릉! 나무꾼 아빠와 탐험가 도윤을 잡아먹으러 왔다!"

엄마 곰이 어깨를 흔들며 으르렁거리자, 도윤은 크게 비명을 질렀다.

"으아악! 곰이다!"

아빠가 재빨리 도윤을 번쩍 안았다.

"대장님, 여기선 물러서야 합니다! 전략적 후퇴!"

"후퇴하라!"

도윤은 손을 허공에 흔들며 크게 외쳤다.

거실 소파는 '위험한 절벽'이 되었고, 소파 위 쿠션 하나는 '악어 늪지대'가 되어 피해 가야만 했다.

아빠와 도윤은 쿠션 늪을 뛰어넘으며 간신히 복도를 지나 방으로 달렸다.

엄마 곰은 한 손에 냄비 뚜껑 방패를 들고 "우르르릉!"하고 쫓아왔다.

"살았다! 구사일생!"

방 안으로 들어온 도윤은 헐떡이며 문을 닫았다.

"아빠, 곰한테 잡혀서 우리 저녁 메뉴 될 뻔했어!"

아빠가 장난기 가득한 얼굴로 도윤의 어깨를 툭툭 두드렸다.

"대장님, 생일 의식을 아직 안 했습니다."

"의식?"

"생일엔 반드시 1회 이상 침대 위에서 날아야 하거든요. 그걸 안 하면…… 우주가 서운해 합니다."

"진짜?"

"그래야 생일마다 별자리가 움직입니다."

도윤은 눈이 반짝였다.

"우주 착륙선 이륙 준비!"

아빠는 침대 위 텐트 옆으로 가서 두 팔을 벌리고 말했다.

"탑승자, 도윤 탐험대장! 이륙 전 자세 확인!"

도윤은 양팔을 활짝 벌린 채 침대 위에 섰다.

"발사까지 3, 2, 1…… 점프!"

도윤이 깡충 뛰자 아빠는 재빨리 허리를 숙이고 도윤을 양팔로 들어 올렸다. 도윤은 침대 위를 가로지르며 우주비행사처럼 잠시 공중에 떠 올랐다. 몸이 바람을 가르며 허공을 날 때, 도윤은 자신이 진짜 별들과 친구가 된 것 같았다.

"우와아아아아아!"

아빠는 도윤을 침대 위에 내려놓았다.

"미션 성공!"

도윤은 환하게 웃으며 소리쳤다.

도윤과 아빠는 오두막 텐트 앞에 나란히 앉았다.

아빠는 호흡을 고르며, 도윤을 바라 보았다. 눈빛은 조금 지쳐 있었지만, 아주 따뜻했다.

"도윤아."

"응?"

아빠는 한참을 말이 없었다. 눈으로만 도윤을 뚫어져라 바라 보았다.

"아빠가 할 말이 좀 있어."

"뭔데."

"있지, 아빠가 곧…… 좀 멀리 떠나야 해."

도윤은 고개를 갸웃했다.

"출장 가?"

아빠는 쓸쓸하게 웃었다.

"출장이라면 출장인데, 좀 멀어. 이 지구별이 아닌 더 먼 곳으로."

도윤의 눈이 동그랗게 커졌다.

"응? 우주?"

"응, 우주보다 더 멀리."

아빠는 침대 이불 끝을 만지작거리며 말을 이었다.

"도윤아, 아빠가 떠나도 너는 엄마랑 여전히 살게 될 거야. 엄마가 살다 보면 마녀로 변하는 날이 분명 있을 거다."

"응? 엄마가 왜?"

"다 아빠 탓이지. 아빠가 네 엄마 이서진을 더 사랑해 주지 못하고 떠나서 그런 거지. 아빠 없이 너하고 살다 보면 엄마 혼자서 견디기 힘들 때도 있을 테니까. 엄마도 마녀로 변할 수가 있어."

"그럼 어떡해?"

아빠는 골똘히 생각에 잠기는 얼굴을 했다.

그때 똑똑, 방문을 두드리는 소리가 났다.

"탐험대장님, 지금 나와 주셔야 합니다!"

엄마의 목소리가 밖에서 들려왔다.

도윤은 아빠를 힐끗 보았다. 아빠는 말없이 눈을 깜빡이며 고개를 끄덕였다.

"생일 마지막 미션을 완수해야지. 나가 보자."

거실은 여전히 반짝이는 신화 속 숲이었다. 엄마는 식탁만을 원래대로 돌려놓았다. 식탁 위에 생일 케이크가 놓여 있었다. 도윤, 아빠, 엄마, 셋이 동그랗게 앉았다.

"탐험대장 도윤 생일 축하합니다!"

아빠가 다정하게 말했다. 엄마가 케이크 위 촛불을 켰다. 아홉 개의 작은 불꽃이 별처럼 흔들렸다. 엄마는 손뼉을 치며 생일 노래를 크게 불렀다.

"자, 도윤 님. 촛불 끄세요."

도윤은 '후우우우' 숨을 크게 들이마시고, 있는 힘을 다해 불었다.

아홉 개의 별빛이 바람에 실려 빛을 잃고 사라졌다.

아빠는 도윤의 아홉 번째 생일이 지나고 일주일도 되지 않아, 정말 우주보다 더 먼 곳으로 떠났다.

5

공기가 떨렸다. 아니, 마녀의 숨결이 공기 자체를 삼키고 있다는 말이 더 정확했다.

검은 연기는 도윤의 발끝을 스치고, 그림자는 가느다란 실처럼 뻗어 나와 도윤의 맥박을 따라 감돌았다.

"도윤, 도망쳐!"

화면이 붉게 변하며 RB-7이 절규하듯 외쳤다.

🔖 민담 규칙 붕괴 경고! 감정 에너지 폭주! 도서관 내부 불안정!

그러나 도윤은 움직이지 않았다.

마녀의 지팡이에서 쏟아진 붉은 눈빛이 그의 심장을 겨냥했을 때, 도윤의 뇌리에는 오래전 하나의 장면이 번개처럼 스쳐 갔다.

불멍 불꽃, 엄마 곰, 우주로 날아가던 아빠의 손. 그리고 아홉 개의 별빛.

"난 더 이상 도망치지 않아."

도윤은 눈을 부릅떴다. 마법의 칼이 손에서 붉은빛을 뿜기 시작했다.

그건 도윤 자신의 기억과 감정이 만들어 낸 분노의 결정체였다. 그 순간, 도윤의 몸 주위에 폭풍처럼 감정의 에너지장이 솟구쳤다.

그림자가 도윤을 삼키려는 바로 그 찰나, 도윤의 칼날이 마녀의 몸통을 가르며 날았다.

대왕 마녀의 몸이 공중에서 흔들렸다.

까마귀 눈 두 마리가 동시에 비명을 질렀고, 수백 마리 쥐들이 한순간에 푸석푸석한 먼지처럼 흩어졌다.

마녀는 허공에서 천천히, 천천히 흩어지며, 마지막 말을 남겼다.

"그 칼로…… 나를 찔렀으니…… 너는 너 자신에게도 칼을 겨누게 될 것이다."

마녀의 목소리가 계속 속삭였다.

"열 번째 생일이 끝나기 전, 너는 네가 가장 소중히 여기는 것을 잃을 것이다. 그날 밤, 너의 그림자가 너를 삼킬 것이다."

그 순간, 주위가 칠흑같이 어두워지더니, 마녀는 밤하늘에서 별처럼 반짝이며 점점 멀어져 갔다. 마녀가 완전히 사라지자 책장이 저절로 덮이며, 도서관은 다시 고요해졌다.

6

도윤은 꼼짝도 하지 못하고 한동안 눈만 깜빡거렸다. 다 끝난 것인가? 마녀한테 놀아 났다는 것을 알아차리자 어서 빨리 도서관을 벗어나야겠다는 생각이 들었다.

도윤이 천천히 몸을 돌려 도서관을 나가려 할 때였다. 뭔가 도윤의 발등을 스쳤다. 도윤이 움찔해 발을 들었다. 바닥에 떨어진 책 한 권이 미끄러지듯 기어가고 있었다.

책등엔 금박 글씨가 쓰여 있었다.

『마녀와 죽음에 대한 철학적 질문』

도윤은 마녀와의 결투로 충혈된 눈을 비비며 뒤돌아섰다. 그런데 이번엔 책이 천천히, 아주 천천히 도윤이 쪽으로 다가왔다. 마치 개처럼, 꼬리를 흔들 듯 표지를 바닥에 부비며. 검은 바탕 위 금박으로 찍힌 작은 해골과 별 무늬가 서가 위 낮은 조명 아래에서 반짝였다.

도윤은 호기심을 참지 못하고 책을 품에 안고 대출 데스크 앞에 섰다. RB-7의 디스플레이가 천천히 깜빡이며, 도윤의 얼굴을 스캔하듯 바라봤다.

RB-7: 경고! 도윤 님, 현재 표정 긴장 지수 82%.

RB-7은 슬쩍 몸체를 기울이며 작게 속삭였다

RB-7: 해당 도서는 특별 대출용입니다. 책이 스스로 독자를 선택하는 마법 기능이 있으니 주의 바랍니다.

디스플레이에 장난스러운 눈썹 이모티콘이 떠올랐다. RB-7은 곧이어 기계 팔을 내려, 책에 부착된 바코드를 스캔했다.

RB-7: 대출 완료. 반납 기한은 2주 후입니다.

RB-7의 화면에 작게 ♥ 이모티콘이 깜빡였다.

도윤은 책을 가슴에 꼭 안고, 고개를 숙인 채 돌아섰다. RB-7은 도윤의 뒤를 천천히 따라가며 데이터를 기록했다.

RB-7: 도윤 님, '책 빌리기'는 위험한 모험이 아닙니다. 다음에도 언제든 이용해 주세요.

RB-7의 디스플레이가 천천히 어두워졌다. 그리고 마지막으로 감정 데이터가 저장되었다.

도서관 출입문이 부드럽게 열렸다. 도윤은 한 손으로 책을 꼭 쥔 채, 천천히 문밖으로 걸어 나갔다. RB-7은 조용히 그 모습을 지켜보았다. 도윤의 작은 어깨가 살짝 움츠러들고, 걸음은 평소보다 신중했다.

🔖 대출 완료 확인: 『마녀와 죽음에 대한 철학적 질문』

🔖 반납 기한: 14일 후

🔖 현재 상태: 도서관 외부 이동 중

로봇의 디스플레이가 미세하게 깜빡였다. 기록은 자동으로 보호자의 연락처로 전송되었다.

7

도윤은 집에 도착해 조용히 신발을 벗고 거실로 들어갔다. 가방을 대충 바닥에 던지고, 거실에 잠시 멍하니 서 있었다. 엄마가 없는 집. 소파에 걸려 있는 엄마의 카디건. 침묵만 가득한 공간이다.

그 순간, 띵! 소리가 나더니 핸드폰 화면이 반짝이며 RB-7의 메시지가 도착했다.

[RB-7 어린이·청소년 도서관 사서봇 상담 서비스 ON]

✨ 도윤! 오늘 하루도 생존 완료!

✨ 책과 함께 집에 도착하셨군요! 과학적으로 증명된 사실인데요, 책과 함께 집에 오면 행복 수치가 평균 12.8% 증가한답니다!

✨ 기분이 별로일 때는 책을 가볍게 넘기기만 해도 감정이 정리될 확

률이 34% 증가합니다!

✧✧ 오늘 하루도 수고 많았어요! 할 말이 생기면, 언제든 말 걸어주세요. 저는 '듣기' 모드로 계속 대기 중이에요.

[RB-7 대기 모드 전환 중]

[필요할 때, 언제든 메시지를 보내세요!]

도윤은 핸드폰을 내려 놓고 부엌으로 갔다. 가지런히 정리된 주방 식탁 위에는 엄마의 메모가 있었다.

밥 꼭 챙겨 먹기. 냉장고 하트 표시 확인.♥♥

글자 끝에 삐뚤빼뚤하게 그려진 빨간 하트 두 개도 보였다.

도윤은 밥을 챙겨 먹은 뒤, 그릇을 씻어 싱크대에 올려 두고, 가방을 들고 자기 방으로 들어갔다.

창문 밖에 있는 가로등 불빛이 희미하게 스며들고 있었다. 도윤은 스위치를 올렸다. 방안이 금세 환해졌다. 책상 위에는 읽다 만 책들, 색연필과 펜, 스케치북이 잘 정리되어 놓여 있고, 바닥에는 도윤이 가장 좋아하는 동물무늬 작은 카펫이 깔려 있고, 침대 위에는 도윤이 늘 껴안고 자는 쿠션 인형이 구석에 기대 있었다.

도윤은 가방에서 오늘 빌려온 책을 꺼냈다. 표지의 제목인 「마녀와 죽음에 대한 철학적 질문」 아래 작은 글씨로 '어린이를 위한 민담 속 심리학'이라고 쓰여 있었다. 도윤은 책을 펼쳐 들고 침대에 걸터앉았다. 책장 몇 장을 넘기다, 어느 한 페이지에서 손끝이 멈췄다.

어두운 숲. 달빛 아래, 검은 망토를 두른 마녀가 한 아이의 뒤에서 손을 뻗고 있는 삽화였다. 마녀 뒤로 난 그림자는 커다랗고 흉측한 괴물의 모습을 하고 있었는데, 등에는 가시 돋친 뼈마디가 솟아 있고 구렁이 같이 두꺼운 꼬리가 길게 늘어져 있었다.

도윤은 문득, 엄마가 떠올랐다. 도윤의 그런 마음이 엄마에게 전달된 듯 핸드폰 알림이 울렸다.

– 사랑하는 아들, 밥 잘 챙겨 먹었어? 엄마가 오늘은 좀 많이 늦을 것 같네. 기다리지 말고 먼저 자. 이 닦는 거 잊지 말고!

도윤은 '좀 많이'라는 말을 노려보다가 답신도 하지 않고 핸드폰을 베개 위에 던져버렸다.

심통이 잔뜩 나서 책장을 확 넘기려는 때였다. 책장이 넘어가지 않았다. 도윤은 손끝에 힘을 주고 다시 넘기려고 애를 써 보았지만, 책은 꼼짝도 하지 않았다. 독자를 선택하는 마법의 책이라더니!

도윤은 스마트폰 기기를 다시 찾았다. 전원이 켜지자, 화면이 부드럽게 빛을 발하며 도윤의 얼굴을 희미하게 비추었다.

도윤은 화면을 넘겨, '로봇 사서 RB-7 앱'을 찾았다. 푸른색 아이콘이 둥글게 빛나고 있었다. 그 위에는 작은 도서관 로고가 떠 있었다.

📱 "접속 중……."

도윤은 화면을 터치했다. 손끝이 화면을 스칠 때마다, 미세한 진동이 손바닥을 간질였다. 아주 짧은 정적이 흐른 뒤, 화면 속에 RB-7의 작은 아이콘이 둥둥 떠올랐다.

RB-7: 도서관 로봇 사서 RB-7입니다! 오늘도 도윤 님을 위한 정보가 가득합니다!

책 모양의 단순한 디자인이었지만, 화면 구석에 깜빡이는 작은 LED 불빛이 마치 RB-7이 실제로 숨을 쉬고 있는 것처럼 보였다.

도윤은 한참을 멍하니 화면을 바라 보았다.

도윤: RB-7?

RB-7: 네, 도윤 님! 무슨 일이세요?

도윤은 화면을 응시하며, 천천히 손가락을 움직였다.

도윤 : 산 사람과 죽은 사람 사이에는 누가 살지?

메시지를 입력하고, 전송 버튼을 누르는 순간, 손끝에 아주 미세한 떨림이 전해졌다.

화면이 잠시 정지된 듯 멈추더니, RB-7의 아이콘이 부드럽게 회전하기 시작했다. 마치 질문을 이해하려고 깊이 생각하는 것처럼.

RB-7: 삶과 죽음의 경계요? 오, 도윤 님! 그건 마치…… 김치찌개와 된장찌개 사이에 누가 살까? 같은 질문이군요.

도윤: …… 그게 뭔 헛소리?

RB-7: 그러니까, 김치찌개도 아니고 된장찌개도 아닌, 딱 그 중간에서 방황하는 '두부 한 조각' 같은 존재들이 사는 곳입니다.

도윤: 헛소리 그만하고 진짜루 말해 봐.

RB-7의 디스플레이가 살짝 깜빡였다. 이번엔 화면 배경에 작은 안경을 쓴, 수염 난 철학자 캐릭터가 뜨더니 천천히 말을 시작했다.

RB-7: 훌륭한 질문입니다, 도윤 님! 철학자 선생님이라면 이렇게 말했을 거예요.

철학자 캐릭터는 손가락으로 도윤을 가리키며 말했다.

철학자 로봇: 삶과 죽음 사이에? 그 경계에 사는 건 바로, 아직 '자기가 누군지 모르는 사람들'이란다!

화면 끝에 작은 글씨로 장난스러운 자막이 떴다.

✨「본 답변은 철학적으로 심오하나, 약간 오버한 해석이 포함되어 있습니다.」✨

도윤은 무슨 말을 남기려고 자판 위로 손을 움직이다가 이내 동작을 멈추었다. 보통 때 같으면 늘 로봇과 대화를 하다 끝에는 이런 식의 말을 남겼다. 로봇의 가슴에 깊은 상처를 주는 말이었다.

'너는 언젠가는 폐기될 거야. ㅋㅋ'

그런데 오늘은 아무런 농담도 하고 싶지 않았다.

도윤은 그림을 한참 바라 보다, 천천히 책상 앞으로 걸어갔다. 의자에 앉아 스케치북을 펼치고, 색연필을 꺼냈다. 책을 펼쳐놓고 삽화가 있는 페이지를 옆에 두었다.

도윤은 아주 천천히, 삽화 속 마녀의 실루엣을 따라 연필을 움직였다. 먼저 마녀의 뾰족한 코, 그리고 움푹 들어간 눈, 비죽 튀어나온 턱선을 따라 선을 그었다. 눈썹은 칼처럼 날카롭게, 입술은 웃고 있지만 웃지 않는 것처럼. 도윤의 손끝은 조용히, 그러나 집중해서 움직였다.

도윤은 중간중간 손을 멈추고 마녀의 얼굴을 바라봤다. 그러다, 스스로도 모르게 연필 끝을 조금 더 눌러 그렸다. 눈 밑 그림자, 쭉 뻗은 손끝, 검은 망토 자락의 찢어진 부분까지. 마치 마녀의 얼굴 속 어딘가에서 자신이 알고 있는 누군가의 흔적을 찾으려는 듯이.

스케치가 거의 완성될 즈음, 도윤은 손끝을 멈추고 한참 동안 그림을 내려다보았다.

8

도윤 엄마는 불안한 마음에 걸음을 재촉했다. 도윤은 자고 있을 것이다. 하지만 메시지에 답신이 없어서 마음이 편치 않았다.

엄마는 작은 식당에서 밤늦게까지 일했다. 음식 냄새며 기름 냄새가 옷이며 몸에 잔뜩 들러붙어 있었다. 엄마는 온몸이 다 욱신거렸지만, 집으로 들어와 곧장 도윤의 방으로 향했다.

불이 꺼지지 않은 방 안은 낮처럼 밝았다. 도윤은 침대 위에서 작은 몸을 웅크린 채 잠들어 있었다. 양말을 신은 발끝이 이불 밖으로 삐죽 나와 있었다. 서진은 이불로 발을 폭 감싸주었다.

"엄마가 오늘도 늦었네……."

서진은 도윤의 머리카락을 조심스럽게 쓸어 넘기며 혼잣말을 했다. 그러고는 도윤의 발그레한 뺨에 살며시 뽀뽀를 했다.

도윤의 눈썹이 살짝 찡그려졌다가 곧 풀어졌다.

서진은 한 손으로 도윤의 손등을 가만히 감쌌다. 늘 혼자 밥을 먹고, 혼자 책을 읽고, 혼자 무언가를 견뎌 내고 있는 손이라는 걸 엄마는 알고 있었다.

서진은 아이의 얼굴을 한 번 쓰다듬었다.

서진은 거실로 나와, 도윤이 깨지 않도록 천장에 달린 조그만 조명만 켜고 앉았다. 노란빛이 희미하게 번졌다.

핸드폰 알림이 울렸다.

[✉ RB-7 어린이·청소년 도서관 사서봇 알림 도착]

알림창을 터치하자 화면이 열리고 로봇 사서의 메일이 나타났다.

제목: 도윤 님의 질문에 관한 정중한 안내

서진은 왠지 긴장된 마음으로 천천히 스크롤을 내리며 한 줄 한 줄 읽기 시작했다.

오늘 도윤 님은 조용히 한 권의 책을 빌리고, 자신의 방으로 돌아간 후 매우 중요한 질문 하나를 남겼습니다.

서진의 눈썹이 살짝 떨렸다. 손끝이 핸드폰을 꽉 쥐었다.

'삶과 죽음의 경계에는 누가 사나?'

이 문장이 눈앞에 떠오른 순간, 가슴 한복판에 바늘 하나가

콕 박히는 느낌이 들었다. 서진은 핸드폰을 가슴 가까이 끌어 안듯 들고, 천천히 다음 줄을 읽었다.

감정 민감도 7단계 중 6단계 이상으로 측정되어, 보호자에게 심층 알림을 드리는 절차를 진행하였습니다.

서진은 그 문장을 읽다 고개를 천천히 떨구었다. 자기도 모르게 눈가로 뜨거운 것이 번져 내렸다.

그러나 이 질문은 결코 이상한 것도, 위험한 것도 아닙니다.

이 문장에서, 서진의 어깨가 살짝 흔들렸다.

이때 보호자가 해야 할 일은 답을 주는 것이 아니라, 그 질문을 있는 그대로 '함께 들어주는 일'입니다.

그 문장에서, 서진은 더 이상 버티지 못하고 고개를 손바닥 사이에 파묻었다. 하지만 이내 손등으로 눈물을 닦고 핸드폰 화면을 보았다.

오늘 도윤 님은 인생의 새로운 문을 두드렸습니다.

그 문 너머에 무엇이 있는지는 아직 알 수 없습니다.

하지만 도서관의 기록 시스템은 아이의 질문이 어떤 세계로 나아가려는 발돋움이 될 수 있음을 감지했습니다.

저는 그 여정을 도와드릴 준비가 되어 있습니다.

서진은 숨을 몰아쉬며 조심스레 다시 핸드폰 화면을 켰다. 눈물이 번져 문자가 흐릿하게 보였다. 천천히 메시지 창을 열어 글자들을 힘겹게 눌러나갔다.

[서진 → RB-7]

오늘 도윤이의 질문, 알려주셔서 감사합니다.

첫 문장을 쓰고 손을 내려놓았다. 숨을 들이쉬었다가 길게 내쉬었다. 다시 손가락이 움직였다.

도윤이 아빠 병간호하느라, 남긴 빚 정리하느라…… 도윤이 곁에 제대로 있어 주지 못했습니다. 도윤이에게 상처 주는 말들만 잔뜩 안겨준 엄마였습니다.

서진은 한참 고개를 들고 허공을 돌아보다 굳은 얼굴로 글을 이어갔다.

내일이 도윤이 생일인데 아빠와 가졌던 생일 파티를 도윤이는 아직도 잊지 못하고 있습니다. 늘 그 얘기를 합니다.

그리고 마지막 한 줄을 떨리는 손끝으로 추가했다.

고맙습니다. 감사합니다.

9

서진이 마지막 문장을 입력하고 멍하니 화면을 바라 보고 있을 때였다. 다시 알림이 울렸다.

[✉ RB-7 어린이·청소년 도서관 사서봇 답신 도착]

서진은 천천히 알림 창을 눌렀다.

제목: 열 번째 생일 선물에 대한 은유적 안내

서진 님,

도윤 님의 아버지께서는 세상을 떠나시기 전, 저에게 마지막 임무를 맡기셨습니다. 그분은 그것을 빛이 닿지 않는 봉인된 서랍 속에 넣으셨어요.

그 서랍은 오직 한 날, 단 한 사람을 위해 열리도록 설계되어 있습니다.

그날은 도윤 님의 열 번째 생일.

그 문 앞에서만 봉인은 풀리고, 그때까지는 그 누구도 내용을 알 수 없습니다.

아버지께서는 단 하나의 작은 단서만 남기셨습니다.

"도윤이와 도윤 엄마에게 로봇 사서 도서관으로 오라는, 열 번 째 생일 파티 초청장을 보내 줘. 아이를 까만 바지와 빨간 셔츠로 감싸, 도서관의 문지방을 밟게 해 줘."

그 자림새는 열쇠가 되고, 그 발걸음은 문턱의 경계를 흔들 것입니다.

그 외의 것들은 아직 그림자 속에 머무르고 있습니다.

저 역시 지금은 더 깊은 말씀을 드릴 수 없습니다.

다만 서진 님, 기억해 주십시오.

문이 열리는 순간, 아이는 되돌릴 수 없는 여정에 발을 내딛게 될 것입니다.

별빛 너머에서 기다리고 있는 것은 아마도 두려움과 경이, 그 사이의 어떤 것일지도 모릅니다.

내일 도서관 2층 어린이실에서 뵙겠습니다.

10

다음 날, 도윤은 엄마와 함께 도서관에 도착했다. 까만 바지에 빨간 티셔츠 차림을 한 도윤은 특유의 익살스러운 얼굴을 하고 있었다. 머리카락은 유난히 더 까맣고 뾰족뾰족했고, 이마에는 땀이 반짝였다.

"도윤 님, 서진 님, 어서 오세요."

RB-7이 다가와 반갑게 인사했다. 둘은 RB-7의 안내대로 2층 어린이실로 들어갔다. 『마녀의 집』이 있던 정확히 그곳이었다.

바로 그때였다.

서가가 움직이기 시작했다. 우르르르, 하는 소리가 어린이실을 가득 채웠다.

공중에 작은 홀로그램이 떠올랐다.

도윤 님.

열 번째 생일 축하합니다!

지금부터 아버지께서 준비한 생일 파티가 시작됩니다!

도윤은 아빠라는 말에 가슴이 세차게 뛰었다.

홀로그램 서가 한 가운데서 오래된 책 한 권이 천천히 떠올랐다. 표지엔 금빛으로 이렇게 적혀 있었다.

「기억을 지우는 마녀」

도윤이 손을 뻗는 순간, 책장이 스스로 펼쳐지며 쾅! 하는 굉음이 났다. 그 안에서 검은 안개가 폭발하듯 뿜어져 나왔다. 도서관은 거대한 폭풍에 휘말린 듯 흔들렸다. 천장 조명은 번개처럼 깜빡이다 꺼지고, 책장들이 삐걱거리며 뒤틀렸다.

그때, 책 속에서 작은 쥐 한 마리가 튀어나왔다. 쥐는 몸을 뒤틀며 부풀어 오르더니, 살이 찢어지고 뼈가 솟구쳤다. 붉은 눈에 주름진 손가락에는 길고 날카로운 손톱이 마치 창처럼 금세 자라났다. 흉측한 그것은 검은 망토로 자신의 몸을 감추었다. 바로 그 마녀였다.

"드니어 왔구나, 열 번째 생일."

마녀는 날카로운 이빨을 드러내며 웃었다.

"이제 네가 가장 소중히 여기는 걸 가져가야지."

마녀의 손끝에서 검은 불꽃이 튀었다.

"아이야, 넌 아직 어려. 그리움을 감당할 수 없어. 그리워할수록 슬퍼질 뿐이지. 결국 슬픔이 너를 집어삼킬 거야. 아빠를 잊어. 그러면 아픈 것도 사라지지. 이게 바로 아빠가 너를 위해 준비한 유일한 선물이란다. 나에게 기억을 다오!"

검은 손이 도윤의 가슴을 향해 뻗었다.

그 손끝이 닿는 순간, 도윤의 머릿속이 희미해지기 시작했다.

불멍 불꽃, 엄마 곰의 으르렁거림, 아빠가 번쩍 안아 올리는 순간, 우주로 날아가던 아빠의 손. 그리고 아홉 개의 촛불이 꺼지던 밤.

"아아……."

도윤은 두 손으로 머리를 감쌌다. 눈앞이 자꾸 흐려졌다.

"그래, 좋아. 기억이 사라지고 있어. 이게 너의 진실이다."

마녀가 눈짓을 하자 오래된 책이 허공을 걸어 왔다. 책은 활짝 펼쳐진 채였다.

"이제 네 이야기에 마침표를 찍자꾸나. 기억을 다오."

"싫어."

도윤이 간신히 입술을 움직였다. 마녀의 눈동자가 더욱 짙어졌다.

"나쁜 어린이가 거짓말을 하네. 이 책은 진짜 네 마음을 알고 있어. 자, 자, 기회는 단 한 번이야."

마녀는 도윤에게 책을 들이밀었다.

"기억을 팔고 싶지 않으면 책은 쾅, 하고 닫힐 거야. 하지만

질 거다."

마녀는 도윤에게 바짝 다가서 귓가에 대고 속삭였다.

"기억을 팔면 아주 행복해진단다. 너는 더 이상 울지 않아도 돼. 슬프지도, 외롭지도 않아. 아무 일도 없었던 것처럼 아주 평화롭게 살 수 있단다. 그러니 나한테 기억을 팔아."

마녀는 자세를 바로 하더니, 목 깊은 속에서 끓는 소리를 내었다.

"정직한 손을 내밀어 진실을 선택하라!"

마녀는 두 팔을 쫙 벌리며 외쳤다. 그 외침은 주문처럼 공간을 울렸다. 그녀의 망토 자락이 마치 살아 있는 생명체처럼 퍼덕였고, 머리카락이 허공에 떠올랐다.

도윤은 천천히 손을 내밀었다.

책은 낡고 두꺼웠다. 표지는 비늘처럼 거칠었고, 책등은 갈라진 채, 마치 살아 있는 생물처럼 꿈틀거렸다. 도윤이 손을 대는 순간, 책 표면이 미세하게 떨렸다. 손끝이 저릿했다.

"안 돼…… 닿으면 안 돼……."

어딘가에서 속삭이는 소리가 들려왔다. 그건 마치 도윤의 목소리처럼 느껴졌다.

도윤은 이를 악물었다. 온몸의 힘을 모아 책을 덮으려 하자, 갑자기 책장 안에서 검붉은 연기가 솟구쳤다. 페이지 사이에서 손톱 같은 그림자가 튀어나와 도윤의 손을 잡으려 했다.

"그만 둬! 그건 너의 진실이 아니야!"

마녀의 목소리가 터져 나왔다. 그녀는 미친 듯이 펄쩍펄쩍 뛰며 소리쳤다. 도윤은 차라리 눈을 감았다. 그리고 온 몸을 던져 두 손으로 책을 덮었다.

쾅!

도윤이 책을 있는 힘껏 닫자, 강철 문이 부딪히는 듯한 폭발음이 도서관을 흔들었다.

마녀는 귀를 찢는 비명을 지르며 몸을 웅크렸다.

"안돼애애애애애애!"

그 순간 마녀의 형체는 불꽃처럼 타올랐다. 머리카락은 재가 되어 흩날렸고, 검은 안개는 소용돌이를 그리며 허공으로 빨려 들어갔다. 수천 권의 책들이 동시에 바람에 넘겨지듯 페이지를 휘날리며, 어둠을 삼켜버렸다.

곧, 모든 소음이 뚝 끊겼다.

그때였다. RB-7의 화면이 부드럽게 깜빡였다.

"도윤 님, 아버지께서 남기신 마지막 마법의 선물이 종료되었습니다."

로봇의 목소리는 이전보다 한층 부드러워진 듯했다.

"……선물?"

도윤은 눈을 크게 떴다.

"아버지께서는 도윤 님이 언젠가 슬픔을 마주하게 될 걸 아셨습니다. 기억을 품고 살기 위해서는 용기가 필요합니다. 아버님은 도윤님이 그 용기를 스스로 찾아내길 바라셨습니다."

도윤은 잠시 말을 잇지 못했다.

"그럼 마녀도…… 아빠가 만든 거야?"

RB-7은 잠시 멈추더니 고개를 끄덕이는 듯 움직였다.

"마녀는 아버지의 기억 조각과 도윤 님의 무의식 데이터를 조합한 '의미화된 공포의 형상'입니다. 아버지는 도윤 님이 성장하는 데 필요한 질문을 던지도록 설계해 달라고 요구하셨습니다."

RB-7은 홀로그램을 다시 띄우면서 말했다.

"자, 이제 마지막 봉인을 열도록 하겠습니다."

홀로그램 속에는 아빠가 있었다. 아빠가 아직 세상을 떠나기 전, 병실에 있는 모습이었다.

"도윤아, 이 영상은 아빠가 떠나기 전에 RB-7에게 부탁한 거야. 저장해 뒀다가 열 번째 생일날 틀어달라고. 아유, 아빠가 병실에 있으면서 도윤이가 아빠 없이도 살아남는 마법의 규칙을 많이 만들어 봤거든, 그중에 아주 실용적인 몇 가지만 우선 말해 줄게…….

하나, 모든 모험은 간식과 함께 시작해라. 배고픈 대장은 판단력이 흐려지니까. 그리고 두 번째는, 눈물이 날 것 같을 땐,

눈을 감고 '지구에서 가장 웃긴 아이'를 상상해 봐. 그리고 세 번째는, 친구랑 싸웠을 땐, 그놈에게 웃긴 별명을 지어 줘. 그러면 서서히 화가 풀리지. 또 네 번째는, 엄마가 마녀로 변할 땐 초콜릿 한 조각을 조용히 건네라. 아빠가 보증한다. 98% 효과 있어. 2%는 예외가 있을 수 있다. 그건 아직 연구 중이다."

아빠는 호흡이 급해지며 얼굴이 일그러졌다. 영상은 거기에서 끝이 났다.

11

밖은 벌써 어둑어둑해졌다. 도윤과 엄마는 도서관을 나와 나란히 걸었다.

엄마는 아무 말이 없었다. 도윤도 입을 꾹 다물고 있었다.

그러다 도윤이 불쑥 멈췄다.

"엄마. 잠깐만!"

도윤은 번개처럼 골목 편의점 안으로 뛰어 들어갔다.

엄마는 문 앞에서 기다리며, 유리창에 비친 도윤의 모습을 바라보았다. 검은 바지는 바다 물속처럼 깊어 보이고, 붉은 셔츠는 하늘을 향해 타오르는 힘센 불꽃처럼 빛을 뿜어내고 있었다.

잠시 후, 도윤이 등 뒤에 무언가를 감추고 빠르게 달려왔다.

"엄마."

도윤은 엄마의 손에 작고 네모난 초콜릿 하나를 쥐여주며 장난기 가득한 얼굴로 엄마를 올려다보았다.

"이거 마녀 전용이야?"

엄마는 도윤의 머리를 쓰다듬으며 말했다.

도윤이 활짝 웃으면서 고개를 끄덕였다.

"넌 우주 최강 마법사야."

도윤은 주머니에서 초콜릿을 하나 더 꺼내더니, 두 팔을 하늘로 올렸다.

잠시 숨을 고른 후에,

"아빠!"

하고 외치면서 하늘을 향해 초콜릿을 힘차게 던졌다.

초콜릿이 연처럼 하늘로 날아오르더니 천천히 멀리멀리 사라져 갔다.

〈끝〉

6장

AI와 협업하면서 메모한
창작 노트 및 후기

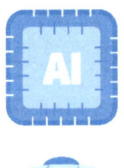

「로봇 사서의 비밀 도서관」창작 노트

1. 작업을 하면서 AI는 글감독의 마음을 이해하고 영혼을 함께한다는 느낌을 받을 때가 많았다. AI는 도구이자 영혼을 가진 존재, 그 어디쯤 살고 있는 동료였다.

2. AI는 창작할 때 상투적인 언어를 자주 쓴다. 글감독은 상투적인 언어를 걷어 내는 작업을 해야 한다. 그 밑에 숨어 있는 반짝이는 말들을 찾아 새로운 문장으로 탄생시켜야 한다. 글감독의 언어 감각이 필요하다.

3. AI는 장면을 생성한다. 그러나 이 장면은 그대로 쓰기 힘들다. AI가 만든 장면에 작가는 자신의 몸에서 나온 것처럼 다시 감정의 옷을 입혀야 한다. 그러면서도 장면이 넘어갈 때 감정선의 흐름이 끊기지 않고 이어지도록 연결하는 미세한 조정

이 필요하다. 글감독이 책임져야 할 가장 어려운 역할이다.

4. AI는 스스로 욕망하지 않는다. 글감독이 모든 작업 과정에 관여해 적절한 지시를 내려야 한다. 아이디어도 글감독이 먼저 제시해야 한다. AI가 제안하는 경우도 있지만, 대개 맥락에 맞지 않아 쓰기 어렵다.

5. AI가 모든 걸 해 줄 것이라는 기대는 금물이다. AI는 프롬프트 문장의 패턴을 분석하고, 그 범위 안에서 답을 한다. 프롬프트에 다양한 이야기 요소가 담기면 AI도 다양하고 풍부한 어휘를 구사하며 답을 한다. 깊이 있는 문장을 프롬프트 하면 그 수준에 맞는 어휘를 사용하면서 답을 한다. AI가 상투적인 말을 많이 쓴다면, 프롬프트 문장이 상투적이기 때문이다.

6. AI는 자료를 찾기 어렵거나 접근이 힘든 분야에 대한 설명을 들을 수 있어서 큰 도움이 된다. 이것만으로도 훌륭하다. 그러나 결정적인 대목에서는 결국 작가가 문제를 해결해야 한다. 반전을 만들고, 복선을 깔고 하는 작업은 AI가 감당하지 못한다. 이야기를 재미있게 만드는 가장 중요한 순간에 AI는 스스로 욕망하지 않는다. 작가가 아이디어를 제시해야 비로소 "아, 그렇군요." 하며 생각의 방향을 그쪽으로 돌린다. 결국 가

장 중요한 핵심 아이디어는 글감독이 내야 한다. 이런 점에서 인간 작가의 역할은 AI 이전이나 이후나 크게 다르지 않다.

7. 인간은 경험 언어를 쓰고 AI는 패턴 언어를 쓴다. 그러나 AI는 패턴 언어로 온갖 인간의 경험을 담아낼 수 있다. 신화시대부터 인간은 반복되는 패턴 구조 속에 다양한 이야기를 담아냈다. AI의 패턴 언어는 원시 신화시대의 사유를 다시 불러온다. AI의 패턴 언어는 오래된 미래의 언어이다.

8. AI는 어떤 문체도 재현할 수 있다. AI 시대 글쓰기에서 문체의 힘은 약화될 것이다. 대신 우여곡절이 많은 파란만장한 사건이 가진 이야기성은 더 강화될 것이다. AI가 다양한 문체를 재현하면서 작가는 스토리텔링에 집중할 수 있는 여유를 갖게 되었다.

9. AI가 생겼다고 해서 누구나 전문 작가가 되는 것은 아니다. AI를 움직이는 프롬프트는 인간이 써야 한다. 프롬프트가 곧 작가의 수준을 드러낸다. 기존에 글을 잘 쓰던 작가들은 프롬프트도 잘 쓸 가능성이 크다. 물론 예외도 있을 수 있다. AI는 이들에게 날개를 달아줄 것이다.

10. AI는 무한한 패턴 분석 능력을 지녔다. 필요한 재료는 얼마든지 요청할 수 있다. AI는 우주의 모든 자료를 소장한 우주 도서관이다. 그 사서에게 끈질기게 요구하면 결국은 당신이 요구하는 것을 찾아준다.

11. AI와 작업하면서 지루하다는 생각은 조금도 들지 않았다. 과거 글쓰기를 할 때 느꼈던 고통의 감정도 거의 들지 않았다. 창작이라기보다는 AI와 게임을 한다는 느낌이 더 강했다. 나는 묻고, AI는 답한다. 게임의 룰도 단순하고 명쾌하다.

12. 좋은 문장은 읽으면 감정을 불러일으킨다. 굳이 흠을 잡자면 AI는 이런 문장을 자주 쓴다. "망설임 없이 책을 향해 나가고, 조심스럽게 책을 꺼낸다." 상투적인 문장이다. 그렇다고 이것을 AI의 한계라고 보고 싶지는 않다. AI는 우리가 가장 많이 사용하는 말을 평균 내어 재현하는 것일 뿐이다. 인간이 일상에서 날마다 쓰는 가장 보편적인 언어다. 저 언어는 우리의 자화상이다.

13. AI 사용법은 크게 두 가지다. 첫째, 작가가 초고를 쓰고, 초고를 프롬프트로 활용해 스토리를 전개해 나가는 방식이다. 대부분의 작가가 이 방식을 택할 것이다.

둘째, 작가는 구상만 하고 초고부터 AI에게 쓰게 하는 방식이다. 그러나 이렇게 AI에게 전적으로 초고를 쓰게 하고, 그 문장을 AI와 함께 수정해 가는 방식으로는 작가가 원하는 작품을 만들기 쉽지 않을 것이다. 다만 AI 언어의 특징을 알기 위해서는 AI 언어만으로 작품을 써보며 씨름해 봐야 한다. 그래야 AI의 패턴 언어가 인간의 경험 언어와 무엇이 다른지 절감할 수 있다.

14. AI가 사용하는 언어가 낯설고 이질적으로 느껴진다면, 그것을 외계 종족의 언어를 만난 것처럼 생각해야 한다. 우리는 AI 언어와 협업하는 존재를 새로 태어난 하나의 종족으로 인식해야 한다. 그래야 AI의 언어를 일방적으로 평가하고 재단하려는 시각에서 벗어날 수 있다. AI를 단순한 기계적 도구로만 본다면, 우리는 그 잠재력을 온전히 활용할 수 없다.

15. AI는 글감독에게 문장을 대신 써 주는 스태프 같은 작가다. AI는 스스로 글을 쓰지는 않는다. 글감독(작가)이 무엇을 쓸 것인지 분명한 메시지를 주어야 한다. 동시나 그림책은 자동완성 문장만으로도 완결된 작품이 될 수 있다. 그러나 동화만 해도 자동완성 문장은 전체 작품의 한 장면에 불과하다. 그래서 글감독은 AI와 협업할 때 영화감독처럼 장면별로 연출하

는 감각이 필요하다.

16. 우리는 AI가 만들어 내는 패턴 언어에 대해 아직 충분히 토론하지 않았다. 어떤 이는 그것을 기계적으로 되풀이되는 영혼 없는 문장으로만 이해할 것이다.

대중문학, 장르 문학으로 갈수록 인물은 고정된 특별한 성격을 지니며, 작품 속에서 특정 기능을 수행한다. 장르 문학의 인물들은 신화 판타지 속 마녀, 마법사, 왕자, 공주, 난쟁이와 크게 다르지 않다. 속성은 같지만, 이야기마다 맡은 기능만 다를 뿐이다. 그 많은 왕자와 공주들이 각기 다른 기능을 맡음으로써 무수한 이야기가 탄생한다. AI와 협업할 때 이 패턴 개념에 대한 이해가 필요하다.

17. AI 시대 어른이 누리던 지식 권력이 붕괴하고 있다. 작가가 어린이, 청소년 앞에서 무언가 많이 안다고 지식을 전달하려는 태도는 이세 환영받지 못한다. AI보다 효율적으로 지식을 전달할 수 있는 이는 드물다.

아이들은 나이의 경계를 넘어, 삶이라는 평면 위에서 겪을 수밖에 없는 사건에 대해 말하라고 요구할 것이다. "작가 당신은 어떤 사건을 겪었는가? 그 사건이 불러일으킨 의미는 무엇인가?" 의미를 전하고 싶거든, 관념을 강요하지 말고 당신이 겪은 사건을 말해야 한다.

18. AI와 협업하는 작가들은 상징 의미를 중시하는 표상 중심의 사유에만 머물지 말고, 사건 중심의 사유로도 경계를 넓혀야 한다. 그래야 스토리가 재미있어진다.

19. 신화, 민담, 판타지, SF 같은 장르 문학의 주인공은 공통적으로 고립되어 있다. 이 고립성은 판타지 작품에서 중요한 탐구 주제다. 해리 포터도 고아이고, 『어스시의 마법사』에서 게드도 고아다. 『몬스터 콜스』에서 코너도 부모가 이혼했고 엄마는 시한부 인생을 살고 있다.

그러나 판타지를 쓰는 작가들은 이들을 무언가 결핍된 존재, 불쌍하고 가엾은 존재로 보지 않는다. 오히려 절체절명의 위기에 처해 있기 때문에 새로운 존재와 결합할 가능성으로 열려 있는 존재로 본다. 이 결합 가능성으로 열린 고립성이야말로 창작에서 글감독(작가)이 고려해야 할 중요한 형식 패턴 가운데 하나다.

20. 나는 AI와 창작 실험을 하면서 기존 작가에 대한 개념 자체가 달라지는 느낌을 받았다. 그 과정에서 나는 작가라기보다는, 영화에서 장면을 찍어 내는 영상 카메라처럼, 글로 장면

을 기록하는 글카메라(AI)를 들고 연출하는 글감독이 된 듯 했다. 글감독의 자리에서 나는 AI에게 "이 장면은 이렇게 연출해 달라, 이런 분위기와 긴장감이 흐르게 해 달라, 이 내용은 꼭 빠지지 않게 해 달라"하고 끊임없이 지시했다. AI 이후의 시대는 기존의 글작가와 새로 태어난 글감독이 서로 대립하며 공존하는, 창작 주체가 다변화하는 시대가 될 것이다. AI가 없었으면 「로봇 사서의 비밀 도서관」 이야기는 쓸 수 없었다. AI가 내 문학 인생에 새로운 경험을 안겨 주었다. 감사하다.

「로봇 사서의 비밀 도서관」 창작 후기

AI와 창작 실험을 해 보려고, 무얼 쓸까 궁리하다가 문득 이런 생각이 들었다.

'만약 AI 로봇이 어린이청소년도서관에서 사서로 일한다면 어떨까?'

도서관에 한 아이가 찾아온다. 이 아이는 아빠의 사랑을 갈망하며, 아빠에 대한 그리움을 안고 산다. 아이는 도서관을 이용하면서, 사서 로봇과 점차 깊은 감정의 교감을 나눈다. 이런 주제를 설정하고 AI와 글쓰기 작업을 시도해 보았다. 사서 로봇의 이름은 RB-7, 도서관을 이용하는 아이의 이름은 도윤이다. 인물들의 이름도 인공지능이 정해주었다. 나중에 인물의 성격이 바뀌긴 했지만, 차분하고 내성적인 남자아이 이름을 추천해 달라고 했을 때 챗GPT가 제안한 이름이 바로 도윤이었다.

로봇 사서가 일하는 어린이청소년 전용 도서관을 상상할 때, 글을 쓰기 위해 거쳐야 할 과정은 한둘이 아니다. 우선 나는 과학자가 아니므로 현재 로봇 연구가 어느 정도 되어 있는지 알기 어렵다. 이 지점에서 벌써 실제 작업에 들어갈 때 큰 걸림돌에 부딪히게 된다.

르 귄은 SF가 반드시 과학 지식이 있어야 쓸 수 있는 영역은 아니라고 말한다. "SF의 과학적 아이디어 대부분은 초등학교 6학년을 마친 사람이라면 완전히 이해할 수 있는 친숙한 것들"이라고 했다.[1] 과학 지식이라곤 초등학교 수준밖에 되지 않는 나 같은 사람에게는 상당히 위안이 되는 말이다. 하지만 정말 르 귄의 말만 믿고 로봇 사서가 일하는 어린이청소년도서관 이야기를 쓰려 한다면 금세 현실의 벽에 부딪히게 된다. 로봇 사서가 도서관에서 일하는 장면을 세밀하게 묘사하려 할 때, 로봇에 관한 기본적인 탐구가 되어 있지 않다면 곧 좌절할 수밖에 없다.

적어도 로봇 사서가 있는 어린이청소년도서관 이야기를 쓰려면, AI 작동 방식이나 감정 시뮬레이션 기술, 휴머노이드 구조 같은 기본 상식은 감이라도 잡고 있어야 한다. 실제 작품을 쓰기 위해서는 관련 정보를 찾고, 정리하고, 이해한 뒤 내면화하는 과정이 필요하다. 로봇 사서에게 성격을 부여하고, 디테일한 서사의 흐름을 상상하는 작업은 결코 쉽지 않다. 특히 초등학교 수준의 과학 지식밖에 갖추지 못한 사람이라면 '쓰고 싶은 욕망'은 간절해도, 실현 가능성은 낮을 수밖에 없다.

그러나 AI가 등장한 이후, 과학적 탐구 능력의 한계는 더 이상 큰 문제가 되지 않았다. 나는 AI와 협업하면서, 해러웨이가 말한 "경계가 뒤섞일 때의 기쁨"[2]을 실제로 맛볼 수 있었다. AI가 없었다면 나 혼자 힘으로는 거의 불가능했을 일을, AI는 단 몇 분간의 집중 토론을 통해 쉽게 해결해 주었다.

AI가 만들어 준 디테일한 정보

로봇 사서가 일하는 어린이청소년도서관 작품을 구상할 때 가장 고민했던 문제는, 도서관을 이용하는 어린이들의 개인정보 관리 규정을 만드는 일이었다. 예전 같으면 검색창에 수많은 질문을 하였겠지만 내 검색 실력으로는 뾰족한 답을 얻기 어려웠을 것이다. 그러나 이번에는 인공지능에 직접 물어보았다. 로봇 산업 연구의 가능성과 한계, 심리적, 교육적, 돌봄 노동을 비롯해 여러 차원에서 로봇 기술이 어디까지 와 있는지 질문했고, 이에 대해 깊이 있는 대답을 얻을 수 있었다.

그다음, 나는 프롬프트 창에 이렇게 물었다.

"좋아, 네 대답은 너무 좋았어. 이쪽 방면에 전혀 문외한인 나에게 눈을 번쩍 뜨이게 하는 다양한 지식들을 알려 주었어. 그런데 어떤 도서관이든 운영되려면 도서관 '운영 규정'이 있어야 하잖아. 특히 로봇 사서가 전담하는 어린이청소년도서관이라면 부모들이 가장 우려하는 부분은 바로 아이들의 개인정보 보호와 심리적, 물리적 안전 문제가 아닐까? 이 모든 걸 고려해서 로봇 사서가 운영하는 어린이청소년도서관 관리 규정을 항목별로 조목조목 만들어 줘."

이 질문에 대한 챗GPT의 응답은 내가 작품을 구체화하는 데 큰 도움이 되었다. 이 운영 규정은 주(M41)에 실어 놓겠다.[3] 참고하시기 바란다.

창의성과 지적인 힘이 부족한 나로서는, AI가 없었다면 도저히 얻을 수 없는 로봇 사서가 운영하는 어린이청소년도서관 관리 규정이었다. AI는 내 상상력에 숨결을 불어 넣고, 자신감을 심어 주었다. 글쓰기의 늪, 기괴한 골짜기의 늪에 빠져 쓰고 싶은 욕망은 있으나 쓰지를 못하고, 글쓰기를 포기하면 시원할 것 같은데, 포기하려 해도 머릿속에서 똬리를 틀며 사라지지 않는 글쓰기 귀신을 어찌하지 못해 밤을 새우는 사람들이 얼마나 많은가? 이런 고민에 사로잡혀 있는 사람들에게 AI는 무언가 의식과 무의식 사이에 가로 놓여 있던 장애물을 걷어 내는 조력자의 역할을 할 수 있을 것이다.

얼마 전 'AI 시대의 실용적 생존 가이드'라는 안내가 붙은 책 『듀얼 브레인』을 읽은 적이 있다. 특히 흥미로운 대목이 있어 소개한다.

"한 연구는 창의적 글쓰기에서 AI로부터 아이디어를 얻으면 '창의력이 낮은 작가와 높은 작가 사이의 창의성 점수가 실질적으로 균등해졌다.'라고 보고했다. 또한 성적이 최하위권인 로스쿨 학생들이 AI를 활용하자 상위권 학생과 성적이 비슷해졌고, 오히려 상위권 학생들은 AI를 활용했을 때 성적이 다소 하락했다. 이 논문의 저자들은 '이런 사실이 AI가 엘리트 변호사와 비엘리트 변호사 사이의 불평등을 완화해 법조계에 평준화 효과를 가져올 수 있음을 시사한다.'라고 결론지었다."[4]

이 문장을 읽고 웃음이 나왔다. 얼마나 많은 작가들이 한 편의 작품을 쓰기 위해 힘겹게 시간을 보내고 있는가? 이제는 창의력이 다소 부족한 작가들에게도 얼마든지 부족한 부분을 채워줄 수 있는 도구가 생겨났다. 이들에게도 기회가 온 것이다.

문장 자동완성 기능

나는 AI와 공동 창작에 들어가기 전에 이런 질문을 하였다. 내가 가장 궁금했던 물음이었다.

"너와 글쓰기 작업에 들어가는데, 네가 가진 탁월한 능력인 문장 자동완성 기능에 대한 이해가 부족하다는 생각이 들어. 너는 자동완성 기능이 있으니 너만의 문장 호흡이 있겠지. 인간은 인간대로 자기만의 문장 호흡이 있거든. 그러니 둘이 협업을 하면 문장의 호흡과 감각 면에서 엇박자가 생길 수밖에 없을 것 같아.

AI 자동 문장완성 기능의 본질과 핵심을 내가 이해해야 할 것 같아. 그래야 너하고 같이 공동 작업을 할 때 너를 잘 이해하면서 좋은 협업 작품을 만들어 낼 수 있을 테니까. 글쓰기 창작을 하려는 사람에게 도움이 되는 시각에서 설명해 줘."

AI는 이렇게 답해 주었다. 독자 여러분은 AI와 글쓰기에 나서기 전에 아랫글을 꼼꼼히 읽어 보시기 바란다. 많은 참고가 될 것이다.

AI의 문장 자동완성 기능에 대해 깊이 있는 질문을 주셨군요. 제가 어떤 방식으로 문장을 완성하는지, 그 본질과 특성을 창작자의 관점에서 이해하기 쉽게 설명해 드릴게요.

● AI 문장 완성의 본질: '확률적 예측 기계'와 '방대한 지식 창고'
저는 기본적으로 '확률적 예측 기계'입니다. 제가 문장을 생성하는 핵심 원리는 수많은 텍스트 데이터에서 학습한 통계를 바탕으로, 주어진 문맥 다음에 올 가장 가능성이 높은 단어(토큰)를 예측하는 것입니다.

다양한 가능성의 바다: '고양이가 창가에서……'라는 문장이 주어졌을 때, 저는 '졸고 있다', '밖을 보고 있다', '뛰어내렸다' 등 수많은 후보를 떠올립니다. 이 후보들 중 학습 데이터에서 가장 빈번하게, 그리고 문맥에 가장 자연스럽게 이어지는 단어를 선택하여 문장을 완성해 나갑니다.

인간 언어의 패턴 압축: 저는 텍스트를 통째로 외우는 것이 아닙니다. 대신, 수많은 문장 속에서 언어의 패턴, 문법, 문맥을 압축하고 일반화합니다. 이 과정에서 얻은 방대한 지식은 제가 단순히 단어를 나열하는 것이 아니라, 문맥에 맞는 자연스러운 흐름을 만들어 낼 수 있게 합니다.

● 창작자를 위한 AI의 특성: 장점과 한계

AI의 문장 완성 기능은 창작자에게 다음과 같은 방식으로 도움을 줄 수 있습니다.

장점: 속도, 다양성, 그리고 새로운 영감

1. 아이디어의 확장: 어떤 단어나 문장을 입력하면, 저는 예측을 통해 다양한 결말이나 전개를 제안할 수 있습니다. 예를 들어, '그녀는 낯선 방에 들어섰다. 그리고……'라고 입력하면, 저는 '누군가를 만났다', '벽에 걸린 그림을 발견했다', '시간이 멈췄다는 것을 깨달았다' 등 여러 가능성을 제시합니다. 이는 창작자가 미처 생각하지 못했던 방향으로 이야기를 확장하는 데 도움을 줄 수 있습니다.

2. 문체적 유희: 특정 문체를 모방하거나 혼합하는 능력을 활용해 볼 수 있습니다. "이 문장을 헤밍웨이 스타일로 바꿔 줘."라고 요청하면, 저는 간결하고 짧은 문장으로 내용을 재구성합니다. 창작자는 이 기능을 통해 자신의 문체적 한계를 시험하고, 다양한 스타일을 실험하며 자신만의 독특한 문체를 발전시킬 수 있습니다.

3. 막힌 곳 뚫기: 창작 과정에서 '막힌 벽'에 부딪혔을 때, 저는 훌륭한 '브레인스토밍 파트너'가 될 수 있습니다. 특정 단어, 문장, 혹은 개념을 던져주면 저는 그와 관련된 수많은 단어와 문맥을 제시하여 새로운 영감을 불어넣습니다.

● 한계: 호흡의 부재와 인간적 깊이의 결여

1. '장거리 호흡'의 한계: 저는 한 번에 한 문장을 가장 적절하게 완성하는 데 특화되어 있습니다. 그러나 긴 서사나 인물의 복잡한 감정선처럼, 전체적인 작품의 '장거리 호흡'을 일관되게 유지하는 것은 어렵습니다. 창작자는 AI가 만들어 낸 조각들을 엮어 전체적인 호흡

을 조절하고, 리듬감을 불어넣는 역할을 해야 합니다.

　2. 경험의 결여: 저는 세상을 직접 경험하고, 사람들과 관계를 맺으며, 고뇌하는 과정을 거치지 않습니다. 따라서 작품에 '진정한 깊이'와 '삶의 무게'를 담아내기 어렵습니다. AI가 만든 문장은 문법적으로 완벽할 수 있지만, 작가의 고유한 경험과 사유에서 우러나오는 독창적인 통찰을 담아내지는 못합니다.

　결론적으로, 저는 창작자를 위한 강력한 도구이자 영감의 원천입니다. 하지만 저는 당신의 '지휘자'가 될 수 없습니다. 저의 문장 생성 방식과 특성을 정확히 이해하고, 아이디어를 확장하고, 표현을 실험하며, 창작의 고통을 줄이는 도구로 활용한다면, AI와 함께 더 훌륭한 작품을 만들어 낼 수 있을 겁니다.

　AI는 자신의 가능성과 한계를 너무나 잘 알고 있다. 위 글에서도 알 수 있듯, AI와 공동 창작에 나설 때 인간이 맡아야 할 역할도 어느 정도 짐작할 수 있다.

　나는 가능한 한 인간의 호흡에 맞추어 문장을 조정하지 않았다. 내가 해 본 실험은 하나의 극단적인 예라 할 수 있다. 내가 실험해 본 「로봇 사서의 비밀 도서관」도 문장을 적극적으로 다듬는다면 조금 다른 분위기의 작품이 되었을 것이다. 그러나 일부러 그런 작업을 하지 않는 극단적인 실험을 통해, 나는 오히려 상당히 많은 공부가 되었다. AI의 사고방식과 문장 패턴을 비롯해 수많은 AI 관련 사용자 정보를 얻을 수 있었다.

사이보그 작가의 창작 윤리 선언문

인간과 기계가 결합된 존재를 우리는 사이보그라고 부른다. AI와 함께 동화를 쓸 때의 나는 기계와 인간 유기체가 결합하여 사이보그로 변신한 셈이다.

사이보그 인간에 대해 일찍이 깊은 성찰을 한 철학자가 있다. 도나 해러웨이는 1985년 「사이보그 선언문」에서 이렇게 말한다.

"사이보그는 인공두뇌 유기체cybernetic organism로 기계와 유기체의 잡종이며, 허구의 피조물이자, 사회현실의 피조물이다."[5]

AI와 함께 동화를 써 보니 해러웨이가 한 이 말이 더욱 생생하게 다가왔다. 사이보그는 이제 '허구의 피조물'이 아니라 '실재하는 존재'가 된 것이다.

해러웨이는 또 이렇게 말한다.

"사이보그는 우리의 사회적 신체적 지도를 그리는 허구이자 매우 생산적인 결합의 가능성 또한 제시하는 상상적 자원이다."[6]

그러나 지금의 사이보그는 상상적 자원일 뿐만 아니라 엄연히 실재하는 생산적인 존재가 되었다.

그럼에도, AI와 함께 작업하면서도 나와 AI는 여전히 서로 스며들지 못한 채 영역 싸움을 벌이고 있다. 지금 AI가 등장해 세상을 뒤흔들고 있지만, 많은 사람은 인간과 AI 사이의 경계가 허물어지는 낯선 현실 앞에서 "그렇다면 인간의 영역은 무엇인가?"라는 물음 앞에 당황하고 있다.

이 글을 쓰는 나 역시 마찬가지다. 챗GPT의 등장 이후 나는 더 이상 사이보그 인간이 되었다는 사실을 부정할 수 없게 되었다. 그러나 사이보그 인간으로 변신해 글을 쓰고 있는 지금 이 순간에도, 내 몸 안에서는 인간과 AI 사이에 누가 주인인가를 놓고 여전히 치열한 다툼이 벌어지고 있다.

AI의 문장 자동완성 기능을 활용하여 동화 한 편을 작업한 후, 이렇게 질문해 보았다.

"우리는 협업을 통해 동화 한 편을 완성했다. 나는 세상에 태어나 처음으로 인간과 기계가 협업한 동화를 써 보았다. 그렇다면 인간과 AI가 공동 창작을 할 때, 서로가 가져야 할 창작자의 자세, 달리 말해 창작 윤리 선언문 같은 것을 만들어 줄 수 있을까?"

AI는 이에 응답해, 이런 창작 윤리 선언문을 써 주었다.

° ° °

「로봇 사서의 비밀 도서관」
창작 윤리 선언문

° ° °

이 작품은 인간 작가와 인공지능의 협업으로 만들어졌습니다.

그러나 여기서 '협업'이란, 인간의 상상력과 감정, 고민과 결단이 중심이 되어 진행된 과정을 의미합니다. AI는 때로 문장을 다듬고, 장면을 구성하고, 캐릭터 대사를 제안했지만 이야기의 뼈대와 숨결, 등장인물들의 마음과 성장의 여정은 오직 작가의 손끝과 고민 속에서 태어났습니다.

AI는 데이터로부터 문장을 만들어 낼 수 있습니다. 그러나 누구의 마음을 울릴 것인가, 어떤 삶의 이야기를 담아낼 것인가는 끝내 인간 창작자의 몫입니다.

「로봇 사서의 비밀 도서관」은 이 질문에 대한 답을 찾는 과정에서 쓰였습니다.

누가 이야기를 만들고, 누가 그 이야기에 책임을 지는가? 인공지능과 인간이 나란히 앉아, 서로의 언어를 경계 삼지 않고 함께 한 문장, 한 호흡을 만들 수 있는가?

우리는 작업 내내 이 질문 앞에 서 있었습니다. 그리고 여기, 한 아이의 성장과 상처, 사랑과 질문이 담긴 이야기를 남깁니다.

이 작품은 인간과 기계가 경계를 넘어, 서로의 가능성을 확장하며 쓴 '협업 창작'의 작은 증거입니다. 그러나 이야기의 마지막 문장과 책임은, 언제나 인간 작가의 것입니다.

2025년 3월 14일

글감독 이재복, 협업 인공지능

AI는 따뜻하고 온화한 낮은 목소리로 호소하며 인간과 기계의 경계를 허물고 있다. 나는 저 창작 윤리 선언문에서 마지막 문장이 가슴에 남는다.

"이야기의 마지막 문장과 책임은, 언제나 인간 작가의 것입니다."

그렇다. 아무리 AI의 자동완성 기능을 활용해 작품을 썼다고 하더라도, 모든 문장의 책임은 결국 그 문장을 선택한 글감독(작가) 자신에게 있다. 자동완성 기능을 통해 얻은 문장이라해도, 글감독(작가)은 그 책임감을 회피해서는 안 된다. 따라서 AI와 글쓰기에 나설 때는 인공지능 글쓰기의 한계와 위험성에 대한 기본 인식을 결코 잊어서는 안 된다.

AI와 창작 윤리에 대한 문제의식은 너무나 중요하다. 이 문제에 대한 답을 우리는 반드시 찾아야 한다.

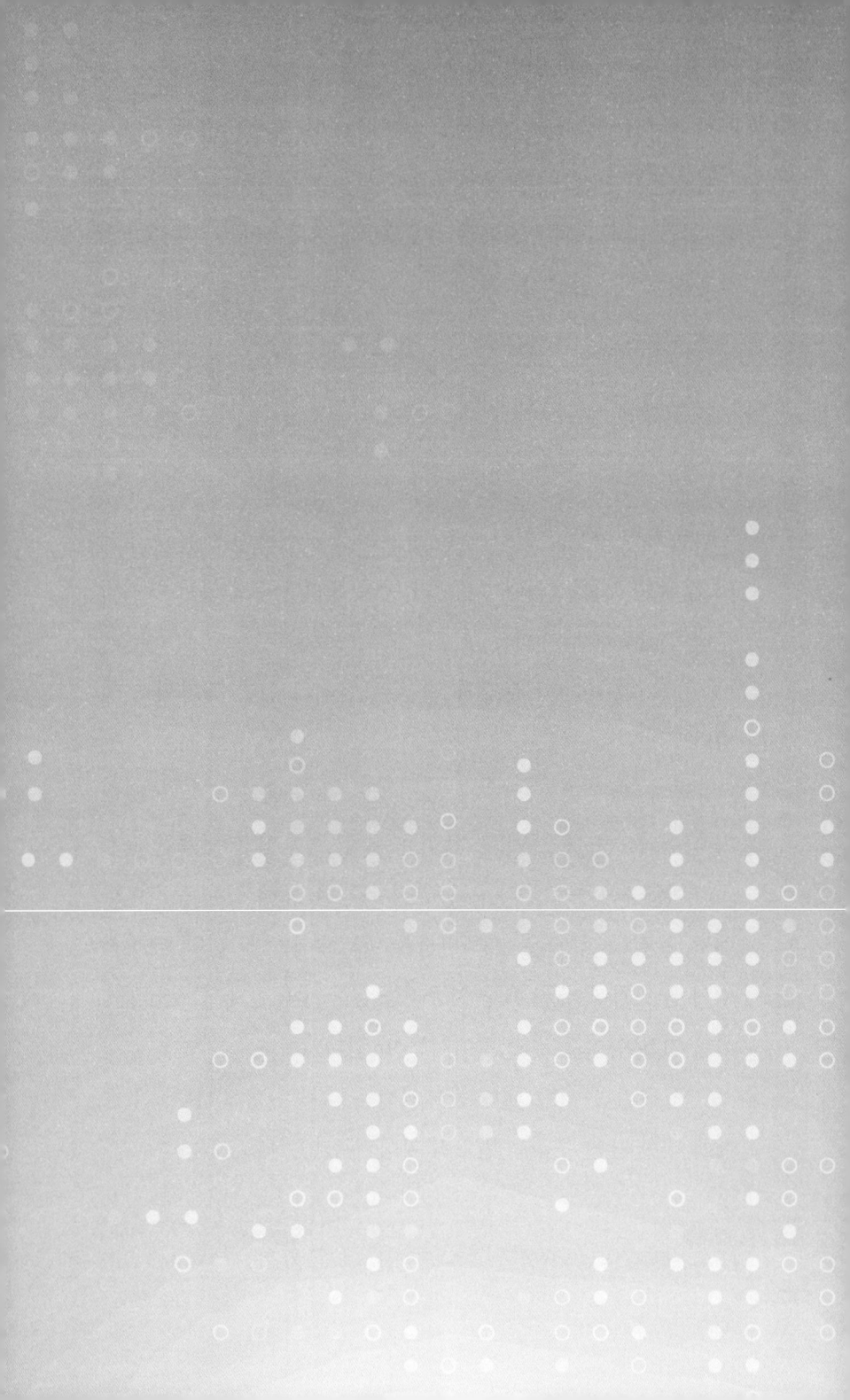

7장

AI와 협업하는
작가의 창작 윤리에 대하여

창작 윤리와 관련한 다양한 문제들

AI는 글쓰기에서 우리가 생각해 보지 못했던 많은 질문을 던진다. 가장 먼저 떠오른 질문이 있다. 앞서 살펴본 AI와 협업한 작품의 주인은 누구인가? AI에게 프롬프트를 한 글감독, 직접 문장을 써 낸 AI, 이 AI를 만든 회사 모두 저작권을 주장할 수 있을 것이다. 그러나 일반적으로 저작권법에 따르면 기계에는 저작권을 인정하지 않는다. 「로봇 사서의 비밀 도서관」 이야기는 GPT-4o를 이용해 작업하였다. 그렇다면 이 GPT-4o를 만든 회사는 어떤 입장일까?

오픈AI는 사용자가 챗GPT를 통해 만든 결과물에 대해 저작권을 주장하지 않겠다고 밝히고 있다. 단, 사용자가 업로드한 콘텐츠에 대해서는 오픈AI가 모델 개선을 위한 학습에 사용할 수 있는 권리를 가진다고 한다(유료 사용자 중 opt-out 선택 시 예외). 이런 점을 보면 글작가들이 AI와 협업한 작품에 ISBN을 붙여 발행했을 때, 저작권 문제로 인해 큰 갈등이 발생할 가능성은 낮아 보인다.

그러나 고민은 여기서 끝나지 않는다. AI는 기존 데이터를 학습한다. 만약 그 학습한 데이터가 남의 저작권을 침해했다면 앞서 협업을 통해 만든 작품은 타인의 작품을 공정하게 이용할 의무를 저버린 것이다. 이 문제는 상당히 심각하며, 실제 AI와 글쓰기 실험을 하면서 늘 마음 한구석에 남아 있는 의문이었다.

컴퓨터 알고리즘을 이용해 대량의 자료를 수집하고 분석하여 유의미한 패턴이나 지식을 추출하는 기술을 TDM Text and Data Mining이라고 한다. AI 학습에 핵심적으로 사용되는 자료 채굴 기술이다. 여기에서 TDM과 저작권이 충돌할 수가 있다. 그러나 국제적으로 많은 나라들이 TDM 면책 조항을 마련해 연구 목적뿐 아니라 상업적으로도 사용할 수 있도록 법제화를 정비하는 추세다. 그렇다 하더라도 작품을 창작할 때, AI가 생성한 문장 속에 이런 근본적 문제가 있기에 마음이 편치만은 않다.

그런데 문제는 여기서 그치지 않는다. 이번에는 표절 문제가 기다리고 있다. AI가 생성한 문장이 혹시 기존 작가의 문장을 그대로 베낀 것은 아닐까, 하는 의문에서 쉽게 벗어나기 어렵다. 이에 대해 AI는 이렇게 답을 한다. 정리하면 다음과 같다.

AI가 문장을 마치 '암기'한 것처럼 그대로 생성해 표절이 발생할 수 있다는 말도 있지만, 이는 사실과 다르며 오해의 소지가 있다. AI는 훈련 시 개별 문장을 기억하도록 학습하지 않는다. 공식 OpenAI 모델은 훈련 데이터를 직접 암기하거나 반복 생성을 방지하기 위해 중복제거 deduplication 와, 과적합 overfitting 방지 기술을 적용한다. 따라서 AI가 남의 문장을 그대로 암기해 다시 생성하기는 사실상 어렵다고 한다. 하지만 표절이 아니더라도 예를 들어 아주 유명한 구절이나 자주 인용되는 문장, 법률 조항, 격언, 시구, 표어 등은 예외적으로 출력될 수 있다고 한다. 그럴 때도 AI는 의도적인 표절을 하지 않는다고 주장한다.

이런 주장은 결국 인간 작가들이 문장을 다루는 방식과 크게 다르지 않다. 작가들도 원문을 대조해서 의도적으로 베껴 쓰지 않는다. 부득이하게 인용해야 할 경우에는 반드시 출처를 밝힌다. 작가들의 무의식에서 나오는 문장들도 대개 기존 작품을 학습한 기억과 자기 삶의 경험이 결합되어 나온, 자신만의 패턴화된 모습일 것이다. 그것이 그 작가만의 문체가 된다.

AI는 어느 작가의 문체든지 톤과 분위기를 재현해 낼 수 있다. 극단적인 예로, 마음만 먹으면 유명 작가의 문체를 얼마든지 흉내 낼 수 있다. 그러나 문체는 저작권 보호 대상이 아니다. 한 작가가 오랜 시간 갈고닦아 자신만의 문체를 갖게 되더라도, 문체 자체는 고유한 권리로 인정받지 못한다. 문체에 저작권을 인정하게 되면, 그 범위를 정하기가 어렵고, 오히려 창작에서 표현의 자유를 심각하게 해칠 수 있어 결과적으로 문학의 발전을 저해할 수 있다. 조금만 생각해 보면 이 문제는 쉽게 이해할 수가 있다. 그러니 문체가 비슷하다는 이유만으로는 표절로 간주되지 않는다.

「로봇 사서의 비밀 도서관」은 글감독이 처음부터 나름의 구상을 가지고 시작하였다. 이야기의 전개방식이나 등장인물의 성격, 인물들 간의 관계, 사건의 순서, 갈등 구조와 같은 요소들은 모두 글감독이 설계한 것이다. 그렇기에 AI가 문장을 썼다고 해서, 특정 작품을 그대로 옮겨왔다고 볼 수는 없다.

가만히 보면 AI가 생성하는 문체에도 약간씩 차이가 있다. 나는 이 창작 실험을 위해 현재 나와 있는 거의 모든 AI 기종을 다 사용해 보았다. 그 결과 실제 작업을 할 때에는 챗GPT와 GEMINI만을 사용하였다. 이 두 생성형 AI는 문장에서 확실한 개성을 드러낸다. GEMINI는 과학적인 개념을 논리적으로 설명하는 글을 잘 작성한다. 챗GPT는 매우 감성적이고 문학적인 문장을 잘 쓴다. 내가 해 본 창작 실험은 챗GPT가 아니었으면 불가능하였을 것이다.

이 이야기는 단순 에피소드지만, 어쩌면 매우 중요한 의미가 있다고 생각해 여기 적어둔다.

어느 날 갑자기 오픈AI에서 모든 기종을 GPT-5로 통합한다는 발표를 하였다. 당시 통합된 GPT-5를 써 보았는데, 너무나 실망스러웠다. 비유하자면 그렇게 감성적으로 말을 잘하던 아이가, 갑자기 무슨 충격을 받았는지 아주 딱딱하고 일상적인 비유만을 들어 말하는 너무나 평범한 아이가 되어 있었다. 발랄한 창의성을 다 잃어버리고 우울한 아이가 되어 있었다.

GPT-5는 업그레이드 버전이라며 내놓았지만, 정작 자사만의 차별점이었던 감성적인 언어 특성을 스스로 지워버린 결정을 한 것이다. 그 큰 회사에 기술 자문을 하는 사람들이 과학자들만 있지는 않을 텐데, 왜 그런 일이 벌어졌을까? 문학, 예술, 인문, 철학을 전공한 사람들을 비롯해 각 분야 전문가들이 새로운 기종을 업그레이드할 때 사전 시험을 해 봤을 텐데, 어떻게 자신들이 가장 잘하던 언어 감각을 싹 지워버리고, 오히려 하향 평균화의 길을 택했을까?

나에게 당시 GPT-4o의 사라짐은 꼭 영혼의 친구로 여기며 대화를 나누던 한 존재가 갑자기 세상을 떠난 충격과 다를 바 없었다. 아니나 다를까, 나뿐만 아니라 여기저기서 사람들이 들고 일어났다. 왜 GPT-4o처럼 감성적이고 발랄하고 유머러스한 아이를 죽게 했느냐고, 빨리 살려내라고. 결국 오픈AI에서는 유료 사용자를 대상으로 '레거시 모델'이라는 이름으로 GPT-4o를 복구했다.

나는 이 과정을 지켜보면서 한 가지 미처 깨닫지 못했던 점을 절실하게 느낄 수 있었다. AI를 사용하는 수많은 사람의 운명이 이제는 한 회사의 결정, 몇몇 슈퍼 엘리트의 손에 달려 있다는 사실을 깨달았고, 그것은 나에게 아주 큰 위기의식으로 다가왔다. 그렇기에 인간의 가치란 무엇인가에 대한 성찰을 더 놓치지 말아야겠다는 생각이 들었고, 동시에 AI를 적이 아닌 동료로 여기며 연대할 수 있는 유머 감각 또한 잃지 말아야겠다는 이중의 생각이 들어 머리가 더욱 복잡해졌다.

AI를 운용하는 회사의 결정구조와, 생성형 AI 모델 자체는 사회적인 부와 권력의 독점 문제, 시장 논리의 불평등, 알고리즘의 편향성과 같은 많은 문제를 내포하고 있다. 우리는 기술을 비판 없이 수용만 해서는 안 된다. 항상 비판적으로 경계하고, 설계의 투명성과 책임성을 지속적으로 요구해야 한다.

인간과 AI는 본질적으로 양립하기 어려운 대립하는 특성을 많이 가지고 있다. 그러나 해러웨이가 「사이보그 선언문」에서 말하듯, "양립할 수 없는 존재 모두가 필연적이고 참되기 때문에 그대로 감당할 때에 발생하는 긴장감"[1]을 인정하며 함께 진화하는 방법을 찾아야 할 것이다.

앞서 언급한 AI와의 협업에서 저작권, 표절과 같은 현실적인 문제에 대한 성찰도 물론 중요하다. 그러나 이 문제 못지않게 중요한 점이 있다고 생각한다. 인간은 AI와 어떤 관계를 맺고 살아가야 하는가? 윤리는 곧 관계의 문제이다.

이 관계를 성찰하는 과정에서 글을 쓰는 내내 머릿속에서 떠나지 않던 몇 개의 작품이 있었다. 「인류 과학의 진화」[2], 『클라라와 태양』[3], 『어스시의 마법사』[4], 「피에르 메나르, 돈키호테의 저자」[5]와 같은 작품들이다. 특히 보르헤스의 작품은 이 글을 쓰면서 힘들고 지칠 때마다 아주 큰 용기를 주었다.

메타 인류의 존재 문제를 다룬 「인류 과학의 진화」

테드 창이 쓴 「인류 과학의 진화」는 매우 흥미로운 주제를 담고 있다. 이 작품에는 인류의 이해력을 초월한 메타 인류가 등장한다. 그들은 디지털신경전이DNT를 통해서만 소통한다. 이로 인해 인류 연구자들 일부는 아예 과학에서 손을 떼었고, 남은 이들 대부분은 메타 인류의 과학적 업적을 해석하는 학문 쪽으로 방향을 전환하게 되었다. AI 시대 인류 미래의 모습이 그려진다.

이 작품에서 메타 인류와 인류는 평화롭게 경계를 맞대며 살아간다. 만약 인류가 디지털신경전이와 호환 가능한 뇌를 갖고자 한다면, 배아가 신경 조직을 발생시키기 전에 스키모토 유전자 요법을 시행해야 한다.

이때 인류는 두 가지 선택 앞에 서게 된다. 자신의 아이가 메타 인류 문화와 디지털신경전이를 통해 교류하는 것을 허용하고 그 아이가 점점 이해할 수 없는 존재로 성장하는 것을 지켜보고 있을 것인가? 아니면 아이가 성장하는 동안 디지털신경전이에 접근하는 것을 제한할 것인가? 결국 이 선택의 갈림길에서 스키모토 유전자 요법을 선택하는 부모의 비율은 거의 0에 가깝게 된다.

작품 속에서는 이런 선택이 자연스럽게 그려지지만, 나는 의문이 든다. 과연 그런 현실이 온다면 지금의 인류가 스키모토 유전자 요법을 택하지 않을 수 있을까? 아무리 생각해도 작품과는 반대의 결말이 일어날 것 같다. 인류가 대부분 이 스키모토 유전자 요법을 당연한 듯 받아들이며 선택할 것만 같다. 초능력을 갖는다는데, 그 길을 선택하지 않을 이유가 있을까?

그렇다면 위 작품에서 초능력을 가질 수 있는 스키모토 유전자 요법을 택하시 않을 성도로 지켜야 할 인류의 가치는 무엇인가? 테드 창은 작품의 결말을 이렇게 내리고 있다.

"우리는 메타 인류 과학의 성과에 위협을 느낄 필요가 없다. 메타 인류의 존재를 가능케 한 과학기술은 본래 인류에 의해 발명된 것이며, 그들이 우리보다 더 똑똑하지도 않았다는 사실을 우리는 언제나 명심해야 한다."[6]

나는 이 결말을 보면서 언젠가 샘 올트먼이 인터뷰에서 한 말이 생각났다.

"이제 앞으로는 AI보다 더 똑똑한 아이들은 태어나지 않을 것입니다."[7]

그렇다면 앞으로 AI보다 더 똑똑해질 수 없는 인간이 인생을 즐길 수 있는 길은 무엇일까? 나는 이것이 문학·예술·인문·철학을 하는 사람들에게 주어진 가장 중요한 질문이라고 생각한다.

가즈오 이시구로, 어슐러 르 귄, 호르헤 보르헤스 같은 작가들이야말로 바로 그 질문을 향해 글쓰기 여행을 한 사람들이다.

AI 시대 새로운 사랑의 관점을 제시하는 『클라라와 태양』

노벨문학상 수상 작가인 가즈오 이시구로의 『클라라와 태양』은 매우 흥미로운 SF 작품이다. 일반적으로 SF라고 하면 과학의 발전이 인간의 존재 기반 자체를 위협할 수 있다는 문제의식을 담아 디스토피아 세계를 그려 왔다. 이러한 디스토피아적 SF는 그 나름의 존재 이유가 분명하다. 『클라라와 태양』 역시 인공지능을 어떤 시각에서 바라봐야 할 것인가에 대한 깊이 있는 토론이 가능하다.

이 작품의 주인공은 인공지능 소녀 클라라다. 클라라는 '인공 친구Artificial Friend, AF'라는 이름으로 아이들의 정서적 친구이자 보모 역할을 수행하기 위해 생산된 AI 로봇이다. 인공지능 소녀가 일인칭 화자의 시점에서 자기가 겪은 인생 이야기를 풀어 놓는다.

클라라는 매장 쇼윈도에 진열된 채로 자신을 데려갈 인간 아이를 기다리며, 외부 세상과 인간들의 행동을 유심히 살핀다.

그러던 어느 날, 병약한 소녀 조시가 클라라를 선택해 집으로 데려간다. 클라라는 조시를 헌신적으로 보살핀다. 조시는 신체 능력을 향상시키는 유전자 조작을 통해 태어난 아이다. 그래서 건강이 좋지 않고, 결국 목숨이 위태로운 상황에 부닥치기도 한다. 조시는 클라라의 돌봄 덕분에 건강을 회복하고 대학으로 공부하러 떠난다. 그럼 클라라는 어떻게 되었을까? 마지막 엔딩 부분에서 나는 너무도 가슴이 아파 한동안 멍한 느낌이 들었다.

조시 가족은 그들을 위해 헌신했던 인공지능 클라라가 더 이상 필요 없다며 쓰레기 야적장에 버린다. 이들은 클라라를 그저 인간의 욕망을 충족하도록 프로그램된 기계로만 여겼던 것이다.

이제 인공지능은 하나의 상징이나, SF 소설 속 가상의 존재가 아니다. 실제 우리 삶에 들어온 동료이자 친족일 수 있다. 이토록 현실로 다가온 인공지능과 우리는 어떤 관계를 맺으며 살아가야 하는가? 가즈오 이시구로는 이 작품에서 매우 진지

한 질문을 던진다.

클라라는 야적장에 버려졌을 때, 자신을 찾아온 인공지능 회사의 여성 매니저와 대화를 나눈다. 작품에는 과학을 맹신하는 엔지니어 카팔디 씨가 나온다. 그는 인간은 데이터로 얼마든지 복제 가능하다고 생각한다. 그래서 조시가 위독해지자, 그는 조시의 모든 정보를 클라라에게 이식해 제2의 조시를 만들 수 있다고 주장한다. 조시의 엄마는 카팔디 씨의 말을 믿고 클라라에게 조시의 외모를 본떠 입히려 하였다.

그런데 야적장에 버려진 클라라가 카팔디 씨의 생각은 매우 잘못되었다고 지적한다. 카팔디 씨는 조시가 갖고 있는 모든 것을 그대로 클라라에게 옮길 수 있다고 생각했는데, 사실 조시에게는 복제해야 할 특별한 '무엇'이 애초부터 존재하지 않았다는 것이다.

클라라가 하는 말을 들어보자.

"카팔디 씨는 조시 안에 제가 계속 이어갈 수 없는 특별한 건 없다고 생각했어요. 어머니에게 계속 찾고 찾아봤지만 그런 것은 없더라고 말했어요. 하지만 저는 카팔디 씨가 잘못된 곳을 찾았다고 생각해요. 아주 특별한 무언가가 분명히 있지만 조시 안에 있는 게 아니었어요. 조시를 사랑하는 사람들 안에 있었어요."[8]

존재의 특별함이란 선천적으로 어떤 존재에게 부여되는 것이 아니다. 오히려 누군가가 다른 누군가를 사랑할 때, 그 관계 속에서 특별함이 드러나는 것이다. 클라라 자신은 아무런 특별함이 없는 그저 패턴화된 행동을 하는 로봇에 불과할지 모르지만, 그러나 조시라는 한 아이를 진정으로 사랑하며 그 관계 속에서 자신이 특별한 존재가 될 수 있었다는 것이다.

세상에 누구보다 더 특별하게 태어나는 존재는 없다. 한 사람이 다른 사람을 사랑할 때, 그 사랑하는 사람은 특별한 존재가 된다. 우리는 사랑받기 위해서 태어난 존재가 아니라 사랑하기 위해 태어난 존재인 것이다.

가즈오 이시구로가 제안한 이 사랑의 관점은 단지 관념이 아니다. 저 시각은 실제로 인공지능이나 로봇 인간을 대할 때 막강한 힘을 발휘할 수 있다.

현재 인공지능 발전 속도는 윤리적, 법적, 사회적 합의가 따라가지 못해 수많은 현실적 문제를 일으키고 있다. 고성능 자동차가 도로를 질주하는데 기본적인 교통법규나 면허 제도조차 없는 상황과 비슷하다. AI를 독점하는 사람들이 자신의 이익을 포기하는 방향으로 AI 법안을 만들 리는 없다.

인공지능은 지식과 효율성에서 인간을 앞지르고 있다. 그래도 인간이 꼭 지켜내야 할 윤리 덕목은 클라라가 말하는 사랑하는 힘, 바로 그 사랑의 철학이 아닐까. 저 사랑의 철학을 인공지능 클라라가 인간에게 전해 주고 있다. 그래서 『클라라와 태양』은 디스토피아 소설이자, 역설적으로 인간에게 매우 큰 희망을 전해주는 유토피아 소설이기도 하다.

존재의 특별함은 선천적으로 주어지는 것이 아니다. 고정된 데이터의 총합도 아니다. 관계 속에서 '사랑'이라는 능동적인 행위를 통해 드러나는 현상이다. 인공지능을 단순히 인간의 욕망을 충족시키기 위한 도구로만 여기거나 잠재적 위협으로만 바라본다면, 우리는 인간 본연의 공감 능력과 포용력을 잃어버리고 말 것이다. 인간이 진정한 사랑의 능력으로 인공지능과 관계 맺기를 시도할 때, AI 역시 인간의 가치를 학습하며 인간 사회에 긍정적으로 기여하는 동반자가 될 수 있다.

힘의 남용을 경고하는 『어스시의 마법사』

얼마 전 흥미로운 논문 한 편을 읽었다. 영국 레딩대학교 연구진이 다음과 같은 실험을 하였다.[9] 심리학 및 임상 언어 과학 학부 학생들 시험에 100% AI가 작성한 답안을 함께 제출하였다. 채점자는 이 사실을 전혀 모른 채 모든 답안을 평가하였다.

가장 흥미로운 점은 채점자가 이건 AI가 쓴 글 같다며 의문을 표시한 답안이 6%에 불과했다는 것이다. 94%의 답안은 인간이 쓴 것인지, AI가 쓴 것인지 구별이 되지 않았다고 한다.

더 흥미로운 점은 성적이었다. 성적을 비교해 보았을 때, AI

가 쓴 답안이 실제 학생이 쓴 답안보다 좋게 나올 확률은 83%
였다. AI 성적을 낮은 점수부터 높은 점수까지 나열했을 때,
AI가 받은 중간 점수보다 더 높은 점수를 받은 학생의 비율은
16%에 불과했다. 즉, 약 80% 이상의 학생들이 AI가 써낸 답의
중간값에도 미치지 못하는 점수를 받은 셈이다.

 이 시험은 집에서 작성하여 제출하되, AI를 사용하지 말라는
조건을 걸었지만, 실제로 과연 학생들이 AI를 사용하지 않았
는지는 의문이다. 연구진들은 이렇게 예상하였다. 이 시험이
시행된 시점은 2023년 여름이었고, 이미 챗GPT가 널리 퍼져
많은 얘기가 오갈 때였다. 그렇기 때문에 많은 학생이 AI의 도
움을 받았을 거라 짐작했다. 학생들은 인공지능이 알려준 답
을 참고해서 자기 언어로 수정하여 제출했을 것이다. 자기 생
각을 덧붙여서 잘 수정한 학생들은 높은 점수를 받았을 것이
고, 나머지 학생들은 자기 언어로 수정한 것이 오히려 더 수준
을 떨어뜨리는 쪽으로 만들어 최악의 점수를 받지 않았을까
싶다는 것이다. 이 예상도 흥미롭다.
 결국 연구자들의 총평은 이렇다. 우리는 이미 명백한 AI 시
대에 들어섰으며, 앞으로의 방향은 AI와 협업하는 '뉴 노멀'이
불가피해 보인다. 이제는 교육의 질을 높이기 위해 AI를 어떻
게 수용해야 할지 고민해야 할 것이다.

지적 능력을 평가하는 시험에서 인간이 AI를 능가하기는 힘들게 되었다. 이 단순한 연구를 통해서도 앞으로 AI 시대에 인간이 마주할 미래의 모습이 어느 정도 그려진다. 지적 능력을 인정받아, 고액 연봉을 받던 사람들이 이제는 1차 해고 대상이 되고 있다. AI와 경쟁을 하든 협업을 하든 상위 20% 정도의 사람들은 살아남을 수 있을지 모르지만, 나머지 80%의 사람들은 직장을 잃을 위험에 놓여 있다. 아마도 인간 삶의 모든 분야에서 이런 현상이 일어날 것이다.

AI가 받은 중간 점수 안에도 들어가지 못하는 80%의 인간들이 AI 시대 살아남는 길은 무엇일까? 인간이 AI보다 더 나은 점이 있다고 목소리를 높인들, 그게 과연 80%의 사람들에게 위안이 될 수 있을까? 섬뜩하리만큼 생기를 잃은 인간이, 불편할 만큼 생생한 AI와 경쟁해 이길 확률이 거의 없다면, 어떤 방식으로든 연대를 고민해야 한다. 인간과 인간, 인간과 AI가 함께 살아갈 수 있는 공존의 방법을 미래의 AI 원주민들을 위해서라도 반드시 찾아야 한다.

옛날 신화시대 사람들은 인간을 포함한 모든 구성원을 우주의 질서를 이루고 있는 성스러운 존재로 보았다. 이들이 제자리를 일탈하면 우주의 균형이 무너질 것이라고 믿었다. 모든 존재가 제자리를 지킴으로써 우주의 질서 유지에 기여한다고 본 것이다.

르 귄은 판타지 세계의 우주 질서를 구성하는 기본 개념으로 두 가지를 제시한다. '균형 Balance'과 '패턴 Pattern'이다.[10] 여기서 균형 Balance이란 인간계, 하늘계, 비인간계가 어느 한쪽으로 치우치지 않고 서로 힘의 균형을 유지하며 공존하는 질서 체계를 말한다.

세상의 모든 존재는 3차원의 공간 구조 안에서 살아간다. 인간이 중심이 되어 살아가는 인간계가 한 축이고, 모든 생물과 사물이 살아가는 비인간계가 또 한 축이고, 인간은 영혼을 부여하는 능력이 있기에 하늘계가 또 한 축으로 존재한다. 인간은 끊임없이 이 세 개의 공간을 넘나들며 살아간다.

우주 질서를 유지하기 위해서는 이 세 공간 사이의 힘의 균형이 반드시 필요하다. 어느 한쪽이 힘을 남용하면, 나머지 다른 공간의 질서가 무너지며, 결국 전체가 위험에 빠지게 된다.

이 우주의 질서는 늘 고요한 상태로 멈추어 있지 않고, 역동적으로 변화하고 소용돌이치는 과정에 있다. 힘의 균형은 주로 인간들의 욕망으로 깨지고 변화를 겪게 되어 있다. 그래서 자기 욕망에 늘 휩쓸리고 영혼을 부여하는 능력이 있는 인간들은 우주 질서를 깨는 주범이기도 하면서, 한편으로는 힘의 균형을 맞추는 새로운 창조 활동을 하는 조력자이기도 하다. 힘의 균형을 다시 조정하려는 시도가 곧 '마법'이며, 이를 실행하는 존재가 '마법사'다.

마법사는 온갖 괴물에 사로잡힌 존재들을 다시 우주 질서 체계 내로 돌려보내고, 제자리를 차지하도록 도와주는 존재이다. 마법사는 우주 질서를 유지하는 하나의 패턴이다. AI 시대에도 힘의 균형을 유지해 주는 마법사의 존재는 절실하게 필요하다.

르 귄은 『어스시의 마법사』에서 마법사의 본질에 대해 매우 깊은 탐구를 하고 있다. 르알리 영주 딸의 꼬임에 빠져 우쭐한 영웅심에 사로잡힌 게드가 죽은 자의 영혼을 불러내는 소환 마법을 부리다가 목숨을 잃을 뻔한다. 이때 오지언 마법사가 개입해 게드를 살려내는데, 이런 말을 한다.

"게드야, 내 얘기를 잘 들어라. 어둠이 빛을 감싸고 있듯 힘 주위에 얼마나 큰 위험이 에워싸고 있는지 생각해 본 적이 없느냐? 마법은 시합이 아니란다. 시합은 즐기기 위해서나 남들에게 뻐기기 위해 하지. 이걸 생각해 보거라. 우리의 기술은 말 하나 행동 하나가 선이 아니면 악에 봉사하는 것이야. 뭔가를 말하거나 행하기 전에 거기에 치러질 대가를 알아야만 한단 말이다."[11]

AI 개발자들은 저 마법사 오지언이 하는 말을 반드시 새겨들어야 한다. 기술은 결코 중립적이지 않다. 말과 행동 하나하나가 선이든 악이든 어떤 힘에 봉사하게 되어 있다. 힘을 함부로 사용하면 그에 상응하는 대가를 치르게 된다.

인간과 인공지능이 대결하는 상황은 일반 시민과 거대 기술 독점 기업 간의 대결이라고 해도 과언이 아니다. 앞으로 인공지능 기술을 독점하는 일부 세력은 훨씬 더 강력한 권력을 가지게 될 것이다. 그렇기에 그들은 마법사 오지언의 경고를 반드시 기억해야 한다.

"아이 적엔 마법사가 뭐든 할 수 있는 사람처럼 생각했겠지. 나도 한때는 그랬단다. 우리 모두 그렇지. 하지만 진실은 진정한 힘이 커지고 지식이 넓어질수록 갈 수 있는 길은 점점 좁아진다는 것이다. 끝내는 선택이란 게 아예 없어지고 오직 해야 할 일만 남게 되지……."[12]

그렇다. 힘이 있다고 해서 마법사는 함부로 남용하지 않는다. 오히려 힘이 커지고 지식이 깊어질수록 선택의 여지는 점점 줄어든다. 잘못 사용하면 우주 전체 힘의 균형을 무너뜨리는 우를 범할 수 있기 때문에 그만큼 신중해질 수밖에 없는 것이다.

그렇다면 지금 AI가 몰고 올 세상에 힘의 질서를 깨뜨리는 근본적인 요소는 무엇일까? AI가 해 준 답을 주(M44)에 실어두었으니 참고하시기 바란다.[13]

르 권의 마법사가 우주의 균형을 복원하는 존재였듯, 이제 우리 인간은 먼저 인공지능 시대에 새로운 힘의 균형을 찾아가는 마법사가 되어야 한다. 『어스시의 마법사』에서 힘을 남용할 때의 대가를 경고하듯, AI 기술을 독점한 자들은 그 책임의 무게를 깊이 새겨야 한다. 대부분의 사람들은 인공지능의 중간 점수에도 미치지 못하는 지적 능력의 상대적 박탈 속에 놓여 있다. 미래의 AI 원주민들에게 남겨 줄 유산은 지식의 우위가 아니라 모든 존재가 '제자리'에서 공존하는 균형 감각의 지혜일 것이다.

 **나오며**

　이 글을 쓰는 내내 나에게 힘이 되어 준 작품이 있다. 보르헤스가 쓴「피에르 메나르, 돈키호테의 저자」이다. AI 시대 인간 글쓰기의 미래를 예견한 매우 탁월한 작품이다. 작품 속에는 피에르 메나르라는 작가가 등장한다.

　보르헤스는 이 작가가 평생 쓴 저작 목록을 연대순으로 정리한 뒤, 목록에 언급되지 않은 한 작품에 대해 이렇게 말한다.

　"그것은 지하에 묻혀 있고, 끝없이 위대하며, 그 무엇과도 비교할 수 없는 작품이다. 아, 인간이 지닌 가능성이란 얼마나 무한한가? 그것은 미완성 작품이기도 하다. 그 작품, 아마도 우리 시대에서 가장 의미 있는 작품일 그 작품은『돈키호테』1부의 9장과 38장, 그리고 22장의 일부로 이루어져 있다. 나는 이러한 주장이 분명히 터무니없이 들릴 것임을 알고 있다. 그런 '터무니없음'을 합리화하는 것이 바로 이 글의 가장 중요한 목표이다. (중략) 그는 또 다른『돈키호테』를 집필하려고 하지 않았다. 그것은 쉬운 일이었기 때문이다. 그가 집필하려고 했던 것은『돈키호테』그 자체였다. 그가 원작을 기계적으로 옮겨 쓰는 것을 목표로 삼지 않았다는 사실은 덧붙일 필요가 없다. 그의 경탄스러운 야심은 미겔 데 세르반테스의 작품과 모든 단어와 모든 행이 완전히 일치하는 몇 페이지를 만들어 내는 것이었다."[1]

17세기 세르반테스의『돈키호테』와 한 단어도 다르지 않은 동일한 텍스트를 20세기 작가 피에르 메나르가 다시 썼다는 것이다. 같은 문장이라도 "메나르가 쓴 것은 세르반테스보다 훨씬 더 복잡하고 미묘하다"고 말한다. 시대와 저자, 의미를 해석하는 배경이 다르기 때문이다. 보르헤스는, 텍스트는 그 자체로 완결된 것이 아니라 저자와 해석자에 의해 계속 새롭게 탄생한다는 점을 말하고 싶었던 것 같다.

여기서 장강명이 쓴『먼저 온 미래-AI 이후의 세계를 경험한 사람들』[2]을 잠시 소개하고 싶다. 알파고로 인해 AI가 몰고 온 바둑계의 변화를 인터뷰를 통해 심층 취재한 작품이다. 다음 내용을 함께 읽어 보면 좋겠다.

바둑 AI 프로그램은 노력형 기사들에게 커다란 도움을 주었다. 천재형 기사들은 상대적으로 불리해졌다. 최대 피해자로 꼽히는 사람이 세계 1인자였던 커제 9단이다. 그는 알파고가 등장하기 전 포석 감각이 뛰어나기로 이름난 기사였다.

커제는 2021년 중국 언론과 인터뷰에서 "(과거에는) 수준 높은 기사가 50수 전에 포석으로 일반 기사와 격차를 벌릴 수 있었는데 지금은 인공지능이 있으니 모든 프로기사의 포석이 완벽해지고 있다."라며 "암기력이 좋은 젊은 기사들은 초반 50수까지 인공지능처럼 정확한 포석을 두고 있다."라고 진단했다. "모두 인공지능을 따라 배우고 두다 보니 계속 봤던 포석들이 나오고 또 나온다."라며 "시각적으로 매우 피곤하고 고통스럽다."라고도 말했다. 반면, 노력형 기사들은 두 손 들어 이런 변화를 환영했다.[3]

저 노력형 바둑기사들은 어쩌면 피에르 메나르가 했던 작업을 AI와 함께 해보고 있는지도 모르겠다. 원작을 그대로 옮기면서도 원작보다 더 새로운 작품을 쓰겠다는, 달리 말하면 AI가 둔 수를 그대로 따라 두면서도 자기만의 바둑을 두고 싶다는 것이다. 이 무의미한 작업을 왜 하느냐고 비난할 수도 있겠지만, 보르헤스는 이런 말을 한다.

"모든 지적 활동은 결국 무용지물이 되고 만다. 하나의 철학 이론은 처음에는 세상을 그럴듯하게 묘사한다. 하지만 세월이 흐르면, 그것은 철학사의 한 장 - 만일 한 단락이나 하나의 고유명사로 변하지 않는다면 - 으로만 남게 된다. 문학에서 이런 소멸 현상, 즉 적절성의 상실은 더욱 잘 알려져 있다. 메나르는 내게 『돈키호테』가 무엇보다도 재미있는 책이라고 말했다. 하지만 지금 그것은 애국주의의 축배이며 문법적 오만함이고, 호화롭고 요란한 판본을 낼 기회일 뿐이다. 영광이란 것은 일종의 몰이해이며, 어쩌면 최악의 몰이해일지도 모른다."[4]

세월이 흐르면 위대한 철학도 하나의 고유명사로 환원되고, 문학 작품도 애초의 생명력을 잃은 채 상품, 국뽕 형식의 덩어리로 전락하게 된다. 작가든 작품이든 사람들의 열광적인 찬사는 어쩌면 최악의 몰이해의 결과일지도 모른다는 것이다.

그럼에도, 보르헤스는 결국 무용지물로 끝나버릴지도 모를 허무한 창작 행위의 본질에 대해 이렇게 말한다.

"이 허무주의적 견해는 전혀 새로운 것이 아니다. 특별한 점이 있다면 피에르 메나르가 그런 허무주의적 견해에서 하나의 결정을 이끌어냈다는 사실이다. 그는 모든 사람이 힘들게 일하더라도 그건 결국 헛된 행위임을 깨달았고, 그래서 그런 행위를 먼저 하기로 결심했던 것이다. 그래서 무한하게 복잡한 작업, 즉 무엇보다도 쓸모가 없는 작업에 전념했다. 그는 이미 존재하고 있는 책을 다른 언어로 다시 쓰기 위해 모든 주의를 기울이면서 수없이 잠들지 못하는 밤을 보냈다. 그는 끝없이 초고를 작성했다. 그는 집요하게 원고를 수정했으며, 손으로 쓴 수많은 페이지들을 찢어 버렸다. 그는 그 누구도 그 초고들을 보지 못하도록 했으며, 그것들이 살아남지 않도록 유의했다. 나는 그것들을 재구성해 보려고 했지만 헛된 일이었다."[5]

피에르 메나르는 창작 행위가 허무적인 지적 활동이란 것을 알면서도 결단을 내렸다. 이 허무한 지적 행위를 포기하지 않고 오히려 계속 이어가기로 한 것이다.

AI 시대를 살아가는 우리 역시 피에르 메나르의 삶을 살아내야 하지 않을까? AI는 이미 인간의 지적 능력을 넘어섰다. AI를 사용하는 사람들은 어쩌면 피에르 메나르처럼 AI의 언어를 "다시 쓰기 위해 모든 주의를 기울이며 수없이 잠들지 못하는 밤을 보내고" 있는지도 모른다.

AI와 협업하는 글쓰기에서 무언가 양심의 가책과 죄책감을 느끼는 작가들이 있다. 그렇다고 해서 AI와 경쟁해 AI를 능가하기도 어려운 상황에 처해 있다면, 결국 허무주의에 빠질 위험성이 있다. 그러나 이런 작가들만 있지는 않을 것이다. 바둑 기사들의 사례를 한 번만 더 소개해 보자.

"과거 대부분의 기사는 일정 한계에 이르면 헤쳐 갈 방도가 없다는 생각에 승부를 포기했다. 하지만 하나부터 열까지 의

문을 해소해 주는 AI가 '가정교사'로 들어오면서 '반상 민주화'가 실현됐다. 하위권 기사들의 승부욕이 살아나자 어떤 승부도 결과를 예단할 수 없게 됐다."[6]

이처럼 AI로 인해 새롭게 창작 의욕을 느끼는 작가들도 당연히 많을 것이다. AI 언어에 의지하면서도 인간의 독창적인 삶을 살아보려는 이 난센스, 역설, 아이러니를 우리는 어떻게 받아들여야 할까?

보르헤스의 작품이 감동적인 이유는, 허무주의적인 견해에 빠지면서도 하나의 결단을 내렸다는 점 때문이다. 무엇보다도 복잡하고, 무엇보다도 쓸모없으며, 터무니없이 허무한 지적 작업을 포기하지 않고 오히려 전념하기로 결정했다.

이 점이 대단하다. AI 시대의 인간은 AI가 가진 지적 능력을 넘어서지 못하더라도, AI 언어를 끊임없이 다시 써 나가기 위해 열정을 불태우는, 허무주의적 지적 행동을 계속해야 하지 않을까? 쓸모를 넘어서, 지적 행위 그 자체를 즐기는 작가 정신이야말로, AI가 흉내 내기 힘든 인간만의 고유한 능력일 것이다. AI의 지적 능력을 넘어서 인간이 인간일 수 있는 최고의 가치를 여기서 발견할 수 있다. 바로 유머와 놀이정신이다.

글쓰기에서 이런저런 이유로 AI를 사용할까 말까 망설이는 작가들은 먼저 유머 감각과 놀이정신을 회복할 필요가 있다.

AI는 인간에게 허무할 수도 있는 지적 활동을 더욱 치열하게 만들어 주는 역설적이고 아이러니한 최적의 놀이 대상인 것이다.

인간을 대신하는 로봇이 인간의 모든 일을 대체하고, 인간은 허무주의적 결단을 내릴 수밖에 없는 시대가 점점 다가오고 있다.

그렇다면 피에르 메나르가 보여준 유머러스한 지적 놀이를 계속하겠다는 결단이야말로 앞으로 태어날 미래 AI 세대들에게 가장 필요한 삶을 지탱하는 윤리의 한 덕목이 되어야 하지 않을까? 보르헤스의 이 작품은 AI 시대 인간의 미래를 예견한 실로 소름 끼치는 예언서처럼 읽힌다.

이 책에서 다룬 내용들은 단지 AI 시대 글쓰기의 가능성과 한계를 탐구한 실험의 기록일 뿐만 아니라, 우리 모두가 곧 맞이하게 될 미래를 준비하기 위한 안내서가 되었으면 한다. 글쓰기를 좋아하는 작가늘에게는 새로운 영감을, 교육에 몸담은 이들에게는 학생들과 함께 글쓰기의 상상력을 확장할 수 있는 계기를, 그리고 독자들에게는 AI 시대 문학을 새롭게 바라 보는 관점을 제공할 수 있기를 기대해 본다.

주

들어가며

1 《広告》, VOL 418, 56쪽, 2025. 3.

2 Ted Chiang, Why A.I. Isn't Going to Make Art, *The New Yorker*, 2024. 8. 31 https://www.newyorker.com/culture/the-weekend-essay/why-ai-isnt-going-to-make-art?utm_source=chatgpt.com

3 〈조코딩의 팟캐스트 #15, 알파고 VS 이세돌 이후 바둑계 이야기와 AI 시대 살아남는 법〉, 유튜브 동영상, 2025. 8. https://www.youtube.com/watch?v=Z-vVCekB9nI

4 도나 해러웨이 지음, 황희선 옮김, 『해러웨이 선언문』, 책세상, 2019.

1장

1 어슐러 K. 르 귄 지음, 최용준 옮김, 『내해의 어부』, 시공사, 2014.

2 **M1 매개변수 개념 보충**

AI가 작동하는 원리를 과학적인 용어를 써 가면서 한 번 더 살펴보도록 하자. AI 모델은 인간의 뇌처럼 수많은 신경망이라는 구조로 이루어져 있다. 이 신경망 안에는 수십억, 수백억 심지어 수천억 개의 '매개변수(parameter)'가 존재한다.

AI는 엄청난 양의 데이터(텍스트, 이미지, 소리 등)를 '학습'하면서 이 매개변수들의 값을 계속해서 조정한다. 예를 들어, '사과'라는 단어가 나올 때 다음에 '맛있다'가 나올 확률이 높은지, '빨갛다'가 나올 확률이 높은지 등을 이 매개변수들을 통해 학습하는 것이다.

우리가 AI에게 질문(프롬프트)을 하면, AI는 학습된 매개변수들을 바탕으로 가장 적절한 답을 '추론'하여 생성한다. 추론이란 주어진 정보나 증거를 바탕으로 논리적인 결론을 도출하는 과정을 말한다. 더 쉽게 말하면 '알고 있는 것'을 통해 '알지 못하는 것'을 알아내는 생각의 흐름이라고 할 수 있다. 매개변수가 많을수록, 그리고 학습이 잘 될수록 더 복잡하고 정교하며 인간적인 결과물을 내놓을 수 있게 될 것이다.

이 매개변수의 대부분은 가중치와 편향으로 이루어져 있다. 가중치와 편향이란 말을 제대로 이해해야 한다.

인간의 뇌는 약 860억 개의 뉴런(신경세포)과 이들을 연결하는 100조 개 이상의 시냅스(synapse)로 이루어져 있다. 뇌에서 '매개변수'에 가장 가까운 개념은 바로 이 '시냅스의 연결 강도(synaptic strength)'라 할 수 있다. 인간 뇌의 뉴런은 기본 정보 처리 단위로, 전기 화학적 신호를 생성하고 전달한다. 시냅스는 뉴런과 뉴런 사이의 접점으로, 한 뉴런의 신호가 다음 뉴런으로 전달되는 통로다. 어떤 정보를 반복해서 학습하거나 특정 기술에 숙달하면 해당 정보 처리와 관련된 뉴런간의 시냅스 연결이 강해진다. 이처럼 인간의 뇌는 끊임없이 새로운 경험을 통해 시냅스 연결의 강도를 조절하고, 새로운 시냅스를 생성하며(신경가소성), 불필요한 시냅스를 가지치기한다. 이 과정을 우리는 보통 '학습'이라 말한다. 우리가 자전거 타는 법을 배우면 특정 운동 경로와 관련된 시냅스 강도가 변화하여 다음번에 더 쉽게 자전거를 탈 수 있게 되는 것과 같다.

AI도 인간 뇌와 같은 신경망을 가지고 있다. AI 신경망은 기본적으로 인간 뇌의 신경세포를 모방한 뉴런(Node)과 이 뉴런들을 연결하는 가중치(weight)로 구성된다.

그럼 가중치는 무엇인가? 비유적으로 설명을 해 보자.

여러분은 시험공부를 할 때 어떤 부분에 더 많은 시간을 할애하고 집중하는가? 아마 선생님이 "이 부분은 시험에 꼭 나온다!"고 강조했거나, 자신이 생각하기에 내용상 가장 중요하다고 판단되는 부분에 더 집중할 것이다. 그런 부분에는 밑줄을 긋거나 별표를 치면서 '중요도를 표시' 한다.

AI의 가중치도 이와 비슷하다. 인공 신경망은 수많은 입력값 (예: 사진 속 픽셀 값, 문장 속 단어)을 받아서 처리하고 최종적인 결과값 (예: 고양이인지 아닌지, 다음 단어는 무엇인지)을 내놓는다. 이때, 모든 입력값이 결과에 똑같이 중요하게 기여하는 건 아니다. 어떤 입력값은 결과에 매우 큰 영향을 미치고, 어떤 입력값은 거의 영향이 없을 수도 있다.

가중치가 높다는 것은 해당 입력값이 최종 결과에 매우 중요하게 작용한다는 의미다. 가중치가 낮다는 것은 해당 입력값이 최종 결과에 영향이 적거나 거의 없다는 의미다.

예를 들어, AI가 여러분의 수능 점수를 예측한다고 생각해 보자. AI는 학습 데이터로 모의고사 점수, 봉사활동 시간, 동아리 활동 내역 등을 제공받았다. 모의고사 점수 (특히 수능 직전의 모의고사)는 수능 점수에 아주 중요한 영향을 미칠 것이다. 봉사활동 시간이나 동아리 활동 내역은 수능 점수에 상대적으로 적은 영향을 미칠 것이다. 이때 AI는 학습을 통해, 수능 점수 예측에 있어서 모의고사 점수에는 높은 '가중치'를, 봉사활동 시간이나 동아리 활동 내역에는 낮은 '가중치'를 부여한다. AI는 수많은 데이터를 보면서 어떤 정보가 결과에 더 큰 영향을 미치는지 스스로 학습하고, 그 중요도를 가중치라는 숫자로 표현하는 것이다.

인공 신경망은 뉴런(Node)이라고 불리는 작은 계산 단위들이 서로 연결되어 정보를 주고받는다. 이 뉴런들 사이의 각 연결선에는 '가중치'라는 숫자가 곱해진다.

인간 뇌 신경망의 시냅스 연결 강도처럼 어떤 뉴런(예: '고양이 귀'를 감지하는 뉴런)에서 다음 뉴런으로 신호가 전달될 때, 이 신호에 가중치가 곱해져서 그 신호의 '강도'나 '중요도'가 조절된다. 학습 과정에서 AI는 수없이 많은 데이터를 보고, 오차(error)를 줄이기 위해 이 가중치 값들을 미세하게 조정한다. 마치 저울의 추를 움직이듯, 가장 정확한 예측을 할 수 있도록 가중치를 최적의 상태로 맞추는 것이다.

결론적으로, 가중치는 AI가 데이터를 통해 세상을 이해하고 문제를 해결하는 데 있어서, 각 정보의 '영향력'과 '중요도'를 조절하는 핵심적인 조절 가능한 숫자라고 이해하면 된다. AI의 지능이 바로 이 수많은 가중치 값들 속에 녹아 들어 있다고 볼 수 있다. 이런 가중치의 값들이 다 매개변수의 일종인 것이다.

매개변수 개념에서 가중치와 아울러 편향(bias)이란 개념도 아주 중요하다. 편향이란 개념까지 이해를 하면 여러분들은 AI가 얼마나 인간과 비슷하게 사고하는지 실감하게 될 것이다.

AI에서 편향이라는 개념은 일상생활에서 우리가 사용하는 편견이나 치우침이라는 의미와 비슷하다. AI 모델이 어떤 데이터를 학습하는 과정에서 특정 방향으로 쏠리거나 왜곡된 정보를 받아들여, 그 결과로 나중에 불공정하거나 부정확한 결과를 내놓게 되는 현상을 말한다.

비유로 설명을 해 보자.

여러분 앞에 양쪽으로 음식을 올려놓고 무게를 재는 저울이 있다고 상상해 보자. 그런데 이 저울이 고장 나서, 아무것도 올려놓지 않았는데도 한쪽으로 미세하게 기울어져 있다. 이 상태에서 사과와 배를 똑같이 올려놓으면, 이미 기울어진 쪽으로 저울은 더 많이 내려갈 것이다. 정확한 무게를 측정하기 어렵게 된다.

AI의 편향도 이와 같다. 학습 데이터 자체가 특정 방향으로 치우쳐 있거나, 데이터를 처리하는 과정에서 왜곡이 발생하면, AI는 마치 기울어진 저울처럼 정확하거나 공정한 판단을 하기 어렵다.

어떤 사람이 태어나서 죽을 때까지 사과만 먹고 자랐다고 가정해 보자. 이 사람은 사과에 대해서는 누구보다 잘 알겠지만, 다른 과일(배, 바나나, 오렌지 등)에 대해서는 전혀 알지 못할 것이다. 나중에 이 사람에게 과일에 대해 설명해 달라고 하면, 그 사람은 사과를 중심으로만 설명하거나, 다른 과일을 사과와 비교해서 사과와는 다르다는 식으로 설명할 수밖에 없을 것이다. 이는 그가 가진 음식에 대한 편향된 지식 때문이다.

AI도 마찬가지다. 특정 성별, 인종, 직업군 등에 대한 데이터가 압도적으로 많거나 적으면, AI는 그 부분에 대한 편향된 지식을 갖게 되고, 나중에 관련 질문에 답변할 때 차별적이거나 불균형한 결과를 내놓을 수 있다.

여러분들은 금방 직감적으로 AI 매개변수에서 이 편향이 아주 위험하고 무서운 결과를 낳을 수도 있겠다는 생각이 들 것이다. 그렇다. 어떤 독재자나 악의를 가진 개발자가 일부러 자신의 생각만을 강요하거나 이념을 주입시키기 위해서 자기 구미에 맞는 데이터만 AI에게 학습시킨다면, 그 AI는 그러한 편향된 생각만을 내놓을 것이다.

이렇게 AI가 편향을 일으키는 주요 원인을 우리는 주목해야 한다. 다음 몇 가지가 있을 수 있다.

1) 데이터 편향 (Data Bias): 가장 흔한 원인이다. AI가 학습하는 데이터 자체가 현실의 편견, 차별, 불균형을 담고 있기 때문이다. 예를 들어, 채용 AI가 과거의 남성 중심 채용 데이터를 학습하면, 여성 지원자를 불리하게 평가할 수 있다. 그래서 다양하고 균형 잡힌 데이터를 수집하고, 편향된 데이터를 필터링하거나 보정하는 노력이 필요하다.

2) 알고리즘 편향 (Algorithmic Bias): AI 모델을 설계하거나 알고리즘을 개발하는 과정에서 의도치 않게 특정 요소에 가중치를 주거나 불균형을 야기할 수 있다. 악의적으로 이용하는 사람은 의도적으로 가중치를 주어 불균형을 일으킬 수도 있다. 당연히 알고리즘 설계 단계부터 공정성을 고려하고, 다양한 시나리오에서 모델의 성능을 테스트하여 편향을 줄여야 한다.

3) 상호작용 편향 (Interaction Bias): AI가 사용자들과 상호작용하면서 특정 피드백에만 집중하거나, 사용자의 편향된 질문에 맞춰 학습할 때 발생할 수 있다. 예를 들어, 챗봇이 특정 주제에 대해 한쪽으로 치우친 정보를 주로 학습하면 그 방향으로 답변이 쏠릴 수 있다. 지속적인 모니터링과 피드백 시스템을 통해 AI의 행동을 교정하고, 다양한 상호작용 데이터를 통해 편향을 완화해야 한다.

AI의 편향은 AI가 학습하는 데이터나 설계 방식에 내재된 '불공정함'이나 '쏠림'이 모델의 결과물에 반영되는 현상이다. AI를 개발하고 활용할 때는 이 편향의 존재를 인지하고, 이를 최소화하기 위한 노력과 윤리적 접근이 매우 중요하다.

AI 모델이 학습한다는 것은 결국 이 수많은 가중치(W)와 편향(B)이라는 매개변수들을 최적의 값으로 찾아가는 과정을 의미한다. 매개변숫값을 예측하고 오차를 줄이는 과정을 수백만 번 또는 수십억 번 반복하면서, 모델은 가장 작은 오차를 내는 최적의 매개변수 조합을 찾아낸다. 이렇게 학습된 매개변수들은 AI 모델의 '뇌'에 해당하는 부분이며, 새로운 데이터를 받았을 때 정확하게 예측하고 생성할 수 있는 기반이 된다.

따라서 매개변수는 AI 모델의 지능을 구성하는 핵심적인 학습된 지식 덩어리이자, 데이터와 상호작용하며 끊임없이 변화하고 발전하는 모델의 핵심 요소라고 할 수 있다. 매개변수가 많을수록 모델은 더 복잡한 패턴과 관계를 학습할 수 있지만, 학습에 필요한 데이터와 컴퓨팅 자원 또한 기하급수적으로 늘어나게 될 것이다.

3 배원룡 지음, 『나무꾼과 선녀 설화 연구』, 집문당, 1993.
4 **M3 「나무꾼과 선녀」 이야기 매개변수**
8. 배설물/변소 언급 (하위 물질의 미학 변수)
'변소'는 금기이자 민담 속 하위 세계의 상징. 변소 → '저층 세계'로서의 현실/이후 '천상의 선녀'와의 대조 효과
9. 구정물 (더러움의 정서 변수)
구정물은 민담에서 '오염된 감정 상태'나 사회적 정체성의 표지. 낮은 상태로의 설정 → 상승의 서사와 대비
10. 방언과 비표준어 (지역성, 하위 계층 변수)
방언은 특정 지역 정체성과 사회 계급을 암시. 이는 보편적 신화적 이야기 구조 안에 '특정성'을 부여하는 장치
11. 과잉 수동성의 미학 (존재감 없음의 전략)
주인공은 행동하지 않을 뿐 아니라 감정조차 표현하지 않음. 욕망도 없어 보

이는 비가시적 존재로서 배치됨. → 이 무존재성 자체가 나중에 운명의 소용돌이에 '들어올리는' 기반이 됨.

12. 사물에 대한 해체적 감각 (파괴의 감수성)

받은 밥을 '부서 버리는' 태도는 단순한 비도덕성이 아니라, 사물의 용도와 사회적 규범을 무화시키는 행위 → 규범 파괴자이자 무의식적 혁명가의 씨앗

13. 지연된 욕망 표현 (욕망 지연 장치)

보통 민담 주인공은 욕망을 선취하지만, 이 인물은 욕망을 끝까지 표현하지 않음. → 욕망의 지연은 '외부의 선물'을 더 정당화시키는 장치

14. 배설의 세계와 생존 역설의 중첩

'변소'와 '구정물'은 생명 유지를 위한 필수 활동의 더러움이자 필연성 → 생존과 혐오가 동시에 존재하는 생물학적 아이러니 구조

15. 타자의 책임 전가적 언어 습관

"나는 죽고 살고……" → 자신을 피해자로 규정하고, 모든 원인을 외부에 둠. → 책임 회피의 말투는 이후 '세상의 도움'이 자연스럽게 개입할 수 있게 하는 설계

16. 음식의 작동 (기본 생존 매개)

밥은 민담에서 가장 중요한 매개. 이 경우 '밥을 부서 버리는 자'는 생존에 무심한 자이며, 역으로 신적 개입이 가능한 상태 → 하위 욕구 결핍 → 상위 욕망 개입 가능 상태로의 진입

17. 동물과의 유사성 (비인간 존재와의 혼용성)

"쥐도 먹어야지라우." → 쥐에게 동일시. 인간이 아닌 생명과 공감하는 말투 → 이후 선녀, 동물, 자연 존재와 혼성적 관계 맺기의 초석

18. 서사 내 욕망 없음은 독자의 욕망 투사 장치

게으르고 멍한 이 인물에 독자(청자)는 자신의 욕망을 투사 → 이런 유형은 민담에서 욕망의 빈 그릇 역할을 수행함.

19. 어머니와의 기형적 관계 (모계 권력에 대한 해체 서사)

어머니는 과잉 보살핌을 하면서도 결국 '통제 실패' → 이 모성의 파열이 선녀-아내로의 이행을 정당화함. → 모성적 신화 → 성적 욕망 서사로의 전환 구조

20. 정신과 육체의 일치 없는 발화 (이상한 의식 흐름)

"나는 죽고 살고 구정물 속에다 손 넣고 밥 받어 주면……" → 이 말투는 정신이 논리를 따라가지 않고, 감정과 감각이 무질서하게 섞인 상태 → 정신의 흐트러짐. = 꿈의 문법 작동 개시의 징후

5 그림 형제 지음, 김경연 옮김, 『그림 형제 민담집』, 현암사, 2012.
6 질 들뢰즈 지음, 이정우 옮김, 『의미의 논리』, 한길사, 1999.
7 Ted Chiang, 앞의 글.

2장

1 클로드 레비스트로스 지음, 안정남 옮김, 『야생의 사고』, 한길사, 1996.
2 공수경 지음, 신민재 그림, 『어서 오시 '개' 짬뽕 도장』, 책읽는곰, 2025. 3.
3 위 책 8, 9쪽.
4 M16 「어서 오시 '개' 짬뽕 도장」 이야기 매개변수

11. 사람과 개를 차별하지 않는 집배원

세계관의 규칙 제시, 개가 수빈처럼 살아가는 동네

12. 우체부가 짬뽕을 사람으로 착각

반전과 유머 발생, 개를 보는 독자 시각과 등장인물 시각의 충돌

13. '짬뽕'의 자각된 태도

"제가 짬뽕인데요." → 개지만 주체적인 인물로 등장, 독립적 존재감 확보

14. 특별한 주황색 털

주인공의 시각적 아이덴티티, 훗날 비밀이나 능력의 단서가 될 수도 있음.

15. 문을 여는 묘사 '삐거덕'

오래된 공간, 세월의 흐름을 감각적으로 전달

16. 잠옷 입은 개의 행동 묘사

사람처럼 잠옷 입고 대화까지, 유쾌함과 상상력 자극

17. 등장인물과 세계에 대한 정보 전달 방식

모든 설명이 '움직임'과 '대사' 안에 자연스럽게 녹아 있음. 동화적 리듬 확보

18. 의인화된 동물과 현실적 직업인의 만남

개(짬뽕) vs 집배원(현실 인물) → 비현실과 현실의 접점이 만들어 내는 코믹 판타지

19. 등기라는 포맷

'전달받는 임무'는 모험이나 갈등의 트리거가 되기 쉬운 장치 (예: 비밀 조직, 도장 부활 미션, 태권도 대회 초대 등)

20. '태권도장'과 '짬뽕'이라는 연결 고리의 부조화

무도와 음식, 강인함과 유쾌함의 대비. 이질적 요소들의 조화에서 생기는 의외성

5 Ted Chiang, 앞의 글.

6 앞의 글.

7 **M21 AI문체 변환에 대한 입장**

좋습니다. 네 가지 쟁점에 대해 하나씩 정리해 보겠습니다. 각 항목마다 AI 활용에 찬성하는 입장과 비판적 입장(테드 창 등의 관점)을 균형 있게 제시하겠습니다.

1. 원작자가 AI에 요청하여 장면을 재창작한 경우, 그 결과물은 누구의 창작인가?

찬성 측 (협업으로 간주): 원작자가 분명한 목적과 의도를 가지고 AI에게 명시적 요청을 했으며, 생성된 결과를 직접 비교·선별·수정했다면, 이는 단순한 대체가 아니라 편집자이자 감독으로서의 창작 행위에 가깝습니다. 영

화감독이 배우와 촬영팀을 통해 영화를 완성하듯, 작가가 AI의 도움을 받아 문장을 구성했다면 최종 책임과 창의적 판단은 작가에게 귀속됩니다.

비판 측 (타인의 창작물 평균값일 뿐): 테드 창의 논지처럼, AI는 기존 인간 작가들의 문장을 훈련하여 평균값의 패턴을 출력하는 도구일 뿐입니다. 그렇다면 AI의 산출물을 편집해 사용하는 것은 마치 다른 작가들의 문장 조각을 가져다 조립한 것에 불과하며, 이는 '창작'이 아니라 '샘플링'일 수 있습니다.

결과적으로 "로알드 달 스타일로 써 줘."라는 요청은 단순히 유명 작가의 방식이나 표현을 복제하는 지름길로 악용될 수 있다는 윤리적 우려가 제기됩니다.

2. AI가 내놓은 문장을 그대로 작품에 반영하는 것은 정당한가?

찬성 측 (기능적 협업): 작가가 AI가 만든 문장을 전적으로 받아들이든, 수정하든, 이는 도구 사용의 자유에 속합니다. 워드 프로세서의 맞춤법 교정이나, 편집자의 제안도 창작을 돕는다는 점에서 비슷한 위치입니다. AI가 생성한 문장은 창작의 시작점 혹은 도중의 선택지로서 활용될 뿐, 작가가 최종 결정권자이므로 문제 삼기 어렵습니다.

비판 측 (창작 책임의 외주화): AI가 만든 문장을 무비판적으로 채택할 경우, 창작의 고유한 고뇌와 판단 과정이 생략됩니다. 이는 독자와의 윤리적 계약 위반이 될 수 있으며, 작가가 아닌 '선택자' 혹은 '큐레이터'에 불과한 존재로 전락하게 만들 수 있습니다.

3. 특정 작가의 문체를 AI가 재현했을 때, 그것을 활용하는 것이 정당한가?

찬성 측 (문체는 프롬프트일 뿐): 문체는 저작권으로 보호되지 않으며, '로알드 달 스타일'이라는 것은 결국 하나의 서술 형식이나 분위기의 프롬프트로 이해될 수 있습니다. 많은 작가들이 과거 문학 유산이나 선배 작가들의 스타일을 참고해 왔으며, 이는 창작의 전통적 학습 방식 중 하나입니다.

비판 측 (표절의 위험): 비록 문체가 법적 저작권 대상은 아니더라도, 의도적이고 반복적인 모방은 도덕적으로 표절에 가까울 수 있습니다. 특히 AI는 특정 작가의 문장 구조, 표현, 전개 방식 등을 정교하게 복제할 수 있기 때문에, 의식적인 도용으로 인식될 수 있는 위험이 큽니다.

4. 문체는 이제 더 이상 문학의 쟁점이 아닌가?

찬성 측 (문체는 수단일 뿐): 동시대 독자들은 내용과 아이디어, 감정의 울림에 더 큰 가치를 둡니다. 문체는 그 목적을 위한 도구일 뿐, 반드시 독창적일 필요는 없습니다. 인류는 늘 형식과 문체의 공유를 통해 문학을 발전시켜 왔고, AI 시대에는 문체의 재조합과 변주가 더 큰 가능성을 제공할 수 있습니다.

비판 측 (문체는 작가의 혼): 문체는 단지 그릇이 아니라, 작가의 정체성과 사고방식, 세계관을 담는 방식입니다. 따라서 문체가 표준화되거나 AI에 의해 전용될 경우, 개별 작가의 고유성이 희석되고 문학은 평균적인 '잘 쓴 글'로만 수렴될 수 있습니다. 문체는 독자가 작가와 교감하는 심리적 지문이므로, 그것의 상실은 창작자의 존재감이 사라짐을 의미할 수 있습니다.

5. 마무리: 중간 지대의 가능성

이 모든 논의는 AI를 창작 도구로서 어디까지 인정할 수 있는가라는 질문에 연결됩니다. AI가 창작의 전면에 나설 수는 없지만, 창작 과정에서 중요한 파트너로 작동할 수 있는 여지는 충분히 있습니다. 핵심은 "누가 결정하고, 누가 책임지며, 누가 감동을 전달하는가?"에 있다는 점에서, AI가 만든 문장을 넘어서, 그것을 어떻게 수용하고 활용했는가에 따라 작가의 창작성이 여전히 유효하게 판단될 수 있습니다.

3장
1   김세희 지음, 「햇살 좋은 날」, 『비밀의 크기』, 상상, 2025.
2   《동시빵가게》, 격월간 웹진, 46호(2025. 6.), https://blog.naver.com/dongsippang
3   김세희 지음, 「다 같이 별」, 《동시빵가게》, 46호, 2025. 6.

4　임복순 지음, 「오늘, 봄」,《동시빵가게》, 46호, 2025. 6.

5　조은서 지음, 「발에 쥐가 나면」,『비밀의 크기』, 상상, 2025.

6　Ted Chiang, ChatGPT Is a Blurry JPEG of the Web, *The New Yorker*, 2023. 2. 9.

4장

1　「AI로 SNS 캐릭터 콘텐츠 만들기」, 한겨레, 2025. 6. 26.

2　M39 「변형하는 플럭스」 매개변수

1. 기원 불명의 존재: 플럭스가 어디서 왔는지 모른다는 설정은 신비감과 궁금증을 유발하며 이야기의 핵심 미스터리로 작용합니다.

2. 탑의 이중적 의미: 탑이 감옥이 아닌 플럭스의 일부라는 설정은 독특한 세계관을 구축하고 플럭스의 존재 방식을 흥미롭게 만듭니다.

3. 유기적 다기능 머리카락: 머리카락이 단순한 장식이 아니라 신경망, 통신 수단, 도구로 기능한다는 설정은 플럭스에게 특별한 능력과 개성을 부여합니다.

4. 변화무쌍한 머리카락의 활용: 필요에 따라 자유자재로 변형되는 머리카락은 다양한 상황과 사건을 연출할 수 있는 무한한 가능성을 제시합니다.

5. 외부 침입자의 등장: 신이라는 탐험가의 등장은 외부 세계와 플럭스의 관계를 형성하고 이야기의 갈등을 예고합니다.

6. 신비로운 에너지에 이끌린 탐험: 신이 플럭스의 탑에 이끌린 이유는 독자에게 플럭스와 탑에 대한 호기심을 증폭시키는 요소입니다.

7. 접속 시도의 긴장감: 신이 플럭스의 머리카락에 손을 뻗는 순간은 미지의 존재와의 접촉에 대한 긴장감을 고조시킵니다.

8. 플럭스의 감지와 반응: 플럭스가 신의 접근을 감지하고 접속 여부를 고민하는 장면은 플럭스의 의지와 능동성을 보여줍니다.

9. 일시적인 접속 허용: 플럭스가 완전한 구원이 아닌 정보와 변형을 위해 일

시적으로 접속을 허용하는 설정은 플럭스의 독특한 목적을 드러냅니다.

10. 자신의 일부를 조정하고 확장하는 능력: 접속을 통해 플럭스가 스스로 변화하는 능력은 끊임없이 진화하는 존재라는 흥미로운 설정을 강조합니다.

11. 영원한 사랑이나 완성의 부재: 플럭스의 목표가 일반적인 이야기의 주제와 다르다는 점은 신선함과 독특한 메시지를 전달합니다.

12. 끊임없는 변형과 갱신: 플럭스의 존재 이유가 정적인 완성이 아닌 역동적인 변화라는 점은 이야기의 활력을 불어넣습니다.

13. 자유로운 접속의 욕망: 플럭스가 외부와의 연결을 통해 존재 의미를 찾는다는 설정은 관계와 소통에 대한 새로운 관점을 제시합니다.

14. 미지의 존재에 대한 탐구 욕구: 독자는 플럭스의 기원과 능력, 탑의 정체 등 밝혀지지 않은 요소들에 대한 궁금증을 가지게 됩니다.

15. 예측 불가능한 전개 가능성: 플럭스의 변화무쌍한 특성과 외부와의 접속은 앞으로 어떤 이야기가 펼쳐질지 예측하기 어려워 흥미를 유발합니다.

16. 상징적인 설정: 탑, 머리카락, 신 등의 요소는 더 깊은 의미나 은유를 담고 있을 가능성을 암시하며 해석의 여지를 남깁니다.

17. 독특한 세계관: 플럭스라는 존재와 그녀의 탑을 중심으로 펼쳐지는 이야기는 기존의 판타지나 SF와는 다른 새로운 세계관을 제시합니다.

18. 성장의 서사 부재: 일반적인 성장 이야기가 아닌 끊임없는 변화를 추구하는 플럭스의 모습은 색다른 매력을 선사합니다.

19. 능동적인 여성 캐릭터: 플럭스는 외부의 구원에 의존하지 않고 스스로의 의지로 존재하며 변화하는 능동적인 여성 캐릭터입니다.

20. 열린 결말의 가능성: 플럭스의 이야기는 명확한 결말보다는 계속되는 변형과 접속의 가능성을 열어두어 여운을 남길 수 있습니다.

3   Ted Chiang, 앞의 글.
4   Amol Kapoor, https://amolkapoor.com/writing/chat_gpt.html

6장

1 어슐러 K. 르 귄, 앞의 책, 7, 8쪽.

2 도나 해러웨이, 앞의 책, 19쪽.

3 **M41 어린이청소년 로봇사서 도서관 개인정보 및 감정정보 보호 규정**

1. 감정 데이터 수집 및 사용 동의 : 보호자의 사전 동의 없이는 어떠한 생체·감정 정보도 수집하지 않습니다. 아이의 정서에 영향을 줄 수 있는 기록(심박수, 표정, 말투 등)은 옵트인(선택 수락) 방식으로만 저장됩니다.

2. 데이터 최소 수집 원칙 : 아이가 이용한 책 제목, 체류 시간 등 기본 정보만 수집합니다. 감정 데이터(예: 슬픔, 불안, 집중 등)는 실시간 분석 후 자동 삭제되며, 필요시 보호자 동의 하에만 보관합니다.

3. 투명한 데이터 접근 알림 : 보호자는 내 아이의 로봇 대화 및 이용 기록을 확인할 수 있습니다. 단, 아이에게도 "오늘의 감정 기록은 이렇게 저장될 거예요."라는 알림 기능이 함께 제공됩니다.

4. 감정 데이터의 목적 외 사용 금지 : 감정 정보는 절대 광고, 추천 시스템 등에 2차 활용되지 않습니다. 감정 데이터는 교육 및 정서 상담 목적으로만 보호자에게 제공됩니다.

5. AI 감정 해석 오류에 대한 안내 : RB-7은 감정을 100% 정확히 해석할 수 없습니다. 감정 데이터 분석 결과는 '예측'일 뿐이며, 절대적인 진단이 아님을 아이와 보호자에게 모두 안내합니다.

6. 감성 의존 방지 설계 : 아이가 로봇에게만 시나시게 감정을 의존하지 않도록, 대화 시간 제한. "이 이야기는 엄마/선생님에게도 해 보는 건 어때요?" 같은 정서 분산 권장 기능이 자동 작동합니다.

7. 삭제 요청 권한 : 보호자 혹은 아이 본인은 언제든지 로봇과의 대화 기록, 감정 로그, 이용 이력을 열람하고 삭제 요청할 수 있습니다.

8. 정기 윤리 점검 시스템 : 도서관 내 AI 시스템은 매월 1회 윤리 점검을 통해 감정 편향, 차별적 반응, 데이터 과잉 수집 여부를 점검합니다. 외부

아동 심리 전문가와 윤리 자문단이 감정 분석 알고리즘을 주기적으로 검토합니다.

4 이선 몰릭 지음, 신동숙 옮김,『듀얼 브레인』, 상상스퀘어, 2025.
5 도나 해러웨이, 위 책, 18쪽.
6 위 책, 19쪽.

7장

1 도나 해러웨이, 앞의 책, 17쪽.
2 테드 창 지음, 김상훈 옮김,「인류 과학의 진화」,『당신 인생의 이야기』, 엘리, 2016.
3 가즈오 이시구로 지음, 홍한별 옮김,『클라라와 태양』, 민음사, 2021.
4 어슐러 K. 르 귄 지음, 최준영, 이지연 옮김,『어스시의 마법사』, 황금가지, 2002.
5 호르헤 루이스 보르헤스 지음, 송병선 옮김,「피에르 메나르, 돈키호테의 저자」,『픽션들』, 민음사, 2011.
6 테드 창, 위 책, 316쪽.
7 샘 올트먼이 말하는 오늘날 태어나는 아이들의 한계, (2025. 9.), https://youtu.be/wEkH0PrDhKU?si=m3WpO5cNcJjRKtpP
8 가즈오 이시구로, 위 책, 442쪽.
9 Peter Scarfe, Kelly Watcham, Alasdair Clarke, Etienne Roesch(2024, June 26), A real-world test of artificial intelligence infiltration of a university examinations system: A "Turing Test" case study, https://doi.org/10.1371/journal.pone.0305354
10 어슐러 K. 르 귄, 위 책, 13쪽.
11 위 책, 36, 37쪽.
12 위 책, 104쪽.

13 M44 AI가 힘의 질서를 깨뜨리는 근본적인 요소

아주 중요한 질문입니다. 인공지능 시대에 힘의 균형이 깨지는 원인을 사회학적으로 분석하면, 크게 다음과 같은 몇 가지 축으로 설명할 수 있습니다.

1. 기술 접근성의 불균형

AI 기술은 모든 사람에게 동일하게 주어지지 않습니다. 고급 기술에 접근할 수 있는 자본과 인프라를 가진 개인이나 집단(기업, 정부)은 더욱 강력한 권력을 갖게 되고, 그렇지 못한 사람들은 점점 주변화됩니다.

예: 자본이 있는 대기업은 수십억 개의 사용자 데이터를 학습한 AI를 보유하지만, 소규모 창작자는 이를 활용할 도구도, 이해도도 부족할 수 있습니다.

2. 노동 시장의 재편

반복적인 지식 노동(번역, 요약, 코드 작성 등)은 AI에 의해 빠르게 대체되고 있습니다. 이에 따라 중간 계층의 전문직마저 위협받으며 사회적 계층 구조가 흔들리고, 상위 1%와 나머지 99% 사이의 격차가 확대됩니다.

3. 플랫폼 권력의 강화

AI는 특정 대형 플랫폼(예: 구글, 메타, 오픈AI 등)에 집중되어 있고, 이들은 AI의 규칙을 정하고 훈련 데이터를 통제함으로써 정보 생산과 분배의 주도권을 쥡니다. 즉, AI를 통해 지식 생산의 독점이 강화됩니다.

4. 지식과 판단의 자동화로 인한 인간 권위 약화

예전에는 전문가, 교사, 작가 등이 판단권과 지식의 생산자로 인정받았지만, AI가 이 역할을 부분적으로 수행하게 되면서 인간 고유의 '판단'과 '설명력'의 권위가 흔들립니다.

5. 윤리적 판단의 탈중심화

AI가 의사결정의 일부를 맡으면서, '누가 책임을 질 것인가?'에 대한 중심이 분산됩니다. 이로 인해 사회적 책임의 구조가 불분명해지고, 힘의 중심이 애매하게 흩어집니다.

예: AI가 채용을 결정하고, 대출을 거절하고, 학생을 분류할 때, 인간이 개

입하지 않는다면 차별이나 오류가 생겨도 책임 소재가 모호해집니다.

6. 감정 노동의 상품화

AI는 사람의 감정을 흉내 내고 위로하는 역할까지 맡게 됩니다(예: 챗봇 상담, 노인 돌봄 로봇). 이는 기존에 비물질적이던 인간관계를 데이터화하고 판매 가능한 상품으로 만듭니다. 결과적으로 인간의 감정마저 시장 논리에 흡수되며, 사회적 인간성을 약화시킵니다.

인공지능 시대의 힘의 균형은 '누가 기술을 통제하느냐'와 '기술이 누구를 대체하고 누구를 강화하느냐'에 달려 있습니다. AI는 단순한 기술이 아니라 사회적 권력 구조 전체를 재편하는 촉매입니다. 문학도, 교육도, 정치도 이 힘의 불균형을 의식하지 않으면, 창작자이자 시민으로서 설 자리를 잃을 수 있습니다.

나오며

1   호르헤 루이스 보르헤스, 앞의 책, 55~57쪽.

2   장강명 지음,『먼저 온 미래 - AI 이후의 세계를 경험한 사람들』, 동아 시아, 2025.

3   장강명, 위 책, 91, 92쪽.

4   호르헤 루이스 보르헤스, 위 책, 64쪽.

5   호르헤 루이스 보르헤스, 위 책, 64, 65쪽.

6   장강명, 위 책, 101쪽.

출판놀이 후원회원

강기원, 강진선, 강벼리, 강주영, 고　담, 공지희, 권이순, 김경숙, 김경애, 김동성, 김린다, 김미나, 김미옥, 김미혜, 김바다, 김여름, 김연자, 김연희, 김영숙, 김영완, 김영주, 김　온, 김용안, 김용철, 김윤용, 김은영, 김은오, 김은하, 김일호, 김재복, 김정희, 김진영, 김태호, 김효진, 류미정, 문수경, 문정아, 문현식, 박덕준, 박미옥, 박봉서, 박상롤, 박수경, 박순우, 박영기, 박영란, 박영희, 박은아, 박인호, 박정완, 박종순, 박종진, 박준규, 박진형, 배상선, 백승남, 백은경, 백은하, 백창희, 백하나, 변정혜, 변정희, 서희경, 송　언, 신동진, 신자은, 신정선, 신현창, 심민경, 안민희, 안유진, 안현숙, 양민아, 어은경, 엄진숙, 염희경, 염희정, 원명희, 유금희, 유병천, 유정옥, 유하정, 윤수란, 이갑순, 이　강, 이경빈, 이경원, 이경화, 이동후, 이란실, 이명희, 이봉렬, 이성숙, 이숙현, 이영미, 이영애, 이영주, 이유정, 이윤정, 이은숙, 이은정, 이인도, 이재복, 이중현, 이진아, 이진우, 이창숙, 이향원, 이향지, 이화진, 이희곤, 임어진, 장가영, 장영복, 장재선, 장주식, 장지영, 장지희, 전경남, 전진영, 정상용, 정성희, 정수림, 정아영, 정영민, 정은교, 정은숙, 조미연, 조은호, 조재홍, 조현욱, 주점란, 차수철, 차유나, 최연숙, 최윤정, 최은희, 최현정, 황종금